I0846977

AQUÍ NO TERMINA

Jenny Navas

AQUÍ NO TERMINA

JENNY NAVAS

Aquí no termina

CAPÍTULO 1

Ayer, cuando llegó con la cara pálida y los brazos tan endebles que no podía ni sostener la copa de *bourbon* con su diestra —la que usaba para manosear a tanta trepadora—, lo vi translúcido. Antes de partir, me atravesó con sus pupilas, sabía que hasta allí había llegado su impune vida y no quería que yo fuera su último recuerdo de este mundo. Ahora yace en un ataúd de bronce, donde, según dicen, el cuerpo se conserva por más tiempo. Fue el más costoso que encontró el día en que planeó su funeral, unos meses atrás. «Un llamado a la muerte», diría mi madre. Me repugna. Tendido como un dios en un cajón vulgar, sus súbditos lo adulan como, si de repente, la masa grisácea se fuera a elevar para imponer de nuevo el orden tiránico que concede el exceso de dinero en este planeta.

No siempre fue así, no lo creo, aunque puede que me falle la memoria. Hace once años, me enamoré de un caballero; me sedujo con galantería, con detalles románticos, con palabras bonitas, con invitaciones a cenar, a cine, a teatro. En esa época no era millonario, apenas empezaba a construir su empresa, a invertir lo poco que poseía. Siempre se arrepintió de no haber predicho su éxito futuro —«conociéndome como me conozco», repetía todo el tiempo— y demandado que yo firmara un acuerdo prenupcial que le concediera paz material, porque la plata nunca era suficiente para él: la mitad de algo era igual que nada. Por eso, por las apariencias, por mi comodidad y mi resentimiento, sufrimos en convivencia cinco años más de lo debido.

La iglesia está casi vacía, de la mitad para atrás no hay nadie. De vez en vez, el golpe rítmico de tacones contra el mármol retumba con eco nítido en la inmensidad del recinto. Desde lo alto o desde lo bajo —apuesto por lo segundo—, se debe estar retorciendo de la rabia. A pesar de estar sola en el banco del frente, los presentes me evitan, pero, por obligación, se me acercan a darme el sentido pésame. Yo se lo agradezco en un susurro y no digo más. Solo distingo a los directivos de la compañía y a las dos asistentes de mi difunto esposo, que no me quitan la mirada de encima. Entiendo su curiosidad, si estuviera en sus zapatos también la tendría: la esposa del déspota. Linda, la mayor de las dos mujeres, en el fondo lo estimaba, porque lo conoció desde el principio, cuando todavía poseía vestigios de humildad y buen carácter. Él también le tenía cierto cariño y la respetaba por su buena disposición, por su educación y, sobre todo, por su lealtad.

Llevo puestas gafas oscuras para evitar que la luminosidad de mis ojos, carentes de lágrimas, despierte habladurías. En eso nos parecíamos, en la discreción. Por nostalgia o falsa tristeza, visto el pantalón negro y los aretes de perla que tanto le gustaban. El pantalón lo compramos en nuestro primer viaje a París, los zarcillos me los regaló en nuestro segundo aniversario y en ese momento debí intuirlo. «Las perlas solo traen lágrimas, nunca dejes que te regalen perlas», recitaba mi abuela —uno de los muchos imborrables recuerdos que tengo de ella—. Pero en ese entonces todavía me quería y yo lo quería a él.

Estoy perdida en el brillo de la urna, pero la presencia de un hombre que se acerca me sacude el estupor.

—Lo siento mucho, Laura.

Mis ojos, ocultos detrás del vidrio opaco, estudian su rostro. Me toma unos segundos reconocerlo.

—Gracias, Michael —contesto, sorprendida—. Gracias por venir.

Es su hermano, al que desterró años atrás después de una pelea. Incómodos, ambos agachamos la cabeza sin saber qué más decir; él da unos pasos hacia el costado y se sienta en mi mismo banco. Es parte de la familia, después de todo, pero en el fondo creo que lo hace para acompañarme. Siempre nos hemos llevado bien porque él es todo lo que Paul no era: un hombre de buen corazón. El órgano sopla sus notas agudas para iniciar la ceremonia. Escucho lejana la voz del sacerdote, me pierdo en los susurros de la iglesia y, de repente, me veo bailando en la tierra de mis antepasados.

CAPÍTULO 2

Los días han continuado como antes, como si nada hubiera sucedido, pero, por alguna razón, a pesar de que su ausencia en vida era similar a la actual, me siento desolada. Ya no tengo a quien recriminar, a quien culpar de mi apatía, aunque en ocasiones peleo con su fantasma. Me quejo de todo lo que me dejé robar. Pienso también en mi familia, la muerte incita a recordar. A mi padre, ese hombre rubio, alto y estoico, lo he olvidado casi por completo, solo recuerdo las historias que me contaba mi mamá del día en que se conocieron. Para ella, fue un flechazo a primera vista, tan desilusionada estaba con los pigmeos de su país natal que al instante supo que quería conquistarlo. Lo conoció recién llegada a este país en una noche de invierno. En ese momento ella sentía que todo, incluidas sus ilusiones, se habían congelado. Solo tenía veintidós años, pero era madura para su edad, con una convicción que ni yo, a las puertas de mis treinta y ocho, aún tengo. Magdalena, mi adorada madre, era dura, exigente, pero también dulce, alegre y emotiva. Yo creo haber heredado más de mi padre anglosajón que de ella, tanto física —heredé sus ojos verdes, su altura y su tez blanca— como emocionalmente, pese a que viví con él solo hasta los tres años, cuando, de común acuerdo, mis progenitores decidieron separarse. El ardor de Magdalena resultó ser demasiado para un ser pragmático y calmado como Roger. En imágenes borrosas la veo llorar en un sillón, pero asumo que no duró mucho el llanto, porque vivió el resto de su existencia contenta, desenfadada, taladrándome el cerebro con su incansable parloteo en español. Me tenía prohibido hablarle en inglés, «*No spiki inglish* —respondía si le decía algo en esta lengua—. Yo sé que no te gusta, pero el español es mi idioma, el idioma de tu familia. Un día me lo agradecerás», repetía. Pero a mí me daba vergüenza hablarlo porque era el idioma de los aseadores, de los jardineros de mi colegio, de una niña del cono sur, que no era popular, y de un mocoso centroamericano que pertenecía al grupo de los invisibles: se llevaba bien con todos, pero nadie sabía cómo se llamaba. El muchachito también se cuidaba de no hablar en castellano para poder pasar desapercibido, y yo me hacía la gringa al escuchar a los del servicio, pero mi mamá me lo rastrillaba, me hacía leer y releer libros en español, me pedía que se los recitara en voz alta y corregía mi acento, marcado en ocasiones por el sonsonete exagerado de la erre. Debo admitir que aprendí a hablarlo a la perfección gracias a ella y a las clases de español avanzado que tomé durante el colegio y la universidad.

La vasta presencia de mi mamá abarcó el vacío dejado por mi padre y, como resultado, nunca lo extrañé a él ni a una figura masculina en mi vida, o eso me obligué a creer. A lo largo de los años lo vi en contadas ocasiones, pero siempre nos envió dinero. Por lo menos fue un hombre honorable. Mi mamá falleció unos meses después de que yo conociera a Paul. Me pregunto qué opinaba de él, no tuvo tiempo de decírmelo porque la muerte llegó sin anunciarse y, como regla, no hacía juicios prematuros de nadie. «Con el tiempo la gente pela el cobre», era uno de sus refranes favoritos.

CAPÍTULO 3

Leo un libro en el sofá de la sala y, de repente, aparece de la nada, igual que el día del funeral. La empleada lo ha dejado entrar y no me ha dicho nada.

—Hola, Laura. Discúlpame por venir sin avisar.

—Hola, Michael —contesto, sorprendida, y dejo el libro a mi costado—. ¿Cómo estás? ¿Todo bien? ¿Qué haces acá?

Con calma, camina alrededor de la sala hasta detenerse frente a la ventana, me da la espalda. Su cuerpo es delgado, pero fuerte; el color de su piel, dorado, gracias a las horas que pasa bajo el sol, sin importar la temporada. Es atleta, juega voleibol, polo acuático, corre maratones, hace ciclismo de montaña y no sé cuántas cosas más. Sus manos descansan en los bolsillos del pantalón, lleva las mangas de la camisa dobladas, de su antebrazo izquierdo sobresale un reloj deportivo azul oscuro. Da media vuelta y de inmediato giro la cabeza hacia otro lado.

—Llevo días pensando en venir, pero no sabía si querías verme después de todo lo que pasó.

—Eso fue hace mucho tiempo, y la pelea fue con Paul, no conmigo.

—Lo sé, pero tú eras su esposa, y además…

Siento el calor en mis mejillas, me enfoco en el libro de los mejores pintores del siglo XX que adorna la mesa de centro.

—Soy yo la que te debe una disculpa por no haber intercedido para que las cosas se arreglaran entre ustedes dos.

—A Paul no le hubiera importado lo que le dijeras.

—Tienes razón.

Callamos.

—¿Alguna vez preguntó por mí?

—No —contesto en voz baja.

Él levanta las cejas y aprieta los labios.

—Obvio que no —susurra para él.

—¿Quieres tomar algo?

—No, gracias, me tengo que ir, solo quería saber cómo estabas. ¿Cómo estás? —Se sienta del otro lado de la mesa de centro.

—Bien, ¿creo?

—¿Tienes planes?, ¿ya sabes qué vas a hacer con la casa?

—No tengo idea de nada, lo único que tengo claro es que aquí no me voy a quedar. Esta casa es muy grande para mí sola y, además, nunca me ha gustado; como de costumbre, Paul la escogió.

—Quería sorprenderte con una pequeña mansión. —Sonríe.

—Quería comprar la casa que le gustaba a él sin que yo pudiera opinar, eso era lo que quería.

—Es probable. —Eleva el lado derecho de la boca.

—Pero mejor hablemos de otra cosa, cuéntame de ti, ¿cómo estás?, ¿te has casado?, ¿vives con alguien?

—Vas directa al grano. —Ambos sonreímos—. No, no estoy casado ni vivo con nadie.

—Pero ¿por lo menos tienes novia?

—Otra vez al grano. —Baja la mirada—. Bueno. Se podría decir que sí.

—¿Se podría decir? —Frunzo el ceño.

—Sí, se podría. —Sonreímos de nuevo y se pone de pie—. Me tengo que ir. ¿Te molesta si vengo a visitarte otro día? Prometo que la próxima vez te aviso antes.

—No, no me molesta.

Se acerca, me da un beso en la mejilla y, sin decir más, se va.

CAPÍTULO 4

El olor a alcohol, alfombra sucia y detergente golpeó mi nariz con brusquedad. El *bartender* nos dio la bienvenida con el mentón en alto.

—No sé por qué a Michael le gustan estos antros —dijo Paul.

Estábamos en un bar del centro de la ciudad, cerca del departamento que compartía Michael con dos amigos. Paul dio un paso al frente y recorrió el lugar con la mirada. Tres hombres taciturnos descansaban contra la barra y dos mesas solitarias, como islas en un océano negro, se hallaban ocupadas.

—Allá está —musitó Paul, que señaló con el rostro.

En una esquina, se veía su silueta detrás de una mesa rodeada de poltronas de cuero negro. Sus ojos verdes brillaban bajo la luz fluorescente.

—¿En serio, Michael? ¿No podíamos encontrarnos en un sitio menos deprimente? —dijo Paul al llegar a la mesa.

—No seas tan aburrido, Paul, acá se bebe mejor y por una tercera parte de lo que pagas en los sitios acartonados que te gustan —contestó Michael sin quitarme la vista de encima.

—Te presento a Laura —le dijo Paul, y señaló la silla para que me sentara.

—Mucho gusto. —Michael tendió el brazo y me dio la mano.

—Hola, mucho gusto —contesté, agitada por los nervios de conocer al hermano menor de mi novio, pero también por el calor de su piel y el filo de su mirada.

La mesera se acercó y preguntó qué queríamos tomar. Paul pidió un *bourbon*; yo, un vino blanco; Michael todavía bebía la cerveza que había ordenado antes de que llegáramos. Tenía veinticuatro años, acababa de arribar de un viaje de catorce meses por el mundo, de esos que se permiten los que no tienen obligaciones, necesidades ni miedos. Era abogado, al igual que Paul, y se acababa de graduar, siguiendo los pasos de su hermano mayor por insistencia del padre. No provenían de una familia adinerada, pero su papá gobernó al clan con mano de hierro y les exigió no solo obediencia ciega, sino también grandiosidad, algo que él mismo nunca alcanzó. Toda su vida trabajó como ingeniero para una compañía automotriz, era brillante, pero introvertido. Paul era tan inteligente como él; con el tiempo, aprendí que Michael lo era más, si consideramos la inteligencia emocional.

No podía parar de compararlos, se parecían mucho físicamente: las mismas facciones, los mismos gestos, el mismo tono de voz, pero en paletas de colores diferentes. Paul era más alto, de ojos negros, pelo oscuro y tez color oliva claro. Los ojos de Michael eran verdes, cabello castaño y piel blanca. Paul era mucho mayor y se le notaba —le llevaba diez años— en la dureza de su porte, en el ceño fruncido de preocupación constante y en la rectitud de su espalda. Era elegante, siempre vestía de traje, zapatos pulcros y corbata; resultaba imposible de ignorar, y, además, olía muy bien, algo imprescindible para mí en un hombre: se bañaba en loción y, cada vez que yo podía, en la intimidad o en público, aunque a él no le gustaba, buscaba el rincón entre su pecho y su cuello, y allí me hundía. El aroma de Michael todavía no lo conocía, pero ese día me dieron ganas de percibirlo, daba la impresión de oler a algo fresco, a bosque, a manantial. Llevaba puesta una camiseta, *jeans* y tenis.

—Por fin tengo el placer de conocerte —dijo Michael.

—Y yo a ti —respondí.

Paul nos ignoraba, perdido en la pantalla del celular.

—Siempre es así —comentó Michael, y señaló a su hermano con los labios.

—Sí, ya sé. —Cambié de tema—: Paul me ha hablado de tu viaje, ¿cómo te ha ido?

Un aura de nostalgia lo envolvió: «Empecé por Suramérica», afirmó, pero prefirió dejarlo para el final porque dijo que tenía muchas preguntas que hacerme, pues sabía que mi familia provenía de allá —me causó gracia que pensara que yo sabía más que él de esas tierras—. Después dio un salto a Europa, donde, durante varios meses, recorrió las calles adoquinadas de Francia, Italia, España, y bebió pastis, vino tinto, *prosecco* y todo lo demás que se le cruzó por el camino. De allí tomó la Ruta de la Seda, siguiéndole los pasos a tantos comerciantes, artistas, desplazados y fugitivos de antaño. Bajó al Sudeste Asiático y se adentró en la selva pluvial tropical de

Vietnam. Comió lagarto seco, saltamontes fritos y escorpiones. Di un pequeño grito al escucharlo, y él sonrió de oreja a oreja. Paul levantó la mirada, estoico, y bebió un sorbo de su trago. Michael visitó templos, palacios, castillos, iglesias, sinagogas, catedrales, mezquitas, museos, ruinas. Recibió bendiciones de monjes budistas, chamanes, sacerdotes y de una sor, anciana y senil, que lo persignó entre carcajadas.

Conoció a Lily en Camboya, una muchacha rechonchita y simpática que vendía arroz de colores en la calle. Michael le pidió que lo orientara y ella guardó los potes multicolores en el estómago del carrito de metal, cerró todo con llave y lo llevó de turismo por Phnom Penh. A José lo conoció en Guatemala: el hombre le dio un *tour* en lancha por el lago Peten Itzá, en la isla de Flores, y durante el trayecto le habló sin cesar de los prostíbulos que visitaba aquellas noches en que le sobraban los quetzales. «No estaba casado», lo disculpó Michael, como si yo me lo estuviera preguntando. Todo un preámbulo para invitarlo, al final de la tarde, a la casa de placer que más le gustaba.

—Yo no acepté, por supuesto —dijo Michael, sonrojado.

—Eso no se cuenta —agregó Paul.

—Claro que sí, es parte de la aventura —respondí, y levanté mi copa para que brindáramos—. ¡Por los viajes!

—¿Cuántas llevas? —me preguntó Paul.

—Salud. —Lo ignoré y entrechoqué en el aire la botella de mi cuñado.

Continuó con la historia y yo lo escuché hipnotizada. Después de un rato, Paul aprovechó que la mesera se acercaba para pedirle la cuenta.

—¿Ya nos vamos? —le pregunté a Paul.

—Sí, es tarde y mañana tengo un día largo.

—Pero Michael no ha terminado de contarnos su viaje.

—No te preocupes, la próxima vez que nos veamos, te cuento el resto —dijo Michael.

Esa fue la primera y última conversación que tuvimos al respecto; después, se nos olvidó.

CAPÍTULO 5

El llanto se escucha hasta el final de la calle. Los alaridos de las mujeres estremecen a los pocos niños que se encuentran en la estrecha sala improvisada del velatorio. Al fin de cuentas, la muerte es parte de la vida y es bueno que aprendan desde chiquitos, porque, por estos lados, no todos llegan a disfrutar, o sufrir, de los años de adultez. Juana, la viuda, llora en silencio; dos riachuelos ininterrumpidos recorren los contornos de su rostro. Está de pie en una esquina, su brazo descansa contra la pared para no desvanecerse. Se ha creado una circulación acompasada de cuerpos, dos o tres salen, para darle cabida a los que esperan pacientes en el umbral, prestos a dar sus condolencias a la familia, en especial a doña Herminta, que tanto quería a su único hijo varón. Luego se aproximan a las cuatro hermanas del difunto: Gladys, Gloria, Eugenia y Clara. A Juana se le arriman de salida. Doña Herminta llora, grita, solloza. Sus hijas la imitan.

«Mi pobre muchacho, qué desgracia tan grande», repite sin cesar la matrona.

Quién iba a imaginar que un hombre de treinta y seis años se desplomaría, un día cualquiera, jugando fútbol en la cancha del barrio. Todos le gritaban que se levantara, que dejara de hacerse el pendejo. Pero nunca se paró. Se quedó tendido sobre el verde, con el rostro tan sereno que parecía dormido. La noticia llegó a oídos de Juana una hora después. Eugenia —la menos desagradable de las hermanas— entró al cuarto donde Juanita hacía remiendos en una máquina de coser vieja y se la escuchaba cantar al ritmo de la música que despedía una destartalada radio. Sin esperar siquiera a que su cuñada la saludara, Eugenia lo soltó: «Miguel se murió». Juana no entendió ni una palabra, la miró con ojos entrecerrados, un pedazo de tela le colgaba de las manos. «Miguelito está muerto», repitió entre gemidos la cuñada. El dolor no es una puñalada, son cientos de puñaladas que penetran rápido, despacio, que tajan, que amputan, sin pausa. Del resto no se acuerda y hoy, en medio del desenfreno, se ve a sí misma desde afuera, todo le es ajeno e incomprensible. Gladys, la mayor, se le aproxima.

—Despabílese, Juana. Vaya y hable con la gente, o por lo menos acérquese al ataúd y muéstrele algo de respeto a su difunto esposo.

—El respeto se lo di en vida, no como otras —contesta con voz clara, pero disminuida.

Gladys aprieta los labios y se va a cuchichear con sus hermanas. Las cuatro se turnan para lanzarle ráfagas de desdén con la mirada.

Ya entrada la noche, Juana se sienta en la esquina de la cama que compartía con Miguel. Las pocas pertenencias de ambos se amontonan en los rincones, en cajas de cartón. La cómoda, abierta de par en par, exhibe la ropa de él. Se fija en la camisa de cuadros que tanto le gustaba, la que su esposo usaba en ocasiones especiales. Lo recuerda muerto de la risa, cerveza en mano, hablando por encima de todos, haciéndose notar. Saborea la lengua dulzona, impregnada de licor, que lame al besarlo. Eso fue hace solo una semana, en un asado en la casa de Cristian, el amigo de toda la vida de Miguel. Acompañaban el líquido con chorizo, carne, chunchullo, papa salada y mazorca. Para comer y beber siempre hay plata y tiempo, eso nadie lo cuestiona. No importan las goteras de los techos, las paredes desprovistas de pintura, los platos desportillados ni los zapatos acabados. La única preocupación de Juana por esos días era la convivencia con su familia política.

Un año atrás, habían despedido a Miguel de la empresa de construcción donde trabajaba. La industria se había ido a pique junto con la economía del país, y no tuvieron más remedio que pedirle posada a doña Herminta, quien, a pesar de adorar a su hijo, los recibió a regañadientes porque la casa estaba a reventar. Tres de sus cuatro hembras y Pedro, el esposo de Gloria, se apretujaban en las improvisadas alcobas del hogar.

En la década de los noventa, doña Herminta había comprado una casita de dos pisos en un barrio humilde, gracias a un programa de vivienda de interés social que estableció el Gobierno y a los ahorros de toda una vida como empleada de servicio. La morada no era gran cosa, pero era suya. Con el tiempo, erigieron paredes de ladrillo y cemento para dividir las habitaciones y acomodar a la familia en células de dimensiones ínfimas, pero, cuando llegó la pareja, ya no había espacio para construir otra pared. Eugenia y Clara se vieron obligadas a compartir una de las piezas, lo cual avivó el disgusto que sentían por la esposa de su hermano, «la aprovechada», como les gustaba gritar a los cuatro vientos. Poco antes de su muerte, Miguel había conseguido trabajo en una fábrica de autorrepuestos y Juana no cabía de la dicha: con el nuevo empleo y su costura, por fin podrían buscar casa propia.

CAPÍTULO 6

Los golpes en la puerta la despiertan con afán, se gira asustada para pedirle a Miguel que vaya a ver cuál es el alboroto y la palma de su mano se topa con el colchón vacío, su ánimo se desploma, pero no tiene tiempo de afligirse: Gloria irrumpe en la habitación y se detiene a los pies de la cama con brazos cruzados.

—Buenos días, ¿cómo durmió la princesa?

—¿Qué pasa, Gloria? —contesta Juana con voz carrasposa y párpados entreabiertos.

—Pasa que ya son las nueve de la mañana y usted sigue acá echada.

—Anoche no pude dormir.

—¿Y usted acaso cree que alguien pudo dormir?, ¿qué yo pude dormir?, ¿que mi mamá pudo dormir? Sin embargo, ya todas estamos despiertas, preparando el desayuno, arreglando, colaborando.

—Ya voy, ya me paro —contesta al sentarse en el borde del lecho.

—Ni crea que las cosas van a seguir como antes. Miguel, que en paz descanse —se persigna—, ya no está acá para alcahuetearle. —Da media vuelta y da un portazo al salir.

Juana entra en la cocina, pero allí la recepción no es mejor.

—Ahí le dejo las ollas y los platos del desayuno para que los lave —le dice doña Herminta sin mirarla.

—¿Y el desayuno?

—Esto no es un restaurante. Mire a ver qué queda de su mercado y prepárese algo.

—Entonces, ¿por qué tengo que lavar las ollas si yo no las ensucié?

—Porque acá no se vive gratis.

La suegra parece un cuervo con el vestido negro y su cara larga y angulosa, sin ser fea ni aparentar su edad —recién ha cumplido sesenta—. Se mantiene en forma, aunque carga unos kilos de más, los que se acomodaron a sus anchas después de cinco embarazos, de innumerables lastres y uno que otro deleite, pero, en conjunto, es llamativa por su piel pálida, su metro con setenta —que ninguna de sus hijas ha heredado— y el negro de sus ojos. Son tan negros que no se distinguen el iris ni la córnea de la pupila; la gente los halaga, pero a Juana le inquietan.

Doña Herminta sale de la estancia y Juanita permanece inmóvil, el rostro hermético. Al cabo de unos segundos, arrastra los pies hasta el fregadero, coge el primer plato de mala gana, lo sacude con brusquedad, lo restriega y lo lanza. Hace lo mismo con el resto de la loza. Lágrimas de dolor y de rabia se mezclan con el charco acumulado en la pileta. Al terminar, camina hacia la esquina, donde reposa el calentador de agua, un armatoste cilíndrico de color blanco —casi de su estatura—, mete la mano por detrás y lo apaga. Doña Herminta es la primera que se levanta y se baña en las mañanas, dos horas antes del amanecer. «Para que el agua helada le baje los humos, vieja pendeja», dice Juana en voz alta, y luego abre un cajón de la cocina, saca una libreta pequeña y un bolígrafo azul. Se sienta en la mesa y lleva la parte trasera del bolígrafo a los labios. Se queda así por unos segundos. Después pega la punta al papel y comienza a escribir: «Carne de sobrebarriga, sal, pimienta, ajo, aceite, pimentón». Hace cálculos mentales, añade cantidades, escribe unos renglones más, detalla la preparación, suelta el útil, respira, permanece ensimismada por un largo rato, la mandíbula se relaja. Un ruido lejano la trae de vuelta al fresco de la mañana, rasga el pedazo de papel y retorna a su cuarto. De un rincón, saca una caja de zapatos enterrada en medio de una decena de chécheres, «Recetas», está escrito sobre la tapa de cartón; la quita y deja caer el papel sobre una montaña de hojas similares.

Juana se refugia en la habitación, solo sale para limpiar en la mañana y para comer, una o dos veces al día. Intenta estirar lo poco que tenían ahorrado y solo compra lo indispensable en la tienda de la esquina. Su apetito ha sucumbido junto con su marido y en el fondo lo agradecen su bolsillo y su vanidad. Ha perdido cinco kilos y ahora se ve más estilizada que antes, el atisbo de barriga que había cultivado en los últimos años ha desaparecido, pero conserva el trasero redondo y levantado. Lo único que le molesta es que los senos, que ya eran pequeños, se hayan desinflado por completo. «¡Con ese culo, para qué tetas!», le decía Miguel, apretándole las nalgas, cuando ella se quejaba. Mirándose al espejo, diría que a los treinta y dos está mejor que a los veinte años, pero, si pudiera escoger, preferiría ser una mujer ajada y obesa con su marido al lado.

CAPÍTULO 7

La suegra y las cuñadas la detestan desde hace rato, pero, después de la muerte de Miguel, también la consideran ave de mala suerte. Juana intenta mantenerse alejada de ellas, baja la mirada si se cruza con alguna, pretende no escuchar cuando le dicen que el piso está sucio, que a los muebles no les cabe el polvo, que el baño no se friega solo, que la cuenta de la luz anda por las nubes. Sabe que la quieren echar, pero no tiene mucho dinero ni lugar a donde ir y, además, desde la tragedia nadie le ha pedido remiendos. La situación es grave: con cada pedazo de pan que se lleva a la boca, siente que mastica billetes.

—Ya va siendo hora de que empiece a regalar la ropa de Miguelito —le dice doña Herminta el sábado en la mañana.

—Y de paso, recoja su ropa y sus trastos, porque ese cuarto es mío —añade Clara, zarandeando la bata que le da justo arriba de las huesudas rodillas.

Un ardor en el estómago se le precipita a Juana por el esófago hasta llegar a la garganta en oleada de escozor. Aprieta la mandíbula y dispara dardos a las dos mujeres con los ojos. El desprecio se arraigó con el tiempo; al principio, como ocurre de manera habitual, la relación era cordial, más que cordial, cariñosa. «Eres mi quinta hija», había dicho doña Herminta el día de su matrimonio con Miguel. A Juana se le aguaron los ojos y no supo qué responder. Era huérfana. Cuando tenía cinco años, su madre murió de una sobredosis; la encontraron en un barrio de mala muerte, tirada en la calle, un alambre cubierto por piel. Juanita llevaba tres días esperándola en el cuarto donde vivían.

Nunca conoció a su papá porque Irina, su madre, no lo recordaba. Fue apenas el chispazo de un pene erecto en una noche de alucinación, pero pudieron haber sido dos o tres. Irina, resignada a su condición de yonqui, y por instinto de supervivencia, le había enseñado a su hija a abrir las latas de atún, de frijoles y de lentejas que les regalaban en los albergues, y a calentarlas en la estufa de una sola parrilla sin quemarse. Juanita también aprendió de su madre a cepillarse los dientes cada noche: contaba hasta veinte en su cabeza y luego se juagaba la boca, y siempre mantenía la puerta de la habitación trancada con llave.

A la única persona a la que le podía abrir era a Margarita, la voluntaria de veintiocho años que prestaba servicios psicológicos en el Centro de Atención para Drogadictos e Indigentes. Fue ella quien la recogió aquel día. La niña abrió la puerta y la observó con ojitos apagados, Margarita la abrazó sin decir nada y, después, sin prisa, con la cara bañada en lágrimas, buscó una bolsa plástica y allí metió las pocas pertenencias de la chiquilla: cuatro prendas deshilachadas, un oso de peluche ciego y la fotografía de Irina cuando era adolescente, una hermosa joven de cabello castaño rizado y cuerpo atlético. Juanita aguardaba paciente a que Margarita terminara. Estaba sentada sobre una silla pequeña, hecha a su medida, sus manitas entrelazadas sobre el vestido a cuadros negros y blancos. Esperaba en el silencio de la certitud, diferente al de unas horas atrás, cuando anticipaba la llegada de su madre.

Antes de registrarla en el burocrático sistema para niños huérfanos del Instituto Nacional de la Familia, Margarita buscó entre sus libretas el número de teléfono que

Irina le había pedido que anotara en caso de que algún día le sucediera algo. «Es el teléfono de mis papás», le dijo. Al final de la tarde, después de varios intentos, Margarita por fin se pudo comunicar. Con palabras entrecortadas, la muchacha le dio la triste noticia a la madre de Irina. Por unos instantes, un silencio mustio se instaló en la línea.

—Su nieta, Juana, está conmigo —irrumpió Margarita.

—Yo no tengo ninguna nieta —contestó la rígida voz del otro lado de la línea.

—Ustedes son la única familia que le queda.

—Esa mocosa no es mi nieta.

—Señora, si es necesario, podemos hacer una prueba de ADN.

— ¡Ya le dije que no es mi nieta! No insista.

—Si ustedes no se encargan de ella, tendrá que ir a un orfanato y esperar a que la adopten. Si tiene suerte. Porque a los niños de esta edad no los quiere nadie.

Margarita escuchó una exhalación fuerte.

—No vuelva a llamar —dijo la mujer, y colgó.

Margarita dejó caer el auricular y observó absorta la sucia pared de la minúscula oficina.

CAPÍTULO 8

Irina era una joven de familia acomodada, de *country club*, de vacaciones en el extranjero. Decían que era cariñosa, acomedida y excelente alumna. A los quince años probó su primer cacho de marihuana. Le gustó. De a poquitos fue degustando otros alucinógenos, hongos, ácido, éxtasis. Por varios años, su consumo fue social, durante parrandas o tertulias con amigos, pero con el tiempo se convirtió en un vicio diario. Se alejó de sus amigas de toda la vida, entabló amistad con los famélicos de la clase. A los veintiuno ya era adicta a la heroína. Dejó la universidad a mitad de carrera, lo cual lamentaba en momentos de lucidez, porque estudiaba Veterinaria y amaba a los animales más que a los humanos. Estuvo internada en varios institutos de rehabilitación y pasó por los sillones de una decena de psiquiatras y psicólogos, los mejores del país, pero no sirvió de nada.

Recién cumplidos los veinticuatro, la echaron de casa: había empezado a robar los cubiertos de plata, las joyas de su mamá, Octavia, y a saquear la billetera de Joaquín, su padre. Vivió con amigos por un tiempo, hasta que ellos también se hartaron. Le pidió albergue al jíbaro, y este le permitió acomodarse en una esquina de la sala mientras ella tuvo dinero para comprarle heroína, y él ganas de acostarse con ella. Luego la tiró a la calle.

Meses después, en una soleada mañana de domingo, su tía Sonia se la encontró en una avenida. Irina se le acercó despacio, con mirada perdida. Estaba sucia, tenía el pelo enmarañado y la ropa desgastada. Cuando estuvo a unos pasos de distancia, la indigente le pidió dinero con mano temblorosa y, en cuanto su tía la reconoció, la expresión de repugnancia transmutó en una de espanto y aflicción: «Irina, mijita, ¿qué hace acá?». Las cuencas de la mendiga la atravesaron como a cristal de escaparate. «Irinita, soy Sonia, su tía», le dijo con voz de súplica. La desechable dio media vuelta y se encaminó hacia otro transeúnte. Sin saber qué hacer, Sonia partió apresurada a buscar refuerzos y, horas más tarde, una comitiva de amigos y conocidos la recogió en la entrada de una panadería. La internaron en un instituto para drogadictos ubicado a las afueras de la ciudad, pero Irina se escapó semanas más tarde y nadie supo más de ella. Un año después, apareció en la casa de sus padres con una criatura colgada de los brazos.

Sus padres la recibieron en la antesala, hombro a hombro, rectos y estoicos, un muro de contención. Irina les presentó a Juanita y les dijo que había dejado las drogas, que era una mujer renovada gracias a su hija. Octavia se inclinó hacia el frente sin moverse de su eje, por si alcanzaba a divisar entre la envoltura de tela el rostro de la niña. Joaquín la atajó con el brazo estirado hacia el lado para protegerla del abismo.

—¿Qué quieres, Irina? —le preguntó su padre.

—¿Nos podemos quedar acá por un tiempo? Hasta que consiga a donde irme.

Joaquín permaneció inerte, sin decir nada, las líneas de su tajado rostro más acentuadas que de costumbre, y luego, ni lento ni deprisa, se adentró en la morada. Confundidas, Irina y Octavia lo siguieron con la vista hasta que dobló hacia el corredor.

—¿Cuánto tiene? —señaló Octavia al bulto.

—Tres meses.

—¿Está bien?, ¿sana?

—Sí, está sanita —sonrió Irina, contemplando a la bebé.

Iba a agregar algo, pero su papá reapareció con un sobre en la mano.

—Acá tienes. —Estiró el brazo en dirección a su hija—. Esto te alcanza para pagar arriendo por varios meses.

Irina sacudió la cabeza en diagonal, un tic que había cultivado en los últimos años, y se enfocó en el rostro de su madre, que ahora permanecía agachado.

—Cógelo —insistió Joaquín.

Irina seguía concentrada en Octavia. Juanita soltó un aullido suave, se acomodó y retomó el apacible sueño.

—Cógelo —enfatizó su mamá sin mirarla.

Cabizbaja, Irina desprendió el brazo derecho del cuerpo tibio de la niña y agarró el sobre.

—Gracias —musitó, se compuso y se dirigió hacia la puerta.

—Espera —dijo su mamá, e Irina se detuvo—. No te vayas todavía, ya vuelvo.

—Adiós —agregó Joaquín con las manos en los bolsillos, y se marchó sin esperar a que su mujer regresara.

Irina no contestó. Minutos después, llegó Octavia empujando un cochecito rojo.

—Era tuyo. Llévatelo. Para la niña.

CAPÍTULO 9

—Juanita, mi reina, ¿cómo se siente? —le pregunta Cristian al verla en el umbral de la cocina.

Ha venido a visitar a la familia, a darles una vuelta a las mujeres de Miguel, como hubiera querido su amigo que hiciera.

—Ahí, Cristian —contesta Juana por encima del hombro del sujeto, quien se acerca para abrazarla. Juana percibe olor a calle en sus prendas, a tierra, a viento, a dióxido de carbono.

—No es para menos, mujer, el dolor es demasiado grande. Miguelito era como un hermano para mí. —Se desprende de ella y le clava su húmeda mirada antes de recostarse de nuevo contra la estufa, desde donde conversaba con la matrona y las cuñadas antes de que ella llegara.

—Y usted es como un hijo para mí, *Cristiansito* —añade doña Herminta. Con los codos en la mesa, está sentada junto a Gladys y a Eugenia. Todos toman tinto. El aroma del café recién colado acobija con dulzura la caída de la fría tarde. Doña Herminta y sus dos hijas llevan puestos chales negros en los hombros, Cristian porta una chaqueta de plástico, por si se viene la lluvia, y Juana se calienta entre un saco amplio de sayal.

—Está delgada —le dice Cristian a Juana, pero omite mencionar que la ve más linda que antes, con la penetrante mirada resaltada por la aflicción y el cansancio. «Se contempla fina», piensa él.

—Esta no come nada para no convidar —suelta Gladys.

Juana endurece el rostro.

—No me dan ganas de comer —articula Juanita, dirigiéndose a la visita.

Evita por completo a las mujeres, quienes sorben el café y arrugan la cara al mismo tiempo. Las arpías también la ignoran a propósito, excepto Eugenia, que lleva rato concentrada en un mosco que revolotea por la estancia.

—¿Quiere un cafecito? —le ofrece Cristian a la viuda.

—Ya se acabó —se entromete de nuevo Gladys.

—Eso no es problema, preparamos más —sonríe Cristian, y repasa a las presentes hasta detenerse en Juana.

—No se preocupe, Cristian, deje así, yo no quiero café. —Juana estira las mangas del saco para cubrirse las manos y, en seguida, trenza los brazos y los labios.

—Doña Herminta, voy a hablar unas cositas con Juana en la sala —dice Cristian.

—Está bien, mijito, siga, no más, esta es su casa.

Sin pensarlo dos veces, Juana se aleja y Cristian la sigue. Al llegar al salón, se sientan uno al lado del otro sobre un desgastado sofá de flores color pastel.

—Juanita, dígame la verdad, ¿cómo me la tratan acá?

—Usted sabe que esas viejas me detestan.

—¿Con todo y lo que pasó?

—Creo que ahora es peor, por lo menos con Miguel aparentaban, pero ya no les importa.

—¿Y entonces? ¿Qué va a hacer?

—No sé. No tengo para dónde irme y tampoco tengo plata. —Agacha la cabeza, aspira profundo y aprieta los dientes para no llorar; una mueca de dolor cubre su semblante.

Cristian posa su mano sobre la de ella.

—No se ponga así, Juanita. —Le acaricia el dorso y los nudillos.

—No tengo nada, Cristian. Me voy a quedar en la calle. —Retira su mano del húmedo calor de la epidermis del hombre.

—Yo no voy a permitir que eso pase. Esta noche hablo con Flor para que se venga a quedar con nosotros. Organice sus cosas, el viernes traigo la camioneta y me la llevo.

—No, Cristian, ¿cómo se le ocurre?, yo no puedo ir a incomodarlos. La pobre Flor ya tiene bastante con los niños.

—Con mayor razón, usted puede ayudarla con los niños y, además, la acompaña.

—Pero ¿por cuánto tiempo? Yo no puedo vivir con ustedes toda la vida.

—Por eso no se preocupe que yo le consigo algo que hacer, pero, por ahora, lo importante es sacarla de acá.

—No sé qué decir, Cristian. Muchas gracias. No sé cómo le voy a pagar.

El hombre aterriza la mano en la rodilla de Juana. Ella baja la mirada, la observa y cruza los brazos sin decir nada.

—No hay nada que agradecer, ya le dije que Miguel era como un hermano para mí.

—Gracias, Cristian, voy a empezar a empacar. —Se levanta del sofá y el brazo del tipo cae como plasta sobre el mueble.

—Ya le dije que no me tiene que agradecer. Nos vemos el viernes. Cuídese.

CAPÍTULO 10

«Ni siquiera pudo darme un retoño de Miguelito, nada, no me dejó nada, solo malos recuerdos», fue lo último que le dijo doña Herminta a Juana antes de que se subiera a la camioneta de Cristian. La nuera aparentó no haber escuchado, pero, en el trayecto a su hogar provisorio, las lágrimas no pararon de rodarle por las mejillas.

Flor la recibe con un tropel de críos pegados a sus faldas. Tienen cuatro: los gemelos, dos varoncitos de tres años; un niño de cinco años, y la mayor, Milagros, que tiene siete. La llamaron así porque nació nueve meses después del último intento consciente por parte de Flor de quedar embarazada. Se le había metido en la cabeza que era estéril gracias a incontables decepciones a la hora de concebir.

Instalan a Juana en el cuarto de san Alejo, un hueco en el primer piso, debajo de las escaleras, lleno de chécheres. Lo han vaciado y tendido un colchón sencillo, que era lo único que cabía, aunque, con maña, también han logrado colocar una caja angosta hecha de palos de madera —donde traían la fruta de la plaza—, que sirve de mesa de noche. Cristian se las ha arreglado para extender un cable de luz e instalar un bombillo en el inclinado techo que, además de alumbrar, hace las veces de calentador. El agujero es una nevera: Juana deja la luz encendida en las noches para no morir de frío y, entre nubes de vaho, recuerda el tibio cuerpo de Miguel. Sin embargo, se siente aliviada en trinchera ajena, pero con aliados.

El resto de la casa es muy parecida a la de su suegra, con recovecos pequeños, extensiones, divisiones y niveles improvisados. Las casas del barrio se amplían en vertical, crecen como un ser humano, pasan de la infancia a la adolescencia al añadir un tercer piso, luego a la edad adulta, construyendo el cuarto o adecuando la sala de ropas y entretenimiento en el techo, e, inevitablemente terminan en la tercera edad, llenas de grietas, desvaríos, quebrantos y, a veces, hasta colapsos. Pero a diferencia de la vivienda de doña Herminta, esta se ve recién pintada, con nevera y estufa nuevas y pisos lustrosos.

Juana colabora con los quehaceres, lleva y trae a Milagros del colegio todos los días, supervisa sus tareas y es la encargada de preparar la cena, porque a Cristian le gusta su sazón y a Flor le pica la cocina.

—¡Se lució otra vez, Juanita! —dice Cristian al tirar el tenedor sobre el plato.

—Sí, una delicia —añade Flor mientras le da de comer a los gemelos. Mechones de pelo le atraviesan la frente sudorosa. Sus protuberantes labios y sus mejillas redondas se mueven al compás de las bocas de los niños; cada vez que ellos las abren para recibir un bocado, ella los imita y mastica aire. La pobre mujer corre detrás de su prole el día entero, no la dejan descansar un segundo: gritan, juegan, pelean, saltan, desbaratan, cagan y mean a toda hora. Incluso Esteban, el del medio, a veces se rebaja al nivel de sus hermanos menores para asentar relevancia. Hay días en los que Flor no tiene tiempo ni ganas de arreglarse, se baña en cinco minutos, se pone un vestido amplio, porque no le cabe nada más, y arranca con el desayuno a las cinco y media de la mañana. Juana no entendía cómo conservaba el exceso de carnes con semejante ajetreo, hasta que la encontró comiendo a escondidas.

Es gordita; después de los gemelos, quedó con treinta kilos extra y alude a ello todo el tiempo. «Tan bonita que está, Juanita, delgadita; en cambio, yo parezco un hipopótamo». Juana la consuela diciéndole que se ve muy bien, rozagante, alentada y que además tiene una familia hermosa. Flor cae en cuenta de la falta de tacto, por lo de la tragedia, y se disculpa por ser tan superficial. «No se preocupe, una cosa no tiene nada que ver con la otra», la tranquiliza Juana entre dientes, y hace lo posible para no pensar ni hablar de su viudez.

Cuando los gemelos toman la siesta de media mañana y los mayores están en el colegio, la única hora de quietud, las dos mujeres se sientan en la cocina a tomar chocolate caliente con queso derretido y pan recién horneado en la panadería de la esquina. Juana parte trozos de queso con los dedos y los lanza dentro de la humeante taza, luego agarra una cuchara pequeña y revuelve el espeso líquido despacio, en círculos. Percibe el humo que se eleva hasta penetrar su nariz y se hincha de deleite. Unos minutos después, extrae un pedazo de queso del fondo y se lleva la cuchara a la boca, una tira blanca, chiclosa, rebosa del metal y estira y estira. Mastica lentamente, bebe un sorbo del cremoso líquido, posa la vasija sobre la mesa, agarra un pedazo de pan, corta un trozo, lo introduce en la bebida para empaparlo de dulzura y lo conduce al morro. Las papilas gustativas se excitan y su entorno, la estancia, Flor, todo resplandece y, por un instante, se despoja de la melancolía que lleva a cuestas. Es lo único que le provoca comer el día entero.

—Me alegra que esté acá —dice Flor después de posar el pocillo sobre la mesa. Se recuesta contra el espaldar de la silla y deja caer los hombros.

—Gracias, Flor. A mí me da mucha pena incomodarlos. Ser una carga para ustedes.

—No diga eso, no es ninguna carga. Para mí ha sido una bendición tenerla acá, una ayuda enorme con los niños, en especial con Milagros, pero también con el oficio, con la comida. Además, me acompaña, tengo con quien conversar. No sabe lo sola que me sentía. Cristian trabaja todo el tiempo y los culicagados están ahí, pero no es lo mismo. Usted ha visto: es puro juego, griterío y regaño para que hagan las cosas. Parezco una sirvienta, atendiéndolos, recogiéndoles el desorden, cocinando, trapeando, lavando montañas de ropa. Ay, Juana, yo quiero mucho a mis hijos, pero es difícil, y más sin tener a mi familia acá. En el pueblo los mocosos se crían por inercia, con los primos, los abuelos, los tíos. Todo el mundo ayuda. Pero en esta ciudad no tenemos a nadie. Ni la insoportable de mi suegra se asoma para colaborar.

—Pero por lo menos tiene a Cristian, que es un buen marido.

—Es buen proveedor, eso para qué, no se lo voy a negar. Pero nunca está, y, cuando está, ni nos determina. A los niños solo les revuelca el pelo y los agarra de mandaderos. A Esteban y a Milagros se la tiene montada, sobre todo a la niña, por ser la mayor y mujer. Y tampoco ayuda en nada, usted se ha dado cuenta; no mueve un dedo ni para levantar un plato.

—Trabaja mucho, Flor; vive cansado.

—Eso no es excusa, mijita, ¿o acaso Miguel era así? Pues claro que no, yo veía cómo la ayudaba, cómo la atendía.

—Sí, él era acomedido, pero no siempre.

—Juanita, yo a usted la quiero mucho y le digo esto con todo el cariño, aunque usted ya lo sabe: doña Herminta le cogió fastidio en parte por eso, porque le daba rabia ver cómo él la atendía, la consentía. Ella piensa que usted se aprovechó de él, que fue una mala mujer, una zángana.

—Esa vieja solo veía lo que quería ver, las cosas no eran así.

—Se lo digo para que entienda mi punto de vista. Miguelito era muy buen hombre, diferente de los otros. ¿O me va a decir que no?

—Sí, era muy bueno. —Se le quiebra la voz, tose, traga saliva y prosigue—: Pero no tuvimos hijos, así que es diferente. —Se enfoca en la taza de chocolate, agarra la manija y se la lleva a los labios.

—Discúlpeme, Juana, no quiero que se ponga triste. Pero Cristian, ay, ¿cómo le digo…? Me tiene cansada y, además de todo, ya ni me mira —dice en un susurro.

—Uno pasa por periodos de sequía, eso sucede en todos los matrimonios.

—Este periodo lleva mucho, casi desde que nacieron los gemelos. Yo creo que es porque ya no le gusto, no le atraigo, estoy hecha una vaca. —Arruga la cara, deja caer la cabeza y la mueve de lado a lado levemente.

—No diga eso, Flor, si usted es muy bonita. El problema es que él vive cansado, trabaja todo el tiempo. Cuando nos fuimos a vivir con mi suegra, a nosotros también se nos dificultaba.

—Pero ¿hacían el esfuerzo o no?

—Sí, hacíamos el esfuerzo.

—Bueno, Cristian ni siquiera lo hace.

—¿Y usted lo hace?

—Trato. Me armo la película en la cabeza y todo, pero después llega el rey a que uno lo atienda y se me quitan las ganas.

—¿Ya ha hablado con él?

—Una vez se lo insinué, pero me dijo que era una exagerada, que no pasaba nada.

—Le va a tocar tomar las riendas del asunto y entusiasmarlo de alguna manera. Con los hombres no se necesita hacer mucho esfuerzo. Un día de estos, se pone bien bonita, lo recibe con una copita de algo, le habla suavecito, le infla el ego con halagos y va a ver que en un ratico lo tiene comiendo de su mano.

—¿Será?

—Se lo aseguro. Yo la ayudo con los niños, por eso no se preocupe. Los encierro a todos en un cuarto y me invento algún juego.

—¿No pensará que me enloquecí? ¿Que soy una ridícula?

—No, Flor, para nada. A los hombres también les gusta que una tome la iniciativa.

—No sé, Juana, vamos a ver.

CAPÍTULO 11

Cristian se deja caer sobre el sofá de la sala, se desliza, recuesta la cabeza en el borde del cojín que da contra el espaldar, espernanca las piernas y toma el control remoto del televisor por costumbre. Flor y Juana terminan de recoger los trastos de la cena, Milagros y Esteban las ayudan. Al terminar, las mujeres se disponen a empezar con la rutina de la noche, empijamada general y lavada de dientes, pero Cristian las detiene.

—¿Ya se van a acostar? No sean tan aburridas, vengan y hacemos visita un ratico.

—Los niños tiene colegio mañana —dice Flor.

—Déjelos que se alisten solos.

—Ah, ¿sí?, ¿y los gemelos también?

—También, que aprendan desde ya. Usted se queja todo el tiempo de que aquí nadie hace nada, pero es la que los malcría.

—Más bien, ¿por qué no viene y nos colabora?, así terminamos más rápido —reclama su mujer.

—Vaya usted si quiere, pero, por lo menos, déjeme a Juanita para charlar.

Las dos mujeres se miran: Juana, como preguntándole qué hacer; Flor, con piedras por pupilas.

—Quédese, Juana, yo me subo con los niños —le dice Flor.

—No, yo la ayudo y después bajo.

—No, Juana, quédese. Venga para acá, que usted se merece un buen descanso después de esa comida que se mandó —declara el hombre.

—Yo me encargo, no se preocupe —reitera Flor.

Los niños dan las buenas noches. Cabizbaja, Juana serpentea hacia la sala y se acomoda en una silla diagonal al sofá.

—¿Por qué tan lejos, Juanita? Tranquila, que yo no muerdo —dice Cristian.

—Acá estoy bien. —Sonríe a medias.

—Yo creo que Flor se aprovecha de su buena voluntad. Le voy a decir que me la deje descansar —dice clavándole la mirada.

—¿Cómo se le ocurre, Cristian? Yo estoy feliz de poder ayudarlos de alguna manera.

—Sí, pero tampoco. —Estira el po, como canturreando—. Es bueno que tenga tiempo libre, que se relaje, para asimilar lo que pasó.

—No, prefiero estar ocupada para no pensar.

—Venga para acá, Juanita, siéntese a mi lado. —Golpea el sofá con la palma de la mano.

Ella se levanta después de unos instantes, se dirige al pedazo de superficie que Cristian viene de señalar y se sienta con la espalda recta a tres manos de distancia de los muslos de él.

—Relájese, no quiero verla toda achicopalada.

—Lo que necesito es ocuparme, trabajar. A mí me da pena pedirle cosas, Cristian, pero usted me había dicho que tal vez pudiera conseguirme un trabajo.

—Sí, algo le puedo conseguir, pero ¿para qué se va a matar trabajando en una fábrica o limpiándole a una vieja estirada? Mejor se queda acá, ayudando a Flor. Mire que, desde que usted llegó, la señora está más contenta.

—No, Cristian, yo no me puedo quedar acá toda la vida. Le agradezco mucho la ayuda, pero esto es temporal.

—¿Por qué, Juanita? Usted se puede quedar acá todo el tiempo que quiera.

Cristian posa una mano sobre la rodilla de la viuda y la empieza a acariciar. Ella contempla el movimiento pausado. Cristian se le acerca, dobla el torso en su dirección, conduce la otra mano a su mejilla y la acaricia. Juana se enfoca ahora en las dilatadas pupilas del hombre, en la lengua que se asoma, y percibe el tufo a la salsa de la carne sazonada con tomate, cebolla y ajo.

—Acérquese, no se haga la rogada, Juanita —dice el hombre, y le aproxima aún más el curtido semblante.

Juana no mueve un dedo, no pestañea, se mantiene rígida, apenas respira.

—Ya están todos en la cama —dice Flor a lo lejos, bajando las escaleras.

Juana se yergue de sopetón y al pararse golpea el brazo de Cristian, que estaba adherido a su rostro.

—Me voy a dormir —dice Juana cuando Flor se materializa en la sala.

—No, quédese otro rato —le pide Flor.

Juana pasa apresurada por su lado sin pronunciar palabra y desaparece.

CAPÍTULO 12

Deja la mochila lista, encima del colchón. Decide abandonar la mayoría de las pertenencias que ha traído de donde su suegra, incluidas la licuadora y la vajilla que le regalaron para su boda. No puede cargar tanto peso. Lo único que empaca es su ropa y una bolsa plástica con las recetas. Flor está en la cocina con los gemelos, les grita cada medio segundo que se sienten a comer, pero no hacen caso: corren, saltan, barren el piso con el pecho, pasan por debajo de la mesa, lo único que les falta es trepar por las paredes. A ratos, Flor ataja a uno y le embute una cucharada de caldo en el hocico.

—Salgo con los niños para el colegio —dice Juana desde el umbral.

—Gracias —responde Flor, distraída, con la mira clavada en las cabras.

Juana permanece atornillada al piso, vacilante. Después de un rato, Flor se percata de que su amiga sigue ahí.

—¿Qué pasa? ¿Necesita algo? —pregunta Flor.

Juana se le acerca y la abraza.

—¿Está bien, Juanita? —pregunta Flor sin perder de vista a los niños.

—Sí, estoy bien, solo quería agradecerle por todo, Flor. Usted se ha portado muy bien conmigo.

—Ya le he dicho que no me tiene que agradecer. ¡Henry! ¡Me hace el favor y se baja de ese balde! —grita al despedirse de Juana—. Más bien váyase, que se les va a hacer tarde.

Juana se encamina hacia la puerta de la calle, donde Milagros y Esteban la esperan uniformados y con maletines a cuestas, pero, antes de salir, saca la mochila del cuarto de san Alejo.

—¿Para qué lleva eso? —la interroga Esteban.

—Es una ropa que arreglé, la tengo que dejar en la casa de una vecina —responde Juana, pero ellos ya no le prestan atención.

Espera a que los niños entren al edificio, quiere darles el último adiós, pero ninguno se da la vuelta. Desde la acera encara el porvenir, la mochila le presiona el hombro izquierdo, mide la calle. A unos metros de distancia un vendedor ambulante ofrece mango con sal y mamoncillos, otro monta un quiosco al otro lado de la avenida, un tercero tiende en el piso una lona al final de la cuadra. Ve suciedad por todos lados: tierra, barro, paquetes vacíos de golosinas. La arquitectura —si se le puede llamar de esa manera— es un desbarajuste; edificios que se apretujan, de alturas diferentes, con la pintura desgastada y las ventanas sucias. Un barrio de clase baja, donde el taller mecánico, el colegio, la panadería y la casa de familia son dijes de la misma cadena. Hace frío, como todas las mañanas, pero el sol ya se perfila detrás de las nubes y aviva esperanzas de un día sin lluvia. No lo ha planeado bien, ¿qué va a hacer ahora? Todo por la maldita cólera, por las sebosas manos del hijueputa de Cristian, que le carcomen el cerebro. Aprieta los dientes con fuerza, los puños, el cuerpo entero. Quiere exorcizar el recuerdo. Tiene que tomar camino para algún lado, pero ¿para dónde? El monóxido de carbono que expulsa un bus la abofetea y le asaltan ganas de devolverse a la cueva del cochino.

No, eso jamás.

El abandono ya lo conoce, aunque había elegido olvidarlo, culpa de Miguel, que la distrajo por mucho tiempo, pero, por lo visto, la providencia no es desmemoriada y encima le tiene saña. Varios buses pasan de largo; en la estación, uno se detiene a recoger a un muchacho joven de pelo engominado. «Las Lomas», alcanza a leer en la parte superior de la ventana delantera. Se fija en otro, «Bella Hermosa», y otro más, «La Antigua». Todos son barrios aledaños, conocidos. Se le va otra media hora leyendo letreros, el hombro le duele, se cuelga la mochila del lado derecho. «Cerezo», lee. El nombre le suena bonito y decide subirse. Está atestado de gente, se adentra con esfuerzo; apretujándose entre la humanidad, se ubica en un huequito con la mochila al frente para evitar que se la rapen. Después de lo que parece una eternidad, logra sentarse. Descansa el hombro, el cuello y la espalda, que la están matando. Frente a la ventana desfilan cientos de carros, edificios, casas, comercios, personas que caminan con determinación, la mayoría distraídas, con el celular pegado a la oreja o aferrado a las manos. Ríen, hacen mala cara, tosen, escupen, no se inmutan. Juana se siente ajena, foránea, desconectada por completo del espectáculo que la circunda. Recuerdos de Miguel la acosan y siente el vacío. Deja que las cuadras se acumulen, que la mañana persista, que una masa tras otra ocupe la silla a su costado. No quiere bajarse, pero sabe que debe buscar posada antes de que el sol se ponga.

Al cabo de varias horas, se baja en un sector que estima apropiado para encontrar un hotel barato, pero decente, una zona comercial que conoce bien —no hay rincón de esa gran ciudad que no conozca—, organizada en medio del fárrago, pero más pulcra que de donde viene, con fachadas bien pintadas y vitrinas que exhiben, en su mayor parte, maniquíes con atuendos para dama. Se detiene enfrente de una de esas vitrinas a contemplar la vestimenta y se topa con los ojos apagados de una desconocida demacrada y sombría. Se asusta. Arranca rápido y no vuelve a embestir ninguna superficie reverberante. Entra al primer hotel de dos estrellas que atisba, un edificio de ladrillo. Un hombre de gafas con corbata y vestido de paño gris se asoma por detrás del mostrador.

—Buenas tardes, señora. ¿Cómo la puedo ayudar?

—Buenas tardes. ¿Tiene alguna habitación disponible?

—¿Por cuántas noches?

Juana cavila por unos instantes.

—Por dos —dice, pero piensa para sí: «Por toda la vida».

—Déjeme, reviso qué hay disponible.

Está parada sobre un tapete verde pasto, luces fluorescentes alumbran la recepción. El color de piel del hombrecillo es del mismo tono que su traje.

—Tiene suerte. Hay un cuarto en el segundo piso con vista a la calle.

—¿Cuánto cuesta la noche? —Le da el precio y ella hace cálculos mentales—. Está bien, lo tomo.

No está tan bien, pero no tiene opción. Dependiendo de cómo le vaya, tal vez después tenga que buscar algo más barato. Al entregar los billetes —porque le exige pago por adelantado—, siente un nudo en la garganta, un asalto de ansiedad. Se le ocurre preguntarle si sabe de algún trabajo en la zona, pero desiste para no asustarlo, puede arrepentirse y quitarle el cuarto.

CAPÍTULO 13

Todos me observan, la mayoría son desconocidos, mantengo la mira puesta en el final del corredor, no me distraigo ni le doy importancia a nadie. No recordaba que el *lobby* fuera tan ancho ni los pisos de cerámica tan relucientes. Un club de tradición con aires de hacienda española. Diviso a la rubia desabrida, la esposa del tipo con el que a Paul le gustaba congraciarse porque es dueño de una compañía de aviones privados. «En esta vida todo son relaciones», me decía. La mujer me sonríe y, aunque no me dan ganas, yo también le sonrío para no dar de qué hablar. Por fin en el restaurante veo a Helen en la terraza, sentada en una mesa, debajo de un parasol enorme, con la mejor vista del campo de golf. Levanta el brazo al verme. Zigzagueo por entre los comensales y, de reojo, advierto más retinas puestas en mí, ¿o será pura sugestión?

—¡Querida! ¿Cómo estás? Qué felicidad verte. —Se pone de pie y me abraza.

Ahora todo el mundo me abraza.

—Hola, Helen.

Porta un vestido veraniego de flores ceñido al torso, pero de falda ancha, y está maquillada a la perfección. Es rubia, como la mayoría, pero de un tono casi blanco, plateado, y lleva el cabello anudado en un moño. Tiene cuarenta y cuatro años, es de mi estatura, delgada, de ojos verdes, bonita y extravagante, una copia de las demás, todas parecen *sister wives*. Incluso yo. Aunque hago un esfuerzo consciente por no hacer parte del rebaño, sin embargo, tantos años de adoctrinamiento son difíciles de superar. Por lo menos mi pelo café resalta en el mar de matices dorados.

Helen fue una de las primeras a las que conocí al hacernos miembros del club, y Paul se sintió más feliz y satisfecho que al graduarse de abogado. La mujer no hace nada en la vida, al igual que yo, aunque me gradué de administradora de empresas y trabajé unos años en una aseguradora hasta que conocí a Paul. Renuncié unos meses después de casarme porque no aguantaba a mi

jefe y porque mi marido quiso que me dedicara a remodelar nuestro nuevo hogar. Ni siquiera puedo decir que
Helen sea ama de casa, ya que, a pesar de ser dueña del
predio y esposa del amo, no ejerce ninguna función que
contribuya al buen funcionamiento y manejo del hogar.
Esta tarea, y la de criar y mimar a sus hijos, está a cargo
de las estimadísimas Karla, la ama de llaves, Katie, la
nana, y Cookie, la empleada del servicio. De cualquier
forma, es una de las pocas que me cae bien o que
aguanto, porque me entretiene.

—¿Cómo te sientes? Qué pena no haber podido hablar contigo el día del funeral, pero todo fue tan rápido…, te veías tan triste, tan ida. Preferí no molestarte.
—Adivino que intenta contraer la cara, pero no se dibuja ninguna línea de expresión.

—Fue mejor así, no quería hablar con nadie.

—Todavía no puedo creer lo que ha pasado, era tan
joven, se veía tan sano…

—Sí, fue inesperado. —Desvío mi atención al
campo de golf.

—No hablemos más de eso. Los problemas los dejamos en la calle: afuera, shu, shu —dice con el brazo

elevado, barriendo el aire con la mano—. Ya tengo suficiente con la espalda, que me está matando. No sé cómo dormí anoche, pero amanecí tronchada. Y con lo feliz que estaba después de la maratón de la semana pasada. ¿Te conté que corrí media maratón? No, obvio que no. Corrí media maratón y llegué tercera en mi grupo de edad. ¿Puedes creerlo? Y con solo dos meses de entrenamiento nada más, solo dos meses. Richard pensaba que estaba loca, más loca de lo normal —ríe—, pero se quedó boquiabierto cuando llegué con mi medalla. Ven, te muestro las fotos.

Agarra el celular de la mesa y busca las imágenes. Me enseña docenas. Antes de la carrera, durante la carrera, en la recta final, cruzando la recta final, en el podio. Los dientes siempre al aire, la voz efusiva, aceitada, con el tono clásico de infante mimado y con la melodía de la superioridad.

—Te felicito. —Sonrío.

—Gracias, querida. La próxima, la hacemos juntas.

—Claro —afirmo sin ninguna convicción.

—*Shoot!* ¡Se me ha olvidado traerte el regalo que tenía!

—¿Regalo?

—Sí, ¿conoces las cadenas que se cuelgan en la cintura?

—No.

—Son divinas, haz de cuenta una mándala, pero para la barriga. Una amiga me trajo varias de África y te quería regalar una. Son símbolo de feminidad, belleza, madurez. ¡Y además te ayudan a mantenerte en forma! Nada de excederte con la comida, porque la revientas. —Ríe de nuevo—. Tengo una puesta debajo del vestido, ahora no me la quito nunca. Más tarde vamos al baño y te la muestro. A Richard le encanta, lo vuelve looocooo.

Abre los párpados, se carcajea, menea los brazos, las manos, saluda a alguien, vuelve al monólogo. Oigo un sonsonete a lo lejos, palabras aisladas, notas agudas. Me invade el desaliento. Mantengo una mueca de aprobación constante. De repente, me encuentro rodeada de mujeres. Han llegado en manada, me dan el sentido pésame y se sientan a cotorrear. Yo sigo en África y ellas están en el hemisferio norte. «Acabó de remodelar la casa y ya se compró otras dos», asegura una. «¿Y qué tal el yate nuevo?», añade otra. «De cien pies», dice la tercera. La mesera se acerca, posa cinco vasos sobre la mesa y se va. Ninguna la determina. Hablan sin respirar. Yo sí respiro: inhalo, exhalo, el estómago se infla y se contrae, siento mis piernas, mis manos, el calor de la tarde en la piel sudorosa.

—¿Y tú, Laura? ¿Cuáles son tus planes para el verano? —pregunta la que está a mi lado.

—Me voy.

—¿A dónde? ¡No me habías contado! —exclama Helen.

—Por ahora, a casa, pero, después, al país donde nació mi mamá.

Me levanto, agarro mis pertenencias, digo un chao global y me voy.

CAPÍTULO 14

Llegaré a la capital, a recorrer el trayecto de luz que dejaron los pasos de mi madre. Unos días allá y, después, de paseo por los lugares más turísticos, por la costa, por las montañas, por los llanos, por la selva y por el desierto. Mi mamá siempre hablaba de su tierra, la extrañaba tanto… Solo me llevó una vez, yo tenía siete años; no por falta de ganas, sino de recursos. Soñaba con ir a visitar a mi abuela, a sus amigas de la infancia, a comer sus empanaditas de carne, a tomar el sancocho más famoso de la ciudad —según ella—, el de doña Claudia, la dueña de una fonda del centro. Antes de que falleciera, yo le había comprado un pasaje para que fuera por el tiempo que quisiese. Pero no llegó. La ilusión del viaje la aferró a este mundo por unos días más de lo pronosticado, pero creo que el otro mundo la requería con más urgencia.

En esa excursión, de chiquita, conocí a mi abuela, aunque, desde que tengo memoria, hablábamos por teléfono una vez cada tres meses y alimentábamos una correspondencia semejante a la de dos enamorados, y es verdad que amé profundamente a esa anciana dulce y risueña. Le encantaba escribir. Su caligrafía era hermosa y su lenguaje, refinado y jocoso, poseía la agudeza mental de la sátira y las ocurrencias. De ella aprendí a adornar las frases. En sus pastorales me contaba los chismes del barrio —yo conocía a todas las vecinas por nombre, apellido y apodo, y también el de sus críos y esposos—. Acostumbraba a quejarse de que mi abuelo era un viejo aburrido, insípido y matapasiones, pero todos sabían que lo adoraba. Después de que él muriera, colocó su fotografía sobre la mesa de noche y, antes de acostarse, la contemplaba, le conversaba, le rezaba y la besaba. Para mí, ese anciano, a quien poco conocí y poco recuerdo, era callado y abstraído, pero lo que no se me borra de la cabeza es su presencia, lo que emanaba: luz y afecto. Hallarse en su entorno era como abrigarse con una manta de nirvana. Por eso, durante esas vacaciones, cuando me cansaba de la labia interminable de mi mamá y mi abuela, lo buscaba para refugiarme. Él sonreía al verme y señalaba para que me sentara a su costado a ver la televisión o a acompañarlo a leer el periódico. Me habría gustado conocerlo más, pasar más tiempo con él; de haber sido así, tal vez no me hubiera casado con Paul. Según mi psicóloga, tengo un abismo…, no, perdón, un «paréntesis» —así lo dice ella, con las manos en el aire y un doblez simultáneo de los dedos índices y del corazón— en el área de la figura paterna, más comúnmente conocido como *daddy issues*. De la familia de mi mamá ya no queda nadie, solo parientes lejanos que nunca conocí y que no tengo intención de desenterrar.

CAPÍTULO 15

Se levanta temprano, se arregla lo mejor que puede y sale a buscar trabajo. Tiene la ilusión de encontrar algo en una de las tantas tiendas o restaurantes de los alrededores. Lo primero que le piden es la hoja de vida, pero, como no tiene una, de mala gana le preguntan cuál es su experiencia. «De ama de casa —dice—, cocino muy bien», asegura en los restaurantes. «¿Según quién?, ¿su marido?», la interroga un tipo lagañoso. En las tiendas de ropa exagera sus dotes como costurera y su buena disposición para organizar. En el trayecto solo encuentra caras largas y muecas sarcásticas. Esa mañana, aspiraba a un trabajo como cocinera o administradora de un almacén, a mediodía se le ocurre que es mejor bajarse de escalafón y buscar empleo como ayudante de cocina o vendedora rasa. En la noche, al entrar en la habitación, está dispuesta a hacer cualquier cosa. Los pies le palpitan de dolor. Tira los zapatos, se sienta en la cama y se deja caer de espaldas. Las lágrimas lavan sus mejillas y su pelo. Se arrepiente de haberse convertido en una inútil, de no haber aprendido a valerse por sí misma, sobre todo viniendo de donde viene: de la calle, del desarraigo, de la pobreza. Se acurruca en posición fetal. Piensa en su mamá, en el orfanato y en las casas de desconocidos por las que pasó. Gime en silencio, agarra una almohada y la aprieta fuerte. No se permite verbalizar la tristeza, ahoga un grito en su molicie para expulsar los recuerdos, en especial el de Miguel. La asaltan los espasmos del sollozo. Después de un largo rato, el llanto cesa, el cuerpo se relaja poco a poco y se queda dormida.

Al día siguiente, extiende su estadía por una noche más para tener tiempo de planear su próximo movimiento y hacer cuentas del dinero que le queda, para cuánto tiempo le alcanza y en qué se lo puede gastar. Después de recorrer los estantes de la tienda de la esquina durante media hora, decide que yogur y paquetes de papas fritas serán el menú de supervivencia, solo uno por cada comida o, si el estómago se lo permite, dos por día. No le parece difícil limitarse, el apetito sigue extraviado en los deleites del ayer. Busca las marcas más baratas y se dirige a la caja a pagar.

Para cubrir más territorio sin tener que despilfarrar plata en transporte, reserva por dos horas el cuarto con computador al lado del vestíbulo del hotel, mejor conocido como el Centro de Negocios. Allí busca trabajo no calificado por internet y anota números de teléfono de posibles empleos. Su celular sucumbió junto con su esposo, pero determina que es indispensable apartar algo del presupuesto para comprar minutos y reactivarlo. Al culminar su búsqueda, antes de encaminarse para el cuarto, el hombre gris la llama.

—¿Algo en lo que la pueda ayudar, señora?

—¿Por qué pregunta? —Juana ladea la cabeza.

—Noté que buscaba algo en internet y tal vez yo le puedo colaborar.

—No, no hay necesidad, pero gracias de cualquier forma.

—¿Está segura? Mire que tengo buenos contactos para ayudarla con lo que se le ofrezca.

Juana lo observa y lo ve menos cenizo.

—Tal vez —contesta dudosa.

—Dígame sin pena.

—Estoy buscando trabajo, de lo que sea —murmura.

El hombre se queda pensativo y tuerce el morro.

—¿Está buscando por acá?

—Por donde sea. Vine porque esta es zona comercial y pensé que tal vez sería más fácil encontrar algo.

—El problema es que por esa misma razón son exigentes con la gente que contratan. Pero, déjeme, pienso y, si se me ocurre algo, la aviso.

—Gracias, pero recuerde que hoy es mi última noche en el hotel, mañana a mediodía me voy.

—Voy a hacer lo posible por moverme rápido. ¿Y tiene para dónde ir?

Juana calla, estudia el visaje del sujeto. Detrás de los espejuelos vislumbran unas pupilas pequeñas, apretujadas entre párpados estrechos.

—No.

—Con eso también la puedo ayudar.

—Gracias, pero no puedo gastar mucho, necesito algo económico, mucho más económico que esto.

—Entendido. La aviso más tarde. Mi turno termina a las seis, pero le dejo razón en caso de que no esté antes de irme.

—Está bien; muchas gracias por todo, de verdad.

—Con mucho gusto, señora.

CAPÍTULO 16

—¿Cómo que te vas? —pregunta Michael.

—Lo dices como si me fuera para siempre, no seas exagerado.

—No has comprado pasaje de regreso, así que eso es lo que asumo.

—Por ahora no tengo intención de quedarme a vivir allá; solo quiero despejarme, ver otros sitios, otras caras.

—Te entiendo; si estuviera en tu lugar, haría lo mismo. Pero me da pesar que te vayas.

—¿Pesar de qué?

—De no poder caerte de sorpresa.

Volteo la cabeza en su dirección y con la mano derecha sujeto la puerta del refrigerador de vinos. Sostengo su mirada por unos instantes y me invade una quemazón del cuello para arriba. Me concentro de nuevo en la búsqueda del rosé.

—Puedes ir a visitarme si te hago mucha falta. —Lo miro de reojo.

—Si piensas que no lo haría, estás muy equivocada. —Sonríe.

Botella en mano, doy unos pasos hacia la isla de la cocina. Michael está parado del otro lado, la luz de una de las lámparas colgantes lo envuelve en un aura dorada.

—Estoy segura de que lo harías, pero el problema es encontrarme —le devuelvo la sonrisa.

—Entonces, ¿vas a desaparecer?, ¿hasta para mí?

—Solo por un tiempo.

Sirvo el vino y recorro el perímetro del mueble, me siento en una de las banquetas que da a la sala de televisión. Michael se acomoda a mi costado. Huele a algo que nunca antes había percibido. Me gusta.

—Está bien. Pero ¿por lo menos me escribirás? ¿Para contarme cómo te va? ¿Para saber si estás bien? ¿Que no te han secuestrado?

—¡Deja de ser tan gringo! Ese comentario lo esperaba de cualquiera, menos de ti. —Sacudo la cabeza y sonrío.

—¡Yo sé! Discúlpame, discúlpame. Déjame, saco el látigo y me flagelo… ¿o prefieres hacerlo tú? —Los dos reímos, sonrojados, Michael más que yo—. Está bien, te dejo viajar en paz, pero, de verdad, espero que me escribas algún día, como, por ejemplo, cuando estés aburrida tomándote un rosé. —Levanta la copa—. ¡Por tu viaje y todas las aventuras que te esperan!

Entrechocamos el cristal en el aire y bebo un sorbo largo. Me acalora más. Michael se encarga de mantener el fluido constante de alcohol mientras charlamos. Sin darnos cuenta, vaciamos la botella. Decide irse pasadas las once de la noche. Lo acompaño hasta la salida. Estoy contenta.

—Cuídate mucho, Laura.

—Te lo prometo.

Se acerca para despedirse y planta un beso en el vértice de mi boca. Me apresuro a abrir la puerta, nos despedimos de nuevo con una ojeada rápida. Espero en el umbral hasta que enciende el auto. La oscuridad oculta sus facciones, pero sé que me observa.

CAPÍTULO 17

En vano, pasa el día entero haciendo llamadas y recorriendo la parte más alejada del barrio. A nadie le interesa contratarla. Llega al hotel a las ocho de la noche y pregunta en la recepción si hay algún mensaje para ella. La mujer que atiende revuelca una gaveta con desgano. Juana se empina para observar el movimiento de las manos que pescan papelitos sueltos. Al culminar la labor, la empleada sujeta una hoja entre los dedos y anuncia: «No, señora, no hay nada». Juana descuelga los hombros, le da las gracias y se marcha. No duerme esa noche, da vueltas en la cama y va al baño cada media hora. Recibe la mañana de pie, junto a la ventana. A las once en punto sale con el morral al hombro y pregunta de nuevo si le han dejado recado. Nada. Se va. Transita calles y más calles. Ingresa a los locales donde ve avisos de «Se busca». A las cinco de la tarde se sienta a tomar un café con leche en un agujero de cafetería, lo acompaña con una almojábana. Al tragar el último bocado, le cruje el estómago, siente la piel de la espalda pegada al vientre como una estampilla sobre papel. Por primera vez, desde hace meses, tiene hambre, mucha hambre. Observa la vitrina repleta de pasteles y empanadas, la boca se le atiborra de saliva y el estómago vuelve a rechinar. Mueve la cabeza de lado a lado, como sacudiendo el ansia, y se levanta. Antes de irse a buscar dónde pasar la noche, aprovecha y les pregunta a los dueños del establecimiento, una pareja de viejos gordos, si saben de alguna vacante. Ambos niegan con la cabeza.

Se dirige a un barrio aledaño y pobre, se cruza la correa de la mochila al cuerpo y aprieta fuerte la tira, camina con ojos en la nuca, vigilando sus alrededores, tal como le enseñaron de chiquita. Al cabo de un rato encuentra un hotel de mala muerte, duda si debe entrar o no, pero tiene que ahorrar el poco dinero que le queda. Ingresa asustada y se aferra aún más a sus pocas pertenencias. La registra un hombre hosco; ella no lo mira, pero se mantiene alerta. La alcoba es peor de lo que esperaba: la alfombra, las paredes y la colcha tienen manchas por todos lados. Hay pelos arrumados en los rincones, en el desagüe de la ducha y sobre las sábanas.

Tiende su ruana en la cama y se acuesta sobre ella, se arropa con un saco y la camisa a cuadros de Miguel —lo único que conserva de él—, descarta la almohada. Al igual que la noche anterior, no puede pegar ojo, las pesadillas le arremeten despierta. Imagina lo peor. Una vida en la miseria, mendigando en las calles, durmiendo debajo de puentes, escarbando basureros y, un día no tan lejano, su cuerpo tieso en el gélido amanecer, igual que el de su madre. Las lágrimas se le escurren y emite un gemido pequeño, luego otro y otro más, solloza y le implora a Miguel que la ayude, que no la desampare. Sigue así durante segundos, minutos, horas, no sabe, hasta que sus párpados se cierran en algún repulgo de la noche.

Amanece y se despierta con la claridad que se cuela por la ventana, pero no quiere levantarse, ni bañarse, ni vestirse, quiere quedarse ahí y olvidarse de todo. Sin embargo, el cuerpo no lo entiende y se mueve por sí solo, por costumbre. En el baño se tropieza con su reflejo y, a pesar de verse más demacrada que nunca, esta vez no se asusta, ya no le importa. Se baña con las chanclas puestas, se arregla en cinco minutos y parte. Después de medio día, agotada y muerta de frío, gracias a la lluvia que no para de azotar la urbe, decide regresar al primer hotel. Apenas cruza el umbral, ve al hombre plomizo caminar apresurado hacia ella.

—Señora, ¡discúlpeme!, se me presentó un problema el otro día y me tocó salir corriendo. Y ayer tampoco pude venir. La dejé metida, qué pena con usted.

—No se preocupe, usted tiene sus obligaciones, yo entiendo.

—No. Yo le prometí, y soy un hombre de palabra. Pero mire cómo está de empapada. Siga, siga, no se quede ahí. Siéntese, ya le traigo un cafecito y algo con que secarse.

—Muchas gracias —contesta tiritando de frío.

Las luces de neón destellan en medio de la negrura fabricada por la tempestad. Minutos después, el hombre regresa con el café y una toalla de manos y se acomoda al lado de ella.

—Le tengo una buena y una mala noticia —anuncia el individuo.

—Dígame. —Juana frunce el ceño, retira la toalla del pelo, guiña los ojos y lee la reluciente placa de metal en la solapa del sujeto—. Dígame, Martín, le aseguro que cualquier cosa es mejor que nada en este momento.

—Bueno, creo que le conseguí trabajo.

—¿En serio? —pregunta confundida.

—¡En serio! Tengo amigos y colegas de la industria en varios lugares, una red bastante extensa. Llevo más de lo que se imagina trabajando en esto y, además, me deben unos favorcitos por aquí y por allá. —Sonríe.

—¿De verdad? —Los ojos se le encharcan.

—Sí, señora, ¡de verdad! Pero ahora le tengo que dar la mala noticia.

—Después de lo que me acaba de decir, no puede haber noticia mala. Muchísimas gracias por su ayuda. —Lleva los dedos del corazón a las comisuras de los párpados y los limpia.

—Puede que tenga razón, la noticia no es tan mala. La cosa es que el trabajo no es acá en la ciudad.

—¿No es acá? Entonces, ¿dónde es?

—En Villa Escondida. No es tan lejos, está a tres horas y media en carro. Intenté conseguirle algo por acá, pero, como se ha dado cuenta, no hay vacantes ni ganas de contratar. En cambio, como Villa Escondida es turística, siempre buscan gente.

—¿Y qué es el trabajo? ¿En qué sitio?

—Es en un hotel *boutique*, de caché caché, nada que ver con esto.

—¿Y qué tengo que hacer? Yo nunca he trabajado en un hotel.

—Pues, mi señora, le toca hacer de todo. El trabajo es de todera, como dicen por ahí. Va a tener que limpiar, recoger, atender en la recepción si lo necesitan, ayudar en la cocina, hacer mercado. En pocas palabras, lo que le toque. Están escasos de personal y necesitan alguien de confianza.

—¿De confianza? Pero usted a mí no me conoce.

—Mi señora, yo tengo muy buen ojo para la gente. Además, adivino la necesidad de lejos, y usted está muy necesitada.

Juana lo estudia, su mojado cuerpo aún más disminuido.

—Muchas gracias, Martín, de verdad, no sé cómo le voy a pagar por este favor tan grande. Estaba a punto de dormir en la calle.

—No se preocupe; hoy por ti, mañana por mí.

Ambos sonríen.

—Lo voy a hacer quedar muy bien, va a ver. ¿Y cuándo tengo que estar allá?

—Mañana mismo. Esta noche duerme acá y mañana temprano la acompaño al terminal de buses. Mi amigo Enrique la estará esperando.

—No tengo suficiente para pagar la noche.

—No se preocupe, yo le hago un descuento en el cuarto más barato que tenemos. Si pudiera, no se lo cobraría, pero acá son estrictos con las cuentas…

—Por supuesto, ¡no faltaba más!, con todo lo que ya ha hecho por mí.

Juana consigue dormir por unas horas, pero se despierta en la madrugada con zozobra, angustiada, como si alguien le hubiera pegado un puño en el pecho. Los pensamientos la acosan. Qué tal que le vaya mal, que no pueda hacer el trabajo que le piden, que le paguen una mierda, que la menosprecien, que el tal Enrique nunca llegue a recogerla, o, peor, que la recoja, la encierre en una camioneta, le quite los papeles y la lleve a trabajar como prostituta. Trata de blancas, se escucha por todas partes. Ella no sabe nada de Martín, parece buena gente, pero nunca se sabe. ¿Por qué la ayuda, si ni siquiera la conoce? ¿Qué pensaría Miguel?

Sin embargo, a las siete en punto de la mañana, se planta en la recepción para salir con Martín hacia el terminal.

CAPÍTULO 18

Las montañas que tanto extrañaba mi mamá, colinas, planicies, cultivos, puñados de árboles desperdigados, un tapiz esmeralda interrumpido por el techo ocasional, un ocre, un gris, el marrón de la tierra recién labrada. A lo lejos, la verdura en degradé, enredada entre el azul resplandeciente, grisáceo y celeste del cielo a mediodía. Sin saber por qué, se me oprime el pecho, la garganta se me cierra y me dan ganas de llorar; suspiro profundo y aprieto los labios para contener las lágrimas. La voz del piloto se propaga por la cabina, anuncia el descenso y, después de unos minutos, aterrizamos. El aeropuerto es mucho más moderno que el de mi niñez, de techos altos, pisos lustrosos, columnas de metal y miles de luces. En la calle, sin embargo, se percibe una corriente de modernidad y abundancia mezclada con vejez y carencia. Le llevo por lo menos media cabeza a la mayoría de la gente, razón por la cual, creo, muchos se voltean a mirarme, y me incomoda.

El hotel es lindo, pequeño, un edificio de cinco pisos con decoración minimalista en tonos oscuros, grises, negros y maderas. Una chimenea enfrente de la recepción le da un toque de chalet suizo. Hay un restaurante fusión en el sótano y un bar-restaurante en la última planta, con trescientos sesenta grados de panorámicas de la ciudad. En la noche decido cenar allí y en minutos bebo dos martinis entre bocados; la multitud de luces estáticas y titilantes de la ciudad me mantienen entretenida. Al día siguiente, me despierto descansada, animada, con ganas de salir a conocer. Sé a qué sitios quiero ir, pero, de cualquier forma, me asesoro con la conserje, quien añade tres paradas al itinerario y pregunta si quiero contratar un guía. No quiero, por lo menos hoy. Tengo ganas de deambular por las calles como local. La conserje insiste, me dice que es más seguro. Le doy las gracias, pero reitero que no me interesa. «Le recomiendo entonces que tenga cuidado, señora Laura, vigile bien su cartera y no saque el celular en la calle, se lo pueden rapar». Ahora dudo. «¿Es muy peligroso?», pregunto. «No, no es muy peligroso, pero debe tener cuidado, andar pendiente». Hago caso omiso de su recomendación y le pido que me llame un taxi.

Decido pasear con calma, no tengo afán, bien podría pasar el resto de mi vida viajando por el mundo. Es lo único que se me antoja hacer ahora. En mi país carecía de energía vital, dormía mal y padecía de debilidad crónica. Podría haberlo atribuido a los años infelices al lado de Paul, pero sospecho que esa no era la única razón. De vez en cuando, mi difunto esposo aparece como un recuerdo lejano, de otra vida, de otra Laura. Emergen imágenes sin consecuencia, vivencias mundanas, comidas aburridas, mutismo, discusiones. Sin embargo, ya no me afecta tanto; por el contrario, siento alivio, lo siento desde el día en que falleció, pero prefería ignorarlo para no sentirme culpable. Ahora no lo ignoro, simplemente dejo rodar las imágenes, las contemplo a distancia, como espiando a desconocidos por binoculares, y muchas aparecen al caminar por las calles asfaltadas de esta inmensa ciudad, pero se esfuman con cada paso que doy. Todo a mi alrededor me aterriza en el presente: los sonidos de los carros, los vendedores ambulantes, las vías empedradas del centro, las palomas de la plaza, los miles de edificios de ladrillo rojizo que se abrazan formando un mar de olas carmesí que se encarama por los cerros. Otra enorme distracción ha sido la comida; desde que he llegado, no he parado de comer. Cada vez que degusto un plato típico me pierdo en los sabores, acá son muy prominentes los guisos de cebolla y tomate, el arroz, la carne y las frutas, que en gran parte son desconocidas para mí. He buscado la famosa fonda de doña Claudia, la del mejor sancocho de la ciudad —según mi mamá—, pero ya no existe. Fue reemplazada por una droguería blanca y angosta.

Al caminar, percibo miradas discretas y no tan discretas de algunos hombres. Varios me han invitado a tragos en el bar del hotel. Al principio les ponía mala cara y contestaba con monosílabos. Pero, ahora, converso con soltura. La mayoría son oriundos del país, solo una pequeña fracción son extranjeros. Los primeros se acercan cancheros, con labia para días y libreto cómico bajo el brazo; los segundos son más mesurados, amables y diplomáticos de entrada, pero, de salida, con la sangre picada por el alcohol, piden cama. A ninguno le he hecho caso, no me dan ganas. He llegado a pensar que no solo mi espíritu está en coma, sino también mi libido. Después de tantos años de matrimonio anodino, sin rastro de indiscreción, me siento más cercana a un monje célibe que a una mujer en su *prime*.

CAPÍTULO 19

Enrique sostiene un papel con su nombre escrito en una hoja de cuaderno cuadriculado. Juana se acerca despacio, lo mira con discreción, deduce que no tiene más de treinta y cinco años, es flaco como un alambre —esto le da tranquilidad, si el tipo se atreve a cualquier cosa, está segura de que puede defenderse, los dos son peso pluma— y porta corte de caballero, de lado, a la usanza tradicional.

—Buenas, yo soy Juana.

El hombre se da la vuelta.

—Mi señora, qué pena, no la había visto —contesta y sacude las extremidades.

—No se preocupe.

—Venga, la ayudo con la maleta.

Sin esperar respuesta, Enrique le descuelga la mochila del hombro y echa a caminar. Juana arranca detrás de él, intenta seguirle el paso. El aire fresco le acaricia el rostro y, por un instante, se distrae, aspira profundo y cierra los ojos. Se espabila en el momento en el que Enrique abre la cajuela de un *jeep* negro, tira la maleta y luego se para junto a la puerta del copiloto a esperarla. Juanita se encarama en el automóvil.

—Estamos a diez minutos del hotel, el pueblo es pequeño. ¿Ya lo conocía?

—No, nunca había venido.

—Le va a gustar —dice, y mueve la testa de arriba abajo.

Enrique baja los vidrios delanteros del auto y Juana asoma la cabeza por la ventana para aferrarse al aroma. Apenas arranca, el muchacho hace amague de abrir la boca, pero, al verla perdida en el panorama, se arrepiente. Las calles empedradas zarandean el *jeep* y los escuálidos cuerpos de viuda y chofer. Todas las casas son blancas, con puertas y ventanas de madera verde y tejas de barro naranja. Veraneras se asoman por los techos de algunas viviendas. Las montañas aparecen solemnes al final de las calles; en la lejanía, son el fondo del lienzo, la eminencia natural. Juana admira la pulcritud, la homogeneidad, la arquitectura colonial conservada con esmero. Es hermoso. A Miguel le habría encantado, siempre hablaba de una luna de miel que nunca se materializó. Quería llevarla a la costa y presentarle el mar Caribe. «Llegamos», anuncia Enrique, y salta del auto. «Hotel San Sebastián», lee Juana en una placa al costado de la entrada. «Demasiado elegante para ser prostíbulo», piensa.

La señora Bárbara, la administradora del hotel, muy recta y estoica, le resume sus responsabilidades y le da un *tour* por las instalaciones. Juana observa deslumbrada, nunca había estado en un lugar tan lindo, tan elegante, una casona colonial de veintidós habitaciones con patio central y materas de flores que cuelgan de los balcones y de las columnas de madera.

—¿Todo claro? —le pregunta doña Bárbara al detenerse frente a una minúscula puerta escondida al final de un pasillo.

Por primera vez, Juana advierte su robusta presencia, los labios rojos, el pelo agarrado en un moño pegado al cuello, las manos de uñas cortas, pulcras, cruzadas al

frente del cuerpo; viste un sastre oliva de falda y chaqueta que se camufla entre los matorrales.

—Todo claro —contesta Juana.

—Este es su cuarto, si necesita algo, puede pedírselo
a Enrique, lo más seguro es que lo encuentre en la cocina o en la entrada del hotel gastándole el oído a alguien
—dice la matrona.

—Muchas gracias por la oportunidad. —Juana la observa con la frente agachada.

—Por ahora, está en periodo de prueba. Acomódese
y venga a verme en una hora. —Le entrega una llave y
parte.

El cuarto le parece una mansión a pesar de no tener
más que una cama sencilla, una mesita de noche, un armario antiguo con espejos en las puertas y un baño di-
minuto con el espacio exacto para retrete, ducha indivi-
dual —a la medida de Juana— y un lavamanos que parece de juguete. Se tiende en la cama, suelta parte del
lastre que lleva a cuestas y se desvanece en sopor.

CAPÍTULO 20

El hotel ya es como mi casa. Llevo mes y medio acá, todos me conocen por nombre, apellido y número de habitación, saben el término en que me gustan los huevos fritos, la cantidad de aceitunas de mi *dry martini,* y la mesa del restaurante donde siempre me siento. Me encantaría quedarme más tiempo, pero, por mi salud mental, considero que ya es hora de irme. Tengo que sacarle distancia al síndrome de la complacencia. Anteayer me di cuenta, preferí leer un libro frente a la chimenea del primer piso que salir a pasear con una sueca que anda de gira por el continente. Desde hace semanas pienso en mi próxima parada, pero el recuerdo de mi mamá me detiene, me empuja a quedarme otro día más, a continuar aspirando el aire renovado de su ciudad amada para empaparme de todo lo que ella fue y pude haber sido yo. Calculo que es mejor hacer un recorrido ascendente, en relación a distancia y punto cardinal, pero bien podría irme para el sur, a tierras más recónditas y selváticas; por desgracia, no soy tan aventurera.

Bebo un martini en el bar, la luz del celular se enciende, «Michael», alcanzo a leer de un vistazo, y cojo el aparato.

«¿Todo bien? Llevo días sentado esperando tu mensaje. ¿No hay rosé por allá?», dice su texto.

Río. Recuerdo su cara delgada, su sonrisa, el olor de la última noche en que lo vi.

«Hay, pero no suficiente como para animarme a escribirte».

«Si las palabras mataran…», contesta y yo envío una carita sonriendo. «Pero, bueno, hablando en serio, ¿cómo estás?».

Le cuento en detalle todo lo que he hecho, el mensaje se hace tan largo que pienso que sería mejor llamarlo, pero me arrepiento y continúo redactando. Él me hace miles de preguntas, me da sugerencias, me narra anécdotas de sus viajes. Dos horas se esfuman sin darme cuenta.

«Bueno, ya te dejo descansar, pero por favor, de ahora en adelante no te pierdas».

«No me vuelvo a perder, te lo prometo».

«¿Y para dónde vas ahora?».

Empiezo a escribir el raciocinio que me ha llevado a escoger mi próximo destino después de tantos días, pero me detengo y leo las apeñuscadas palabras. Mis ojos están cansados. Aumento el brillo de la pantalla, leo de nuevo, borro todo y contesto:

«A Villa Escondida».

CAPÍTULO 21

Juana regatea con el marchante de papas. Necesita tres cajas para alimentar al hotel entero, y no le quedan más que unos pesos apretujados en el monedero de cuero que le ha dado Flor para las diligencias. Ya es una experta en el arte de pedir rebaja, lleva cinco meses en su trabajo y a las malas ha tenido que aprender a defenderse para demostrar que es merecedora de la confianza depositada en ella por doña Bárbara. La administradora no le delega responsabilidades a cualquier aparecido, pero, por alguna razón, ajena a todos los que la conocen, Juanita le cayó en gracia, como vocifera Enrique con sarna en la lengua. Después de diez minutos de negociación, Juanita y el vendedor llegan a una cifra aceptable para ambos y la viuda prosigue el recorrido por la plaza. Cuando ella termine, algún mandadero irá a recoger las compras y las llevará al hotel. Además de procurar de alimentos, ayuda en la cocina a cortar cebollas, tomates, papas y a preparar jugos de fruta fresca. Es lo que más le gusta hacer y siempre busca excusas para demostrar su destreza culinaria con la esperanza de que Jorge, el chef del hotel, le dé más responsabilidades. También está encargada del aseo de la cocina y de los corredores, es una de dos meseras a la hora del desayuno y, de vez en vez, recibe a los nuevos huéspedes, los registra y los conduce a sus habitaciones.

Juana descubre desde el primer día que la hotelería es para malabaristas e insomnes: hay que maniobrar veinte cosas al mismo tiempo, ser omnipresente, resolutiva y afable. Ella se le mide a todo porque le gusta, porque lo necesita y porque un solo minuto de ocio es un universo de fantasías que la hunden en el oscuro pozo de la nostalgia. No recuerda la última vez que se sintió tan útil. En la casa del desgraciado colaboraba, en su propio hogar y en el de su suegra hacía los quehaceres diarios, pero nada como esto, trabajo de verdad, sin tregua, de sol a sol y a cambio de poco más que nada. Pero a ella le trae un placer inigualable ser productiva y amasar los pocos centavos que se gana. Le pagan cada viernes, y ella observa ensimismada el desprendible como si se hubiera ganado el premio gordo de la lotería, en vez de la modesta suma impresa en el papel rosado. Se ha acostumbrado a sacar del banco una tercera parte del salario, lo esconde en varios rincones del cuarto y también guarda una pequeña suma en el monedero que lleva anidado en el sostén —como lo hacen las abuelas—, porque no tiene dónde más meterlo y no quiere que la fatalidad la halle sin un quinto. Tampoco sale para no gastar, ni siquiera se ha dado el gusto de comprarse un helado en la plaza y lambiscarlo sentada en la fuente mientras observa a los turistas.

Pero en el hotel sí ha probado el helado y muchas cosas más; la comida abunda, ya ha subido tres kilos, se ve más lozana, los surcos del rostro han desaparecido casi del todo, los ojos café, de pestañas pobladas, le brillan. Ha empezado a recibir piropos y muchos la tratan de señorita, lo cual la halaga y la entristece al mismo tiempo. A Miguel le gusta visitarla de madrugada, le dice incoherencias y luego le mete la mano por debajo del pijama. Agitada y con ardor entre las piernas, pega un salto en medio de la penumbra y se tiende de espaldas a contemplar la borrosa madera del techo hasta quedarse dormida. No es capaz de tocarse ni de llorar. Avergonzada, afligida y excitada al mismo tiempo, reprime el deseo.

Enrique es como el perro del hotel, no por perro, aunque eso nadie lo sabe con certeza, sino por faldero. A Juana le da la impresión de que anda detrás de ella todo el día. Cada vez que se da la vuelta, ahí está, con cara de deleite, con sonrisa apretada de oreja a oreja. Al principio, Juanita le devolvía el gesto y le preguntaba por Martín, a lo cual el hombre se limitaba a contestar —a pesar de que su labia era bien conocida—, «Martín, bien, igual que siempre», y no agregaba más. Ahora, Juana no lo determina, lo evita para no pretender, aunque a veces no lo hace a propósito, sino que confunde su delgada figura con las vigas de madera o las puertas o el borde de alguna pared.

CAPÍTULO 22

Una camioneta negra me recoge enfrente del hotel. El chofer acomoda en el baúl las dos maletas grandes y la de mano. Le echo un último vistazo al edificio y me despido de los que han salido a desearme un buen viaje. Deslizo entre sus manos un billete y les doy las gracias por la atención. «¿Derecho, o por entre las tiendas?», pregunta el conductor mientras me acomodo en la silla trasera. Sonrío. «Por entre las tiendas», contesto. «Muy bien, la primera parada es un local de empanadas a la salida de la ciudad, para que entretenga el hambre antes del almuerzo», da por hecho que estoy hambrienta, pero lo más seguro es que sea él el que quiere comer. Me agrada la iniciativa porque me encanta comer a cualquier hora, nunca me siento llena y, por fortuna, tampoco engordo. Según mi mamá, era de las mejores peculiaridades que heredé de mi padre y, aunque suene frívolo, estoy de acuerdo con ella.

Satisfecha y expectante, llego a Villa Escondida antes de que anochezca, el blanco inmaculado de las construcciones despierta en mí la ilusión. El carro se detiene, saco el celular de mi cartera y tomo la foto de una bicicleta recostada contra la pared de una casa, una puerta de madera verde la custodia. Observo la imagen por unos segundos y luego se la envío a Michael. Sin esperar respuesta, guardo el aparato y me bajo del auto. Un tal Enrique me recibe y me cuenta lo imprescindible y lo superfluo. También se ofrece de guía turístico, o acompañante, o guardaespaldas. «O lo que se le ofrezca, estoy acá para lo que necesite», dice al despedirse. Asiento con la cabeza y le entrego un billete. El hombre pega los ojos a lo que acaba de recibir y se embelesa, le doy las gracias y desaparezco.

Me despierto temprano, me baño y salgo a desayunar. Me siento en el balcón del restaurante, el aire fresco de la mañana me envuelve, cruzo junto con los brazos el suéter que traigo puesto. Una muchacha trigueña se acerca para tomar el pedido. Sus movimientos son precisos, rápidos. Anota la orden en una libreta pequeña y se va. Reviso mi celular para ver si Michael ha respondido, pero no hay nada. Suspiro y lo dejo boca abajo sobre el mantel. La mesera regresa con un jugo de naranja y un café, los deja sobre la mesa y se retira. Bebo un sorbo de ambos. El jugo es dulce, fresco, mastico la pulpa carnosa de la fruta recién exprimida. El café es dulzón, suave y fragante. Abro mi *email*, tengo ciento ocho mensajes sin leer, lo cierro. Abro otras páginas de redes sociales, leo las primeras notificaciones y las cierro todas. Observo el horizonte, los techos de las casas, el verde de las plantas, el sol que se cuela por entre las nubes. Llega la comida, la devoro, pido otro café y más pan caliente recién horneado. Escucho una voz conocida y diviso a Enrique, que habla con dos huéspedes. Me concentro en lo mío, simulo no haberlo visto, pero, de cualquier forma, el tipo se acerca y se sienta en la mesa del frente, cara a cara conmigo.

—¿Cómo le va, señora Laura?, ¿cómo pasó la noche?

—Muy bien, gracias.

—Se duerme sabroso acá, ¿no?

—Sí, muy bien. —Me llevo la taza a la boca y me enfoco en el horizonte.

—¿Y qué planes tiene para hoy?

—No sé; por ahora, descansar.

—Puede descansar mientras pasea, yo la puedo llevar a los sitios más bonitos, a los más escondidos, los que nadie conoce.

—Hoy no, tal vez otro día, pero gracias.

La mesera llega con más café, observa a Enrique con el ceño fruncido y luego, por primera vez, me clava la mirada y no la aparta hasta que el sujeto vuelve a pronunciar palabra.

—Juanita, hágame el favor y me trae un cafecito —dice el hombre.

—Vaya y se lo sirve usted; está donde siempre, en la cocina.

—¿No ve que estoy ocupado con la señora?, sea acomedida y vaya y me lo trae.

La muchacha lo ignora y se va.

—¿En que estábamos, mi señora? —pregunta Enrique, y, sin esperar respuesta, se larga con su cátedra de turismo.

Yo no digo nada, solo observo y, de vez en cuando, le doy una ojeada al lugar. Después de un rato, se aparece otro hombre de la nada, le entrega unas hojas a Enrique y se sienta en la mesa con él. No se presenta ni es presentado. Enrique extiende los papeles en mi dirección y yo me muevo hacia atrás, me pego al espaldar de la silla, pero él se dobla para acercar aún más los documentos y me obliga a agarrarlos. Es una lista de actividades con sus respectivas tarifas.

—Gracias, pero hoy no.

—Revíselo, mi señora, seguro que hay algo que le llama la atención.

Le repito que no estoy interesada y se lo vuelvo a repetir, pero el tipo no para, insiste, señala con el dedo algunas líneas del texto, habla, explica, bate los brazos. El desconocido avala con la cabeza, Enrique sigue, me hace rebaja, dice que me agrega una excursión gratis. Estoy acalorada, me dispongo a partir, reviso el mantel para ver si se me queda algo. El zumbido de las palabras continúa, pero lo ignoro. Me pongo de pie y los dos borricos me embisten, bloquean el paso. Arrugo la frente.

—Permiso —digo tajante.

Como en cámara lenta, Enrique se empieza a inclinar en mi dirección, pero la mesera se le atraviesa y, sin tocarlo, lo hace retroceder.

—Vaya por su café a la cocina —le dice la mujer con dagas por ojos, y luego se enfoca en mí—. Vamos, señora, yo la acompaño hasta su cuarto.

Ella arranca y yo, detrás de ella, sin determinar a los dos sujetos, aunque puedo adivinar su ira, se propaga por la atmósfera. Caminamos apresuradas, miro hacia atrás, pero no hay nadie, solo las espléndidas flores de los corredores. La mesera lleva el pelo amarrado en una moña que se mece de lado a lado con cada paso, viste una camiseta blanca metida entre un pantalón negro y tenis de color azul oscuro. Es mucho más bajita que yo, por lo menos diez centímetros, pero su delicada figura me recuerda a una bailarina de *ballet*, excepto por las caderas y la cola redonda.

—Gracias. —Acelero el paso para alcanzarla.

—No se preocupe, no fue nada —contesta, atenta al camino.

—¿Qué hace Enrique acá, en el hotel?

Un «Pfff», le sale de los labios.

—Todo, nada, pero es muy allegado a doña Bárbara, la administradora del hotel.

—¿Y ella sabe cómo se porta?, ¿el acoso a los huéspedes?

—No sé, puede que sí, pero creo que parte del acuerdo es que ella lo deja hacer sus negocios.

Llegamos a mi habitación.

—Me llamo Laura, mucho gusto. —Estiro el brazo para estrechar su mano y ella la aprieta.

—Mucho gusto. Juana.

—De nuevo, gracias, Juana.

—De verdad no fue nada. Que tenga un buen día, cualquier cosa que necesite, me avisa.

—Muchas gracias.

Entro al cuarto y el celular vibra, es un mensaje de Michael con un emoticón de cara feliz y estrellas por ojos. «Mándame más fotos», pide. No quiero contestarle todavía. Tiro el teléfono sobre la cama, pienso en Enrique y me da rabia. Debo quejarme. Más tarde saldré y hablaré con la administradora del hotel. Pero voy y vuelvo y no digo nada, paso el día deambulando por los pasajes del pueblo y de mi cabeza.

CAPÍTULO 23

Abro la boca y sale vaho, la temperatura ha bajado a niveles invernales —aunque en este hermoso país no hay estaciones—, sin embargo, he decidido sentarme en el balcón a cenar. Soy la única, los demás han preferido quedarse adentro. Un calentador al lado de mi mesa y una vela solitaria sobre el mantel me mantienen a la temperatura justa. Aspiro el aire fresco de las montañas y me siento renovada. Abrazo con las manos la taza de café que me han traído después de la cena.

—Le va mejor con un vino caliente —dice Juana al atravesar el umbral. Es la primera vez que la veo después de aquel desayuno.

—Hola, Juana. ¿Cómo estás?

—Bien, ¿y usted? —Recoge con un instrumento de metal las boronas de las mesas contiguas.

—Bien, repleta, la comida estaba deliciosa. ¿Acá toman vino caliente?

—Sí, señora, y es muy bueno, se lo recomiendo.

—Entonces, tráeme una copa y, por favor, no me llames señora.

—Con gusto. —Sonríe y da media vuelta en dirección al interior.

Minutos más tarde regresa con el vino y bebo medio vaso en menos de nada. Tiene razón, el líquido calienta el cuerpo en segundos. Al terminar, pido otra copa. Juana la trae y me dice que el restaurante está a punto de cerrar, que yo soy la única que queda. Alego que son apenas las diez, pero me contesta que como todos se han ido, sin contarme a mí, por supuesto, van a aprovechar para cerrar temprano.

—A mí no me importa quedarme, pero los demás se quieren ir a dormir —dice Juana.

—Entonces, ¿por qué no te quedas tú y te invito a un vino?

La mesera parece desconcertada, voltea la cabeza y observa por el hueco de la puerta a sus colegas.

—No sé, me da pena, con usted.

—¿Pena de qué? Por favor, si me acompañas, después te ayudo a cerrar.

La mujer les da otra ojeada a sus compañeros.

—Deme un rato, ya regreso.

Ya no siento frío; es más, el lado izquierdo de mi cuerpo está tostado, el calentador de pie me está chamuscando. Muevo la silla unos centímetros para alejarme de él y saboreo el vino mientras espero. Doy un vistazo hacia adentro, pero no la veo y me impaciento. Pasa media hora más y todas las luces del lugar, excepto dos, se apagan. ¿Se han olvidado de mí? Pero al instante aparece mi redentora con dos copas humeantes en las manos. Me pongo contenta.

—¡Gracias por quedarte! —Sonrío de oreja a oreja.

Ella se sienta.

—Gracias a usted por la invitación.

—¿Ya se fueron todos?

—Sí, todos.

—No quiero trasnocharte, me imagino que estás cansada.

—No se preocupe, casi no duermo —dice llevándose el vaso a los labios.

Sus facciones son delicadas, las orejas pequeñas, el contorno de la cara esbelto, la nariz no es respingada, pero tampoco ancha, exhibe una minúscula planicie en la punta, el cutis es liso y lustroso. Me pregunto qué

mezcla de razas corren por sus venas, qué genes se entrelazaron para crear esa piel reluciente, color café con
leche claro.

—¿Por qué no duermes?

Juana se acomoda en la silla.

—La cabeza, que da vueltas, usted sabe.

—Sí, lo sé muy bien, pero ¿te desvela algo en particular?

Juana se muerde el labio inferior por dentro.

—Mi marido se murió hace unos meses.

Creo haber escuchado mal, tal vez he hablado yo, o
lo he dicho para mis adentros y se ha manifestado en un
movimiento involuntario de su boca.

—¿Tu esposo se murió? —pregunto sin el menor indicio de compasión, como si me estuviera interrogando
a mí misma.

—Sí, señora —contesta y bebe un sorbo de su vino.
Mi modorra desaparece.

—¿De qué? —Arrugo la frente.

—Muerte súbita —dice sin inmutarse, como pérdida
dentro de las páginas de un libreto ya leído.

—Lo siento mucho. —Es lo único que atino a decir,
lo mismo que he oído de otros cientos de veces.

—Usted tiene un acento raro, como que es de acá, pero no.

Sonrío.

—Mi mamá era de acá, pero yo nací en Estados Unidos, por eso el acento. ¿Y tú?, ¿eres de este pueblo?

—No, llegué hace poquito, soy de la capital.

—¿Te viniste después de lo de tu esposo?

—Sí, me tocó. —Bebe otro sorbo de su copa y le da la cara al crepúsculo.

No soy capaz de decirle que yo sufrí la misma pérdida, porque en sus breves respuestas percibo un dolor muy diferente al mío. Decido cambiar de tema y le pregunto por el hotel, por sus funciones, por el imbécil de Enrique, que a ella tampoco le cae bien.

—Es un tipo raro y cizañero, es mejor tenerlo de lejitos —dice.

Al cabo de media hora, ambas empezamos a bostezar y nos vamos a dormir.

CAPÍTULO 24

—Le tengo plan para esta noche, para después de la cena —dice Juana a la hora del desayuno.

—¿Otra nochecita de vino caliente?

—No, mejor que eso, nos vamos a tomar unos tragos al pueblo, a un sitio que me recomendaron.

—¿A qué hora? —Sonrío.

—Después de que termine el turno de la noche.

—Perfecto, búscame en mi cuarto.

Llega a las diez y media, abro la puerta y me encuentro con otra versión de Juana: un *jean* apretuja sus nalgas, calza botines con tacón de seis centímetros y lleva una chaqueta negra que apenas le cubre el torso, sobre un saco de lana color crema. Un labial rosa tenue le hace juego al rubor de las mejillas. Se ve linda, distinguida. Yo también he hecho un esfuerzo por arreglarme. Estreno un vestido de lana negro largo pegado al cuerpo, cuello tortuga, y me he decidido por unas botas, pero planas.

Sin mucho preámbulo, nos encaminamos por las calles adoquinadas, alumbradas por faroles que cuelgan de las fachadas de las casas. El frío intenso de la noche nos mantiene calladas y las piernas propulsadas a alta velocidad. Las vías están vacías, pero en ocasiones nos cruzamos a algún transeúnte que camina tan rápido como nosotras. En menos de quince minutos llegamos al bar.

Al entrar, nos recibe el fogonazo que alienta la chimenea ubicada en medio del lugar. No se ven mesas disponibles, pero en la barra divisamos una silla vacía apretujada entre la clientela y nos dirigimos a ella. Al acercarnos, vemos una cartera que reposa sobre la banqueta. Con amabilidad, Juana le pide el favor a la que asumimos es la dueña, una mujer entrada en años que se carcajea con sus amigos, que quite el bolso. La señora pretende no haberla escuchado y prosigue con la risa forzada. Juana da un par de pasos para encararla, alza la voz varios decibeles y de nuevo le pide el favor. De mala gana y sin pronunciar palabra, la mujer agarra la cartera. Tres hombres que están sentados a nuestro lado se entretienen con la escena y, una vez concluida, apuntan las copas en nuestra dirección para brindar por la victoria. Les sonreímos. Juana se sienta, se zarandea de lado a lado para abrirse espacio y roza las caderas de la mujer, que se desparraman sobre su asiento.

—¡Muy bien, Juana! —celebro. Juanita agacha la cabeza y sonríe tímidamente—. ¿Qué quieres tomar? —pregunto.

—¿Habrá algún menú de bebidas por acá?

Me doblo sobre la barra y pido uno. El *bartender* me lo entrega y se lo doy a Juana. Ella empieza a revisar con minuciosidad de relojero, sigue cada línea con el índice derecho hasta llegar a la última columna, donde aparece el precio, y continúa hacia abajo. Me asomo por encima de su hombro y advierto que arriba están los licores fuertes, los más caros, y, al final, la lista de cervezas. Le arrebato el menú de las manos.

—Hoy invito yo —digo, y, sin darle tiempo a reclamar, pido dos tragos.

—Gracias, Laura, pero no tiene por qué invitarme, me da pena con usted.

—¿Otra vez pena?, ¿pena de qué? En primer lugar, lo hago con mucho gusto y, en segundo, tú tuviste la maravillosa idea de salir, por lo menos deja que yo contribuya con algo.

Sonríe.

—¡Salud! —digo al recibir el trago y brindamos.

—¿Y esto qué es? —pregunta después de beber el primer sorbo.

—Ginebra con tónica, ¿no lo habías probado antes?

—No.

—¿Te gusta?

—Sí, está interesante.

Los tres hombres del costado se acercan y uno me ofrece su banqueta, los otros dos observan expectantes. No la acepto, pero el tipo insiste y al final digo que sí. Corre la silla hacia mi lado y pregunta cómo me llamo. Le echo un vistazo a Juana, quien bebe su trago y nos contempla impávida. Ahora sí me fijo bien en el sujeto y, para mi sorpresa, es alto, incluso un poco más alto que yo, y eso me anima a responderle. Emocionados, los otros dos se presentan y nos dan la mano, pero no les presto mucha atención. El que me ha cedido la silla se llama Andrés. Gracias a la música, apenas se puede hablar y formamos un círculo compacto para escuchar mejor, lo que hace inevitable el contacto casual con alguna pierna perdida. Son turistas de la capital, compañeros de trabajo, que han venido a pasar el fin de semana. Andrés es el dueño de una finca a las afueras del pueblo.

—¿Y ustedes, señoritas? —pregunta uno de los otros individuos.

Es de estatura promedio, de cuerpo promedio, de cara promedio. Nadie sería capaz de identificarlo en una investigación criminal, así se le hubiera visto cometiendo el crimen.

—También estamos de paseo —contesto.

Juana no añade nada, continúa bebiendo su trago. Andrés tiende la mano y la sostiene en el aire, a unos centímetros de mi cintura. Miro la mano y lo miro a él.

—¡Vamos a bailar! —dice mostrando la dentadura.

No sé si es el alcohol o el estado de ánimo permanente de los presentes, pero todos exhiben la misma mueca histriónica.

—¡Ah! —exclamo y, sin tomarle la mano, doy la vuelta y camino hacia la pista con él a mis espaldas.

Al llegar al espacio desprovisto de mesas donde varios se menean con dejadez, Andrés me invita a acercármele de nuevo, y esta vez le hago caso. Mi mamá me enseñó el paso básico de la danza latina, de donde parten las coreografías de la mayoría de los ritmos. Cualquiera que lo domine puede ser calificado de buen bailarín. El movimiento de pies se estudia desde la infancia «porque es imprescindible para toda mujer», declaraba mi madre con mucha seriedad. Yo lo aprendí a medias y lo practiqué poco; sin embargo, tengo la confianza de que recuerdo lo suficiente. Mi pareja me aprisiona como si fuera a volar por los aires en cualquier voltereta. No me encanta, pero se lo permito; así, más que seguirle el paso, me dejo arrastrar.

Seria, Juana nos supervisa mientras otro de los tipos, que no es el común y corriente, le habla al oído y ella asiente con la cabeza sin gesticular palabra, hasta que por fin, después de un rato, la veo sonreír.

Me tropiezo con los pies de Andrés, pero es casi imperceptible, su mano, sólida en mi espalda, y el peso de su cuerpo contienen toda mi masa. Cuanto más bailamos, más cojo el paso. La música retumba, la gente canta, algunos gritan más que cantar, me emociono y un gesto involuntario de placer aparece, empiezo a sentir que la frente, la espalda, el pecho y el cuello me sudan. Lamento la elección del vestido, pero no me importa; mi cuerpo está en piloto automático y se siente delicioso. Cada vez que Andrés me lanza para darme vueltas enredada entre sus brazos, sonríe tan ancho que la boca no le cabe en la cara. La canción termina y todos los bailarines exhalamos al unísono, como si acabáramos de correr una maratón. La gente se dispersa, algunos regresan a sus mesas, otros van a la barra o al baño, unos pocos cogen impulso y siguen bailando.

—Se mueve bien, la gringuita —dice Juana cuando regresamos.

—La sangre no miente. —Sonrío.

—¿Gringuita? —pregunta Andrés.

—Larga historia —contesto.

Le pregunto a Juana si ya acabó su trago, pero, antes de que responda, su consorte dice que la próxima ronda la paga él. Sin objetar, le pedimos dos ginebras. Esta vez, escaneo a Rafael —Juana me da su nombre— mientras pide los tragos, y me asombra su atractivo; no por ser bajito tiene que ser feo, deduzco. Sus ojos son casi tan grandes como los de Juana, de pestañas pobladas y pupilas color café claro, tiene una dentadura perfecta y nariz respingada; es delgado y no muestra la pequeña barriga que exhiben los otros dos. Me recuerda a Michael.

El tercer hombre saca el teléfono para tomar una foto, y yo le pido que tome otra con mi celular. He documentado muy poco mi viaje y ahora me dan ganas de preservarlo todo, incluidas las caras de los que primero voy a olvidar. Nos apretujamos para entrar en el selfi. Andrés se para a mi costado y cruza el brazo por mi espalda. Ignacio —así he escuchado que le decían al tercero— me devuelve el celular después de la sesión de fotografía. Reviso las imágenes y escojo la que más me gusta, la estudio, la agrando, la achico, la vuelvo a agrandar, presiono el icono con flecha hacia arriba y se la mando a Michael. Me reintegro en el grupo. Todos rodean a Juana, quien sigue bien acomodada sobre la banqueta, Ignacio habla muy animado.

—¿Qué pasó? —pregunto.

—Ignacio nos está contando la leyenda del pueblo —contesta Juana, y eleva las cejas.

—¿Qué leyenda?

—La del soldado que recorre las calles por las noches —aclara Ignacio con voz aguda, y sus amigos ríen.

Tiene la camisa arrugada, el cuello torcido, la frente le suda, está a la orilla del precipicio de la embriaguez.

—Deje de asustarlas, huevón —relincha Rafael, pero Ignacio lo ignora.

Muy serio, retoma desde el principio la historia del soldadito que combatió en la guerra de independencia contra los españoles. Un muchacho de los alrededores, humilde, con esposa y dos niños pequeños. Según la leyenda, en una de las batallas más largas y crueles que se libraron en la región, masacraron a toda su familia. Loco de dolor, el soldado salió con hacha en mano a matar a todo el que se le atravesó por el camino y ejecutó por lo menos a diez, antes de que uno de su mismo bando le atravesara el pecho con una espada. Desde ese entonces, se dice que ronda por las calles del pueblo asustando a la gente, se les aparece de noche y los persigue con el machete. Muchos le atribuyen asesinatos y desaparecidos.

—¡Bu! —grita Andrés, y Juana y yo brincamos. Los otros también, pero lo disimulan con la gravedad de la soberbia masculina.

Todos reímos, incluso Juana, pero se detiene en seco al darse cuenta.

—¿Es verdad? —indaga mi amiga.

—Sí, pregúntenle a cualquiera —dice Ignacio, y levanta el codo, no vaya a ser que la escasez de licor le reavive la sobriedad.

—Qué susto, nos va a tocar quedarnos acá a dormir —digo en chiste, pero con algo de miedo.

—Tranquila, mi gringuita, que nosotros las cuidamos —contesta Andrés, y, sin darme tiempo a reaccionar, me arrastra de la mano hacia la pista.

Me fijo en Juana, viene agarrada de Rafael, siguiéndonos los pasos. Bailamos y bailamos. Juanita parece profesional con ese movimiento de caderas y de hombros que no se aprende, sino que se hereda. Me tropiezo viéndola bailar, pero, al igual que antes, Andrés me serpentea como si nada. La mueca histriónica aparece de nuevo en los presentes. El calor es tan intenso que quiero rasgar mi vestido, pero perduro, no me quiero quedar atrás. Es la primera vez que veo a Juana presente, serena, en un mundo que reconoce. Rafael le habla al oído y ella sonríe y le susurra también a él, pero, de repente, se aproxima a nosotros sin dejar de bailar, me agarra la mano izquierda que reposa en el brazo de Andrés, me hala hacia ella, coge mi otra mano y me zarandea de lado a lado. Luego me suelta, se para a mi costado y me muestra una coreografía para que la siga. Mueve las piernas, los brazos y las caderas, hacia adelante y hacia atrás, hacia adelante y hacia atrás, empieza despacio y después acelera el paso; yo la imito, me confundo, sigo, me confundo otra vez y paro. La estudio por un instante y arranco de nuevo. Ella se desliza hacia la derecha, en mi dirección, y espera que yo también haga lo mismo, pero no lo hago, nos estrellamos y estallamos de la risa. Andrés y Rafael nos contemplan encantados; ostentando dientes, se mecen al ritmo de la música. Descansamos, pedimos más tragos, bebemos agua, bailamos. Sin previo aviso, se escucha otro tipo de música más suave, pero dolida, la voz de una mujer sale de los parlantes y encienden las luces.

—Nos echan —dice Rafael.

Miro mi reloj y pestañeo, creo no haber visto bien. Vuelvo a mirar, aparece un cuatro seguido de dos puntos, un cero y un cinco.

—¿Son las cuatro de la mañana? —pregunto vocalizando despacio cada palabra.

—Sí, las cuatro de la mañana, ¡cuando se pasa bueno, las horas vuelan! —dice Andrés con una sonrisa.

Pagamos a regañadientes, nos envolvemos en los abrigos y caminamos hacia la calle. Juana cuelga del brazo de Rafael, van conversando delante nuestro, se ven sumidos en la charla y me da curiosidad. Andrés me ofrece su brazo para que yo también me enganche y se lo agradezco, porque los tragos en la cabeza no compaginan con las calles empedradas. Ignacio nos cuida las espaldas, a ratos damos la vuelta para vigilarlo, nos sigue unos pasos atrás, como sonámbulo. Es la primera vez que veo a alguien caminar con los ojos cerrados. Mi compañero no se calla, pero no le pongo atención, me concentro en poner un pie enfrente del otro y en tratar de no pensar en el frío intenso. Fantaseo con un destino más cálido para la próxima vez, pero por ahora extraño el bochorno del bar. Andrés se detiene, me suelta y gira en dirección al camino ya recorrido.

—¿Ignacio? —grita.

Reavivo con el bramido y también me doy la vuelta. Me enfoco en la distancia, pero no diviso más que las difusas rocas del piso y el reflejo amarillo de los faroles sobre las paredes blancas de las casas.

—¡¿Ignacio?! —repite Andrés, y comienza a devolverse. Juana y Rafael aparecen a mi lado, los tres lo seguimos—. Lo vimos hace un minuto, ¿no?

Nadie le responde; avanzamos cada vez más rápido. Rafael grita su nombre, luego Juana, luego yo. Ya hemos recorrido un buen trecho y no vemos nada. Andrés y Rafael se desesperan, caminan dando vueltas, miran para todos lados, a los techos, a los matorrales, a los balcones, como si buscaran a un gato extraviado.

—Este huevón seguro que se escondió para hacerse el chistoso. Lo voy a coger a pata apenas lo encontremos —vocifera Andrés, con la ilusión de que lo oiga.

—Pero ¿dónde se pudo meter si venía detrás de ustedes? —Juana se dirige a Andrés y a mí.

No le contestamos. Ya no siento frío, me ha calentado el pánico. Continuamos calle abajo hasta llegar a la plaza principal, cerca del bar. Tres almas olvidadas, en un estado similar al nuestro pero sin angustia, cruzan la plaza.

—Vamos al bar, seguro se devolvió porque se le quedó algo, o porque está tan borracho que piensa que puede seguir la juerga —dice Rafael.

—Demos una vuelta por aquí primero —sugiere Juana con voz serena.

—Sí, miremos por acá —concuerdo con ella.

—Ustedes den la vuelta, yo voy al monumento. —Andrés, señala con la cabeza el centro de la plaza, donde brilla en todo su esplendor el monumento erigido al prócer de la independencia, que monta su caballo y apunta al cielo con una espada de bronce.

—Yo creo que es mejor que no nos separemos —le respondo, pero Andrés ya está a mitad de camino. Rafael no le quita los ojos de encima.

Segundos después, lo que tarda en llegar al centro de la plaza, escuchamos un grito.

—Lo encontré.

Corremos hacia ellos y, al llegar, vemos un cuerpo tirado de medio lado, con la boca besando el piso. Andrés está sentado junto a él.

—¿Está bien? —Juana se agacha sobre el cuerpo inerte. Rafael hace lo mismo; yo permanezco de pie, perpleja.

—Sí, está bien, solo está dormido, caído de la pea —contesta Andrés, y se recuesta contra la base del monumento.

Los hombros de todos se relajan, la respiración se normaliza. Permanecemos inmóviles por un tiempo indeterminado hasta reponernos. Rafael pide un carro y en menos de diez minutos nos recoge. Juana y yo nos apretujamos en el asiento delantero, al lado del conductor, ellos tres van atrás. El silencio reina; a través del retrovisor, veo caras largas, cansadas. El chofer nos ignora, va perdido en la monotonía de la vía transitada miles de veces.

—Qué susto tan hijueputa —rompe el silencio Rafael, y todos estallamos en carcajadas nerviosas.

—Pero ¿cómo llegó hasta allá? —pregunto.

La cabeza de Ignacio cuelga hacia adelante, duerme con la boca abierta y el pelo alborotado. Va sentado en el medio.

—Yo que sé, qué vaina tan rara, como si hubiera corrido hasta allá, ¡pero casi no podía ni caminar! —comenta Andrés.

—Mañana nos enteraremos —añade Rafael, y eleva los hombros.

El auto se detiene enfrente del hotel y todos, excepto Ignacio y el chofer, nos bajamos. Rafael se acerca a Juana y camina con ella hasta la entrada. Yo me quedo parada al lado del carro con Andrés.

—¿Cuándo te vas, gringuita? —me pregunta.

—No sé.

—¿Cómo qué no sabes?

—No sé, no tengo un plan definido —contesto entre bostezos.

—Alguien quiere irse a dormir. Mañana hablamos, que descanses.

—Tú también —digo sin recordar si le he dado mi teléfono.

Me da un beso en la mejilla y sube al auto. De camino hacia la entrada, me despido de Rafael, que ya se está devolviendo. Juana saca una llave de su bolso, pero, antes de introducirla en el orificio de la cerradura, la puerta se abre de par en par, y alcanzamos a ver en la penumbra la silueta esquelética de Enrique.

—Muy buenos días, estimadísimas señoras —dice en voz alta, hace una venia y señala con la mano para que entremos. Juana me mira de reojo y sigue derecho, sin contestarle el saludo. Yo le digo hola de pasada—. Me alegra que disfruten del pueblo juntas. Veo que Juana le enseñó la vida nocturna y el alcohol local, señora Laura. Después me cuenta que tal le pareció —añade, pero nosotras ya vamos a mitad del corredor.

Por fin en mi cuarto, escucho a lo lejos el trinar de los pájaros. Ellos empiezan su día y yo apenas termino el mío. Saco el celular de la cartera y lo dejo sobre la mesita de noche, me quito la ropa y me pongo la camiseta de dormir. Me tambaleo hacia el baño. Mientras me cepillo los dientes estudio mi reflejo, la satisfacción en el semblante. Me lavo la cara y regreso al cuarto. Ya entre las cobijas agarro el móvil. «Veo que estás disfrutando mucho…, tal vez demasiado», había escrito Michael y, después de varios minutos, mandó: «Qué bueno que estés aprovechando el viaje; me encantaría estar allá, te ves feliz… y muy linda». Releo la última frase una y otra vez y le contesto. «¡Sí! La pasé muy bien, pero también hubo drama, después te cuento». Concluyo con una carita feliz.

Suelto el celular, apago la luz y me enrosco de medio lado. Siento una punzada de remordimiento en el estómago y un ardor en el pecho y la garganta. Recuerdo el día de la pelea entre Paul y Michael y me dan ganas de gritar y de llorar al mismo tiempo. Aprieto la mandíbula y ahuyento el pensamiento con los recuerdos de la noche.

CAPÍTULO 25

Duermo hasta la una de la tarde, habría podido dormir más, pero me despiertan los crujidos de mi estómago. Llego al comedor, la mayoría de las mesas están desocupadas, cubiertas de platos sucios, rastros de los huéspedes que acaban de partir después del almuerzo. Pido un caldo de costilla que me recomendaron anoche para la cruda, acompañado de pan, arepas blancas pequeñas y dos empanadas de carne con papa. Lo devoro todo. Estoy pendiente de que aparezca Juana, pero no aparece. ¿Seguirá durmiendo? Imposible, tenía que levantarse temprano a trabajar, puede que ni haya pegado los ojos. Le pregunto al mesero si la ha visto, niega con la cabeza. Caigo en cuenta de que nunca le pedí su teléfono.

Después de comer me acerco a su alcoba —una empleada me lleva—, pero toco y toco y no contesta. El resto de la tarde camino por el pueblo; hoy hace un calor peculiar, casi sospechoso, pero lo disfruto al máximo.

Parezco turista en tierra caliente, con camiseta de manga sisa y sombrero panameño. Lambisqueo una paleta mientras recorro las vías sin rumbo fijo, luego me siento a fisgonear a los transeúntes en la terraza de un cafecito ubicado en la plaza. Estoy distraída, gracias el remanente de alcohol en mi cuerpo, y eso me relaja, pero además, imagino decenas de posibilidades, no por el alcohol —bueno, no solo por el alcohol—, sino por los eventos de la noche, por la música, por el baile, por los sujetos que en cuestión de horas parecían amigos de toda la vida. Siento una quietud, una libertad que no había sentido en años. Hasta veo a Paul por lo que era y me da lástima. Regreso al hotel. Andrés me llama por la noche y me narra la historia de la desaparición de Ignacio. Tengo que contársela a Juanita, mañana la busco de nuevo.

Me levanto temprano y apenas salgo del cuarto me cruzo con mi compañera de copas.

—¡Hola! ¿Dónde andabas metida?

—Hola, Laura, he estado muy ocupada —contesta con apuro en la voz, lleva su uniforme de trabajo y el pelo agarrado en una moña, como de costumbre. Se ve cansada.

—Pero ¿todo bien?

—Ahora no puedo hablar —dice con desgano.

—¿Salimos a tomar algo esta noche después de que termines de trabajar?

—No puedo.

—¿Por qué?, ¿qué pasa?

—Enrique, pasa. Anda diciendo pendejadas y no quiero que nos vuelva a ver saliendo juntas.

—¡¿Qué?! Ese tipo es un imbécil; no te preocupes, que yo lo arreglo.

—Laura, yo aquí soy una empleada y esto es lo único que tengo, no puedo arriesgarme a que me echen.

—Ven esta noche a mi cuarto y hablamos. Es impo-sible que te siga a toda hora.

Mira a su alrededor para comprobar si lo que le digo es cierto.

—Está bien, nos vemos esta noche.

Quiero decirle que no se preocupe, que nada va a pa-sar, que todo va a estar bien. Pero la realidad es que no tengo ni idea de lo que es estar en sus zapatos.

Son más de las nueve, decido leer para distraerme, pero le peleo al sueño. Escucho un golpe en la puerta, me acerco y la abro. Juanita entra con una bolsa de plástico en la mano.

—Traje postre —dice elevando el paquete con el brazo.

—Qué delicia, gracias; voy a hacer café. Siéntate. —Es la primera vez que voy a usar la cafetera que descansa solitaria sobre una mesa larga que hace las veces de tocador y bar—. Te ves cansada.

—No he dormido casi nada desde la noche en que salimos —contesta desde la silla.

—¿Qué pasó con Enrique?

En palabras escuetas me dice que el tipo le contó al hotel entero que nos vio llegar de madrugada con unos hombres y borrachas. Que ella andaba de muy compinche conmigo —la del número ocho—, que se aprovechaba de mí y me sacaba plata. Todo esto aterrizó en oídos de doña Bárbara y ese mismo día la citó para decirle que intimar con los huéspedes estaba muy mal visto, por no decir que se lo prohibía, y más aún andar emborrachándose con ellos. Que tuviera mucho cuidado de ahí en adelante, que este no era un motel de mala muerte.

—Voy a hablar con ella y con el tipo ese —digo colérica, las mejillas enrojecidas de la rabia.

—No, Laura, deje así, no vale la pena, yo me las arreglo.

—No, pero ¿por qué? ¿Acaso eres esclava? ¿No tienes derecho de hacer lo que se te dé la gana con tu tiempo libre?

—Yo sé, pero acabo de empezar, no me conocen bien y no puedo perder este trabajo, es lo único que tengo. Yo me las arreglo, no se preocupe, yo sé cómo lidiar con gente así, lo he hecho toda la vida —dice seria.

La cafetera pita, sirvo dos tazas y las llevo a la salita de dos puestos al lado de la cama, donde está sentada ella. Le entrego el café y me acomodo en la otra silla. Juana abre la bolsa que ha traído, saca una caja blanca, dos platos de papel, dos tenedores de plástico y reparte el pastel.

—Es de tres leches, ¿lo ha probado antes? —me pregunta.

—Sí, pero hace mucho tiempo. —Mastico un trozo y se me derrite en la boca—. ¡Qué delicia!

—¿Le gusta?

—Me encanta, ¿fue el postre de hoy en el restaurante?

—Sí, pero lo preparé yo —contesta sin modestia alguna.

—Noooo. Esto es una delicia, Juana, lo podrías vender y te harías millonaria.

—¡Qué exagerada! —Sonríe—. Pero, bueno, ahora sí, cuénteme que pasó con este tipo la otra noche, ¿cómo llegó hasta el monumento?

—No lo vas a creer.

Corto otro pedazo de torta y me como la mitad antes de contarle que, según Ignacio, él iba caminando detrás de nosotros cuando, de la nada, se le apareció un hombre armado con una navaja o un cuchillo, pero grande, un machete…

—¡No! —exclama Juana—. No me venga a decir que este tipo…

—Mmmhh. —Asiento con la cabeza y prosigo—: El aparecido le puso el machete al cuello y empezó a empujarlo para que se devolviera. Ignacio no recuerda su físico, porque estaba muy borracho y porque su presencia era un vacío, un hoyo negro, una ausencia, según sus propias palabras, pero sí recuerda su olor a sangre, a pólvora, a azufre y al sudor del miedo, como el de un perro en noche de pólvora. Sin saber cómo, llegaron a la plaza en un instante y se halló tirado en el empedrado con el hombre de pie a su lado, que le rozaba el brazo con los pies. Vio el machete elevarse, él apretó los párpados y largó un aullido descomunal. Después de unos instantes, creyéndose muerto, abrió los ojos y se topó con el titilar de las estrellas en el firmamento. Y hasta ahí recuerda.

—Entonces, ¡él piensa que fue el soldadito de la leyenda el que se le apareció y lo arrastró hasta la plaza?

—Sí, está convencido.

—Cosas más raras se han visto —dice Juanita, eleva los hombros y bebe su café.

—¿No me digas que tú de verdad crees que se le apareció el soldado?

—No, pero ¿cómo llegó hasta allá si venía detrás de nosotros? Es muy raro, ¿o no?

—Ni idea, pero estábamos tan borrachos que tal vez lo vimos detrás de nosotros apenas salimos del bar, pero no después. Seguro que se quedó tirado desde el principio y no nos dimos cuenta.

—Seguro, pero igual, qué susto, ¿se imagina? —Se muerde el labio inferior y eleva las cejas.

—No, no me imagino porque el tipo se lo soñó. —Sonrío y muevo la cabeza de lado a lado.

—Bueno, y para cambiar de tema, ¿qué pasó con Andrés?, ¿la invitó a salir?

—Sí, pero me da pereza verlo. ¿Rafael te llamo a ti?

—No, no le di mi teléfono.

—¿Por qué?

—No me lo pidió. Bueno, me lo pidió en el bar, pero después creo que se arrepintió.

—¿Y por qué se iba a arrepentir?

—Porque le conté lo que hacía acá en el hotel y noté que no le gustó.

—¿Qué tiene que ver lo que haces acá?

—Laura, usted es extranjera y tal vez no entiende, pero esos son tipos bien, de plata, hijos de papi y mami. Ellos no salen con las empleadas de un hotel, con las del servicio.

Frunzo el ceño y cruzo las piernas.

—No, no puedo creer que sea eso, se veía superinteresado en ti.

—Usted no sabe cómo son las cosas acá. —Exhala fuerte por la nariz.

Estudio su rostro endurecido por las circunstancias. Sus facciones finas y sus hermosos ojos café serían la envidia de mujeres adineradas acá y en cualquier parte.

—Si esa de verdad es la razón, es otro imbécil que no vale la pena; ahora me alegro de no haber vuelto a salir con Andrés.

—A mí me da lo mismo, Laura, ni me importa. Yo no estoy buscando hombres, y menos ahora. Lo único que quiero es ganar plata, hacer algo con mi vida, valerme por mí misma y ser independiente. Después de lo que me pasó, nunca más quiero volver a depender de alguien.

—¿Lo de tu esposo?

—Sí, eso y otras cosas.

—¿Qué cosas?

Se escurre en la silla.

—Historia patria, no vale la pena hablar de eso.

—Mi esposo también falleció —escupo como si estuviera atorada.

—¿Su esposo? —Ladea la cabeza y fija su mirada en la mía.

—Sí, hace unos meses, por eso estoy aquí, porque quería desaparecer.

—Lo siento, Laura. ¿Por qué no me lo había dicho antes?

—Para no recordarlo, y porque me da vergüenza.

—¿Vergüenza de qué? —dice extrañada.

Suspiro.

—Cuando la gente se entera y me mira con esa cara y me da sus condolencias, me angustia no sentir nada. No siento tristeza ni dolor, nada. No lo extraño.

—¿No lo quería? —Endereza su dorso contra el espaldar de la silla.

—No, desde hace muchos años que no lo quería. Es más, le tenía rabia, fastidio.

—¿Y nunca pensó en divorciarse?

—Todo el tiempo, pero no fui capaz de tomar la decisión por estúpida, por cómoda, por costumbre.

—Eso pasa más de lo que usted cree.

—Sí, tal vez, pero lo mío es peor. A veces pensaba en que era preferible que se muriera, que era más fácil.

—No soy capaz de mirarla, es la primera vez que lo digo en voz alta.

Juanita me estudia con expresión inerte y se queda callada por un momento.

—Eso también debe pasar más de lo que usted cree; uno a veces piensa esas cosas, pero eso no quiere decir nada. —Se dobla un poco en mi dirección.

—Sí, puede ser, pero me hace sentir mal, me hace sentir culpable, como si hubiera atraído su muerte con mi pensamiento.

—¿Cómo se le ocurre, Laura?, ojalá fuera tan fácil. De ser así, yo ya habría matado a más de uno.

Las dos sonreímos y yo exhalo lentamente por la nariz.

—Yo sé, yo sé, pero todo pasó tan rápido…, fue tan inesperado que me dejó en *shock*.

—¿De qué se murió?

—De un infarto.

—Lo de Miguel también fue así, inesperado. Pero la diferencia es que yo sí lo quería, y mucho. —Sus ojos se sumergen en agua y al instante se lleva las manos al pelo y se suelta la moña, cierra los párpados y masajea el cuero cabelludo, luego deja caer los brazos y de nuevo se muestra atenta. El pelo le queda desordenado.

—Se nota que lo querías mucho. No me alcanzo a imaginar el dolor que sientes.

—Todavía no puedo creer que está muerto. Y lo peor de todo, lo más raro, es que uno piensa que el mundo va a parar de girar cuando se muere la persona que uno más quiere, que uno se va a levantar al otro día y todo va a ser diferente, se va a ver diferente, va a oler diferente. Pero amanece y el día es igual al anterior, con las mismas responsabilidades, con las mismas angustias, con la misma gente. Hay que preparar el desayuno, comer, bañarse, como si nada hubiera pasado.

—Sí, yo pensaba lo mismo, que, cuando él no estuviera, de un día para otro, yo sería otra persona; pero me desperté y era la misma, solo que viuda. Una viuda en la misma casa vacía.

—¿Usted sabe?, acá la vida no es fácil y, como se habrá dado cuenta, yo no tengo plata, nunca la he tenido. En parte por bruta, porque me dejé convencer por Miguel y nunca trabajé. Él quería cuidarme, ser el hombre de la casa, el proveedor y, como a mí nadie me quiso antes de él, me pareció lo más normal y lo más bonito que me podía ofrecer mi marido. Así que me dediqué al hogar, aunque soy mediocre para el oficio, pero le ponía esmero y él lo valoraba. También lo consentía con la comida, porque le encantaba como cocinaba. Yo buscaba recetas, las anotaba en pedacitos de papel y, las preparaba con la platica que a veces sobraba.

»Por los lados, también trabajaba remendando ropa, sobre todo al final, cuando él se quedó sin trabajo, aunque eso era esporádico y ganaba muy poquito. Pero, a pesar de la necesidad con la que vivíamos, yo era feliz y no le pedía mucho más a la vida. Bueno, quería tener una casita propia, así fuera un cuarto, y poder irme de donde mi suegra. Él también vivía contento, no le interesaba enriquecerse. ¿Usted sabe cuántas veces le ofrecieron fortunas por hacer un trabajito aquí o allá?, ¿por vender drogas o por robar? Pero nunca aceptó. Era un hombre bueno y quería una vida tranquila, ambos queríamos una vida tranquila, sin lujos, pero tranquila. Y yo, muy ilusa, pensé que por ser gente de bien no nos iba a pasar nada.

»Pero no. Se murió y me quedé sin nada. Y no sabe la rabia que me da. —Traga saliva y aprieta la mandíbula—. Me da rabia con la vida, pero me da más rabia conmigo misma por haberme convertido en una inútil, por haber desperdiciado tantos años, por no tener dónde caerme muerta. —Una sombra opaca su semblante.

Siento frío y cruzo los brazos.

—A mí nunca me faltó nada, tuve y tengo mucho más de lo que jamás soñé, pero también desperdicié mi vida y me convertí en una inútil. Por lo menos, tú viviste feliz al lado de tu esposo. Yo tenía toda la plata del mundo, pero era miserable. El dinero no lo es todo.

—Eso lo dice usted porque lo tiene, pero el dinero da libertad. Libertad para mandar a la mierda a la jefa, o para desaparecerse como lo hizo usted.

Estiro los labios y confirmo con un movimiento casi imperceptible de la cabeza.

—¿Y acá cómo te va?

—Bien, por lo menos estoy ahorrando algo. Pero no puedo dejar que me despidan, no tengo nada más.

—No te preocupes, que no voy a hablar con nadie.

—Gracias, Laura.

—No me tienes que dar las gracias.

—Bueno, ya es hora de irme, es tarde.

Se levanta con parsimonia y camina hacia la puerta. Nos despedimos en el umbral, le agradezco por el postre y se va. Cojo el celular para responder a Michael, quien me ha escrito mientras charlaba con Juana. «Hola, perdida, ¿cómo va todo?, me dejaste intrigado con lo de la otra noche, cuéntame qué pasó». Me siento en la cama y le relato los acontecimientos de aquella madrugada. Al terminar, parece un mensaje de oración de los que a veces recibo. No me gusta escribirle por texto, pero sigo reacia a llamarlo. Al instante me contesta. «Solo en Latinoamérica, *lol*», seguido de, «¿Y volviste a ver a tu amigo?». Sonrío y le digo que no, pero que hemos estado hablando, aunque es mentira, nunca he vuelto a responder a los mensajes de Andrés ni a sus llamadas. «Ah», dice. Dejo el teléfono en la mesa de noche y voy al baño. Al regresar, lo tomo de nuevo. «A veces me dan ganas de ir a visitarte», leo. Una mecha se enciende en mi estómago, levanto la cara y observo la pared. No sé qué contestar. Me meto entre las sábanas y lo único que atino a responder es «Ya veremos», acompañado de una carita guiñando el ojo.

CAPÍTULO 26

Los empleados revolotean por los corredores como moscas, no entiendo a qué se debe el espaviento y le pregunto al de la recepción. «Echaron a la empleada nueva», dice el hombre. Indago si se refiere a Juana y contesta que sí mientras escribe algo en el ordenador con expresión de urgencia, como si se avecinara una avalancha.

—¿Y dónde está ella? —le pregunto.

—Ya se fue.

—¿Se fue? ¿Para dónde?

—Ni idea, mi señora.

Estoy a punto de preguntarle otra cosa, pero Enrique aparece.

—Qué lástima, ¿no, señora Laura? —Chasquea la lengua.

—¿Qué pasó?, ¿por qué la despidieron? —pregunto enojada.

—Por metida y por ladrona.

—¡¿Qué?!

—Así como lo oye: robaba parte de la plata que le daban para hacer las compras.

—Juanita no es capaz de robarse un centavo.

—Ah, ¿no?, ¿y es que usted la conoce tan bien? ¡Si yo mismo la pillé! —Eleva las manos a la altura de la cabeza y las zarandea.

—De eso no me cabe duda. —Pongo los ojos en blanco—. ¿Para dónde se fue?

—No sé, ni me interesa.

Estoy a punto de irme sin decir nada, para no darle importancia a este *asshole*, pero no puedo.

—A usted le queda claro que Juana se fue, pero la vida de ella va a continuar y va a ser una persona feliz; en cambio, usted se queda, pero va a seguir siendo el mismo ser deplorable y miserable de siempre.

—¿Usted quién se cree que es, vieja…?

Escucho el chillido de su voz a mis espaldas, pero ya voy de camino a la cocina a preguntar si saben de ella o si tienen su número de teléfono. Nadie sabe nada y la única que tiene su número no trabaja hoy. Alguien se ofrece a llamarla para preguntarle, pero la mujer no contesta. Todos quieren ayudarme, pero, como no pueden hacer más, continúan con sus labores. Ya ha quedado en el olvido la conmoción de la mañana y el chisme del robo. Antes de irme, me dicen que la busque en la estación de buses porque lo más seguro es que regrese a la capital. Les hago caso y espero hasta que sale el último bus del día, pero no aparece. Me doy golpes de pecho por no haberle pedido el teléfono. Regreso de noche al hotel, aburrida y triste. Se me ocurre ir a hablar con la administradora, pero al instante me arrepiento, ya no importa, no va a cambiar nada. ¿Qué voy a hacer ahora?, ya no quiero quedarme más tiempo acá, solo un par de días para buscarla o por si regresa. ¿Por qué no ha venido a contarme lo que había pasado? O por lo menos a despedirse.

Amanece, no he dormido bien. Me arreglo y voy al comedor, una muchacha se me acerca apenas entro. «Señora Laura, me dijeron que necesita el teléfono de Juana, acá está», me entrega un papel y la llamo de inmediato, pero entra a un buzón no activado. Suspiro y le pido un café a la mujer. Sin éxito, la llamo el día entero. Ya entrada la tarde salgo a caminar con la ilusión de encontrármela en la calle al doblar alguna esquina.

Paso frente a la iglesia que encabeza la plaza, me detengo y la observo: es simple, de concreto amarillo; una inmensa cruz café adorna la coronilla de su techo triangular. El cielo está de gris y el viento azota, hace frío. A paso lento, me acerco a la entrada. No soy creyente, le tengo aversión a las instituciones religiosas, pero mi mamá y toda mi familia eran católicos, al igual que la mayoría de la población de este país. Fui bautizada y a los ocho años hice la primera comunión; recuerdo que fue algo muy importante para mí, un evento que ameritó un vestido blanco de tul y encaje —como el de una novia en miniatura—, que fue lo que me hizo más ilusión. También opté por llevar velo; fue mi decisión, no la de mi madre, y yo lo escogí. Después de la ceremonia celebramos en la casa con un almuerzo; mi mamá preparó sancocho y torta de vino con uvas pasas, yo habría preferido hamburguesa y papas fritas. Invitamos a algunos vecinos, a mis amiguitas del colegio y a las amigas del trabajo de mi mamá. Recibí varios regalos, entre ellos, una pulsera de oro delgada de la cual colgaban tres medallas pequeñas, una de la Virgen, otra de Jesús y la última del Espíritu Santo. La usé por muchos años y aún la conservo en mi joyero, en la cajita reservada a los pocos tesoros de mi niñez. Ese fue el pináculo de mi fe.

Al entrar a la iglesia, desciende sobre mí la solemnidad de millones de plegarias, la luz tenue que se cuela por los vitrales enaltece el misticismo. Cada diez pasos o más, montones de velas se abrazan y titilan sin cesar por los milagros implorados. Me conmueve y puedo comprender la debilidad de muchos ante semejante escena. La última vez que estuve en una iglesia fue para la misa de Paul. Él y Michael también provienen de familia católica, sus antepasados son irlandeses, por eso bautizaron a uno con el nombre de un discípulo y al otro con el nombre de un arcángel. Pero, al igual que yo, ninguno de los dos continuó con la tradición familiar; aunque Paul fingía seguirla, le gustaba aparentar regirse por las reglas de la doctrina, le venía bien a su carácter déspota y conservador. Sin embargo, el precepto de la fidelidad —por nombrar uno de muchos— no lo acató nunca.

Me siento a meditar, tal vez sea la nostalgia, los recuerdos o la costumbre. Al entrar a cualquier iglesia, mi mamá se arrodillaba en el reclinatorio, posaba los codos sobre el espaldar de la banca delantera y hundía su rostro entre las palmas de sus manos. Yo me acomodaba a su lado y la imitaba. Después de interminables minutos, cuando había agotado mi larga lista de peticiones y dado las gracias por las bendiciones concedidas, la espiaba por entre mis dedos. Ella permanecía inmóvil, como una más de las estatuas del lugar, pero, por la curvatura de sus hombros, sabía que lloraba. Miro a mi alrededor y distingo a tres personas, me pregunto si se dan cuenta de que soy una impostora, pero nadie se fija en mí, están sumergidas en sus propias penas. Se me ha olvidado cómo orar, pero pido por el bien de todos y por Juana, por que esté bien donde sea que se encuentre, se lo pido a quien me escuche y se lo pido a mi mamá, con quien no hablo desde hace mucho tiempo.

CAPÍTULO 27

Salgo del hotel y me subo a la camioneta que ha venido a recogerme, hoy regreso a la capital. Pero, antes, le pido al chofer que pare en el terminal de buses para buscarla una última vez. Recorro de punta a punta la alargada casona colonial de una sola planta. No tardo más de diez minutos, es pequeña, pero voy despacio, observando a cada individuo detenidamente. Estoy a punto de salir, pero decido dar un vistazo más. Me concentro en una mujer delgada que viene a lo lejos, viste de negro y camina como si le pesaran las piernas. Mi ilusión se desvanece cuando se acerca. Doy media vuelta y miro al frente, leo el letrero que cuelga del techo, donde aparece el itinerario de los buses, doy dos pasos hacia adelante, leo de nuevo desde el principio; voy por la segunda línea y siento un golpe suave en mi brazo derecho. Giro la cabeza y abro bien los ojos para cerciorarme de que no me engañan.

—¡Juana! —exclamo, y la abrazo.

—Hola, Laura. ¿Qué hace acá? —dice sobre mi hombro.

—¿Cómo que qué hago? Buscarte. —Me desprendo de ella.

—¿A mí? —Junta las cejas y me observa por entre las pestañas.

—Obvio. ¿Por qué no fuiste a verme después de que te despidieran?

—¿Cómo se le ocurre, Laura?, usted no tenía nada que ver con eso. Además, ¿con qué cara?, me moría de la vergüenza.

—¿Cuál vergüenza?, ¿de qué? Yo te hubiera podido ayudar.

Parece aún más confundida, suelta la maleta que le cuelga del hombro, la deja caer a sus pies, pero mantiene la tira bien agarrada con las dos manos.

—No, Laura, ¿con qué tiempo?, si salí de ahí a las patadas. Usted no se imagina cómo me trataron, lo que me dijeron. Hasta para recoger mis cosas me mandaron con dos empleados. Pero yo no robé nada, se lo juro.

—Yo sé, eso no me lo tienes que decir. —Sus facciones se suavizan y se ve un poco más altiva, pero apaleada, como acabada de salir del *ring*—. ¿Para dónde vas?

—Todavía no sé, supongo que para la capital.

—Bueno, agarra tu maleta y vámonos, yo te llevo.

—¿Qué?, ¿a dónde?

—Pues a la capital, yo también voy para allá. —No se mueve. Le rapo la correa de las manos, me cuelgo la mochila al hombro y empiezo a andar—. Vamos. —Le indico con la mano que me siga y por fin reacciona.

Nos subimos al auto y me cuenta la historia con quijada temblorosa; abre la ventana para que el aire de la sábana le baje la temperatura y la ayude a pensar. El tipo se inventó un cuento que seguro venía tramando desde hacía semanas, o incluso antes de que Juanita llegara. La tenía reservada desde hacía años, lista para promulgarla en el momento justo y con la víctima perfecta. Y se presentaron en la nublada mañana de un martes cualquiera y en la carne y los huesos de Juana. Enrique dijo que ella sacaba tajada del dinero semanal que le daban para el mercado, argumentó que ya no alcanzaba la plata ni para la comida de tres días. La acusó de beberse una parte en los bares del pueblo y de esconder la otra. Se le metió al cuarto y lo revolcó centímetro a centímetro hasta encontrar el fajo de billetes que tenía ahorrado, y se lo llevó a doña Bárbara como prueba del delito. Y para hacerlo todo más creíble, adjuntó al motín cientos de miles de pesos más, que Juana nunca habría podido ahorrar con su salario. ¿De dónde los sacó?, nadie sabe, pero estaba tan enceguecido por los celos y la rabia, que es probable que los tomara de su propio dinero o fue él el verdadero ladrón, el que le robó al hotel o a algún desapercibido. Por fortuna y por precavida, Juanita cargaba su guardado en el sostén y no salió con las manos vacías.

—Uno cree que no, pero hay gente muy mala en esta vida —dice después de un largo rato.

Los automóviles se multiplican a medida que nos acercamos a la ciudad, el ambiente se torna denso, opaco, las edificaciones borran el verde de los campos.

—Yo creo que me pueden dejar en la entrada a la autopista, ahí me queda fácil agarrar un bus. Señor, usted sabe dónde, ¿cierto? —Se dobla hacia el espacio vacío entre las dos sillas delanteras.

—Sí, señora, yo sé —contesta el hombre.

—¿Dejarte?, ¿para dónde vas? —pregunto.

—Para un hotel que conozco, queda en una zona comercial donde puedo buscar trabajo.

Aprieta las manos cruzadas, un pulgar abraza al otro, los cambia de posición y luego los vuelve a cambiar.

—¿Y crees que va a ser fácil encontrar algo por allá?

—No sé. —Esconde los labios.

—Vente conmigo. —Me doy media vuelta y recuesto la espalda contra la puerta para poder mirarla de frente.

—¿Con usted?, ¿para dónde?

—Por ahora, para el hotel, después vemos qué hacer.

—Laura, yo no tengo plata para pagar un hotel caro, solo tengo para unas noches en un sitio barato donde me pueden dar descuento.

—No te preocupes por eso, yo te invito.

—No, Laura, no puedo aceptar. —Endurece las facciones.

—¿Por qué?

—Porque no, porque no está bien.

Durante quince minutos trato de convencerla, pero no se deja.

—Hagamos una cosa: vamos a almorzar a algún sitio, me muero de hambre, y ahí decidimos, ¿te parece?

—No sé. —Mira el paisaje a través de la ventana y luego se concentra en el espaldar de la silla delantera.

—Vamos, ¿qué pierdes?, todavía no has decidido nada, comemos algo y ya.

—Está bien —contesta después de una pausa.

Sonrío y le pregunto al chofer a dónde podemos ir a almorzar, nos da dos opciones y escogemos la primera; según él, es el mejor restaurante de carne asada del universo.

Comemos hasta reventar, Juanita más que yo, traga bocado tras bocado sin detenerse. Me controlo para dejarle a ella la mayor parte. Me insiste en que coma más, pero le digo que ya estoy llena y observo embelesada cómo arrasa con todo. El chofer no ha querido sentarse con nosotras, aunque le he repetido varias veces que nos acompañara, se ha disculpado con gesto amable y ha desaparecido entre la muchedumbre. Me acerco un mechón de pelo a la nariz y huelo humo, el mismo que sale de las brasas ubicadas en medio del inmenso lugar, donde se prepara la carne incrustada en barras de hierro.

—Vamos a salir oliendo a rancho —dice Juana.

—Sí, nos va a tocar quemar la ropa.

Ambas sonreímos.

—¿Y qué piensas hacer si no encuentras trabajo? —le pregunto.

—Irme para otra parte. —Se desliza en la silla y cruza los brazos.

—¿A dónde?

—No sé, a otra ciudad, a algún sitio turístico, tal vez a la costa.

—¿Y por qué no te vas ya? De una vez. ¿Por qué no nos vamos juntas?

—¿Juntas?, ¿y usted que va a hacer allá?

—Lo mismo que acá: pasear, conocer; para eso vine.

—Laura…

—No me digas más —la interrumpo—. Yo sé que tienes la plata contada, pero yo te puedo ayudar. Si quieres, lo ves como un préstamo, después me pagas, con el tiempo, a plazos o como sea.

Se enfoca en el hombre de sombrero alado al pie de la hoguera, sus manos color ceniza le dan la vuelta a las estacas para que la carne se dore del otro lado.

—Pero yo no sé cuándo voy a encontrar trabajo y le voy a poder pagar. —Se mantiene atenta a los movimientos del sujeto.

—Eso no importa, puede ser en un año o en dos, ¡firmamos un papel si quieres!

Dos hombres pasan por nuestro lado, cargan un plato en cada mano y se les van los ojos al vernos. Uno se tropieza y casi se le cae la comida. Juanita no les presta atención, se retuerce en la silla.

—Está bien, vamos.

—¿Vamos?, ¿en serio? —Me enderezo.

—Sí, en serio.

—*Yes!* —digo sin querer.

—*Yes* —repite Juana.

CAPÍTULO 28

Llegamos al hotel de noche, nos ha tomado casi tres horas entrar en la ciudad. El tráfico era apocalíptico: miles de carros se apretujaban en avenidas estrechas, creaban tres líneas en vías de dos, se tiraban uno encima del otro para adelantar medio metro y luego se devolvían al carril de partida para avanzar otros treinta centímetros. Las motos zigzagueaban entre los automóviles con tal destreza e imprudencia que han despertado en mí ansiedad y admiración al mismo tiempo. A uno de los motociclistas lo veía prácticamente sentado sobre mis piernas. Nuestro chofer no se ha quedado atrás: se ha metido por espacios más angostos que el ancho del auto, y a cada rato pegaba la palma de la mano al timón para unirse a la sinfonía de bocinas de los otros carros. A todo esto, se le sumaban miles de personas que caminaban por las calles, atravesaban vías, vendían cualquier artefacto en los semáforos o mendigaban. Me espanta y me deslumbra al mismo tiempo. Así, entre gemidos de estrés y sorpresa, hemos llegado al hotel.

Nos han dado una habitación con dos camas dobles. Juanita se sienta en una de las sillas ubicadas al lado de la ventana, deja caer la mochila a su costado y lo explora todo. Yo saco la camiseta de dormir de la maleta, la tiro sobre la colcha blanca. Llevo el neceser de mis arreglos al baño, abro el clóset para buscar las chanclas que ofrece el hotel, me las pongo y luego me percato de que Juanita no se ha movido ni emitido sonido desde que hemos entrado. Ahí sigue, con las rodillas juntas y las manos cruzadas sobre los muslos.

—¿Qué haces, Juanita? Acomódate, saca tus cosas, si quieres te puedes ir a bañar.

—Gracias, Laura —contesta vacilante. Se pone de pie, agarra la tira de la mochila y repara en las dos camas sin moverse.

—Puedes coger la que quieras, a mí me da lo mismo. —Miento, no me da lo mismo, con Paul me acostumbré a dormir del lado más alejado de la puerta—. Acá también hay otras chanclas si quieres. —No espero a que responda, camino hacia ella y se las entrego.

Recuerdo una de las pocas veces que estuve con mi mamá en un hotel —que no era lujoso, pero pretendía serlo—: al descubrir las inmaculadas chanclas de terciopelo blanco, se le iluminó el rostro como si hubiera encontrado oro. De ahí en adelante, apenas pisaba el cuarto se las ponía. La habitación era sinónimo de pantuflas con membrete del hotel y, para ella, las pantuflas eran sinónimo de realeza. Al final de la estadía, mi mamá las empacó en el maletín y, al llegar a la casa, las colocó en la esquinita del clóset designada a objetos especiales. Las usó muy pocas veces porque no quería ensuciarlas, pero siempre las conservó. Distingo un brillo similar al de mi madre en los ojos de Juana al recibirlas. Por suerte, escoge la cama más cercana a la entrada, saca lo necesario para la noche, su pijama y una bolsa de supermercado con los artículos de aseo, y se encamina con todo hacia el baño. Mientras ella se ducha, yo enciendo el televisor. Cambio canales y el teléfono suena. Es Michael.

—*Hello* —contesto emocionada.

—*Hoooulaaa* —dice con el acento más gringo que he escuchado.

Río.

—¿A qué se debe esta sorpresa?

—A la curiosidad, obviamente.

—La curiosidad mató al gato —respondo.

Ambos reímos.

—¿Cómo te ha ido?, ¿dónde estás ahora?

—De vuelta en la capital, pero mañana me voy para la costa con Juana.

—¿Juana?, ¿a la que conociste en Villa Escondida?

—La misma —respondo, y le narro lo sucedido.

Pongo el aparato en altavoz para liberar mis manos y desvestirme. Cuando no me queda más que el sostén y el panti, me observo en el espejo de pared enfrente de las camas: mi piel está más blanca que nunca, hace años que no me dejo tocar por el sol. Hace frío, así que me quito el brasier, me pongo la camiseta y me siento de piernas cruzadas sobre la cama. Trato de serle fiel a los acontecimientos haciendo lo posible por acordarme de los detalles, de los olores, de los paisajes, de la comida y de cada personaje. A Michael, esto último es lo que más le interesa. Me hace varias preguntas de Andrés, pero le contesto con palabras sueltas. A lo lejos escucho correr el agua de la ducha.

—Ahora tienes compañera de viaje; lástima, ya no tengo que ir a cuidarte —dice.

—Bueno, ahora nos puedes cuidar a las dos.

—No me des ideas, porque de verdad que voy.

Escucho felicidad en su voz.

—Solo estoy sembrando una semilla.

El agua deja de caer.

—Por acá las semillas crecen rápido, en promedio de dos a tres semanas. —Río. Juana sale del baño y me mira con curiosidad, pero luego desaparece de nuevo—. ¿Cuánto tiempo te vas a quedar allá? —pregunta.

—No sé, hasta que me aburra o que quiera salir corriendo, como de Villa Escondida.

Juanita regresa y se mete entre las cobijas, pero en ocasiones me mira de lado.

—Bueno, te dejo descansar —me dice Michael—, avísame cuando llegues y sigue contándome tus aventuras.

—Está bien.

—Y, si puedes, llámame.

—Voy a hacer el esfuerzo, pero no te prometo nada.

—Con el esfuerzo, quedo contento.

—Está bien —sonrío.

—Buenas noches, Laura.

—Buenas noches. Cuídate, *bye*.

Dejo el celular sobre la mesita de noche y miro a mi *roommate*, está concentrada en el panfleto informativo del hotel.

—¿Qué tal la ducha? —pregunto.

—Deliciosa, el agua está apenas para este frío, *calientica*. —Deja caer el papel sobre la cobija—. ¿Hablaba con una amiga?

—No, con un amigo de hace años —contesto, y me enfoco en el control del televisor. Por una milésima de segundo pienso en decirle quién es, pero me arrepiento, no sé por qué.

—Es entretenido su amigo, ¿no?

—Sí, es muy divertido. Ahora es mi turno, me voy a bañar. —Me voy entre caminando y levitando, pero con la misma presión en el pecho que aparece siempre que hablo con él.

CAPÍTULO 29

Me encantaría raparle los ojos para sumergirme en el éxtasis que irradia al observar el mar por primera vez. Estamos encaramadas en la baranda baja que delinea una parte del malecón que va del aeropuerto a la ciudad. Apenas ha visto el agua, le ha gritado al taxista que se detuviera y, en cuanto el señor ha bajado la velocidad, se ha tirado del carro en movimiento. Al principio no me han dado ganas de salir, pero, al ver su deleite, me he bajado y trepado también sobre la baranda. A pesar del color pantanoso del agua, más café que azul, es impactante esa inmensidad que resplandece bajo los rayos del sol y susurra como si quisiera decir algo. Por un rato no pronunciamos palabra, nos enfocamos en la línea donde el mar se une con el cielo, y en el puñado de pescadores que lanzan desde la playa una red gigante en la orilla. A unos metros de ellos, una pequeña lancha de motor se balancea sobre la superficie revuelta por las olas.

—Es espectacular —dice ella.

—Sí, espectacular —afirmo, sosteniendo la vista en el horizonte.

—¿Por qué no vive acá todo el mundo?

—Porque muchos no lo conocen y los que lo conocen se acostumbran y se van, supongo.

—Me imagino que usted debe haber visto muchos mares.

—Algunos. —Hago un repaso mental: el Mediterráneo, el mar Negro, el Báltico, el mar del sur de China, el Golfo de México, el océano Pacífico y otros más, pero no sé cuántos disfruté realmente. La mayoría los conocí con Paul.

—¿Y son iguales de lindos?

—Sí, o más.

Hecha la cabeza hacia atrás y aspira el aire salado, caliente, como si aspirara el vapor de una sopa de mariscos.

—Me hubiera encantado venir acá con Miguel, era nuestro sueño —dice.

—¿Por qué no vinieron?

—La misma historia de siempre, porque no teníamos plata.

Me arrepiento de haber preguntado. Escuchamos un pito y volteamos la cabeza, el chofer nos llama con la mano. Al retomar de nuevo el camino, observo los edificios de arquitectura moderna que nos acompañan en el trayecto: se mezclan edificaciones relucientes con otras marcadas por el paso de los años, la pintura se descascara en ciertas partes o está manchada de negro, algunas parecen abandonadas. Los carros se apretujan en la única calle de doble vía que va desde el aeropuerto al centro de la ciudad y, al igual que en la capital, la gente camina por todos lados y hay decenas de vendedores ambulantes, pero se respira el aire incandescente del trópico, un aire húmedo que, sin saber por qué, me trae felicidad. Nos detenemos en un semáforo y en la esquina más alejada, del otro lado de la doble vía y atravesando un pastizal, aparece tímida e imponente la ciudad amurallada.

He alquilado un apartamento en la ciudad colonial por un mes. No sé si soy optimista o pesimista. Queda en el último piso, el cuarto, de un edificio sin ascensor, por unos pesos más, el taxista sube nuestras maletas. El piso tiene un balcón que da a la calle, puertas de madera, techos altos en uve con vigas que lo atraviesan, cocina abierta a un espacio grande y alargado que hace las veces de sala y comedor. De la parte de atrás de la cocina se desprenden dos escaleras, una estrecha, que asciende hasta mi cuarto, y otra no tan estrecha, que desciende a la habitación de Juanita. Cada cuarto tiene su propio baño. Cerca a la entrada hay otra pieza y otro baño más, el de visitas, comenta Juana al verlo.

El apartamento está decorado con una multitud de objetos interesantes: esculturas de bronce, bustos de metal, vitrales de colores, jarrones de barro y estatuas de ángeles del tamaño de una criatura de cinco años. Una de ellas descansa sobre un pedestal en una esquina de la sala, de su espalda salen dos alas enormes del largo de su cuerpo, no tiene brazos y contempla al infinito con expresión compasiva. A Juanita la asusta, a mí me atrae su misticismo. Otros objetos curiosos, como una silla de madera en forma de elefante —bastante incómoda, por cierto— adornan el lugar.

—Es muy bonito, Laura —dice Juana asombrada y preocupada al mismo tiempo.

—Sí, ¿cierto? —Sonrío.

—Este sitio debe ser muy viejo, quién sabe cuántas cosas han pasado aquí.

—¿Te da miedo?

—Un poquito.

—No te preocupes, no pasa nada. Además, estoy segura de que los fantasmas ya se acostumbraron a convivir con los huéspedes. —Río.

—Ríase, pero la quiero ver si se le llega a aparecer uno. Acuérdese de lo que pasó en Villa Escondida.

Después de desempacar, comemos en un restaurante que nos ha recomendado el taxista. Ambas pedimos el plato típico: pescado frito, arroz con coco y patacones. No conversamos, el hambre y el exquisito sabor de la comida no nos dejan. No queda ni un grano de arroz sobre los platos, las dos nos fundimos en la silla y sorbemos de a poquitos la limonada de coco que apenas hemos tocado.

—Estaba delicioso —digo.

—Muy rico, pero mi arroz con coco y mi pescado frito son mejores.

—Vas a tener que prepararlo para confirmar si es cierto.

—Yo se lo preparo, Laura, no se preocupe, y después hablamos.

De la nada surge el recuerdo de mi vida hace unos meses y no la reconozco, no me reconozco, pero dejo que el recuerdo se desvanezca y me concentro en el sabor dulzón y ácido que resbala por mi lengua. Juanita anuncia que mañana empezará a buscar trabajo, yo intento convencerla de que no hay prisa, de que puede tomarse unos días para descansar, pero me recalca que ella no está de vacaciones. El mesero se acerca y ella le pregunta si necesitan a alguien que ayude en la cocina, que atienda a la clientela, que limpie o lo que sea. El tipo niega con la cabeza, pero le dice que hay muchos sitios que buscan personal, que gente es lo que falta, que ya nadie quiere trabajar, que por eso el país está como está, y que todos son una partida de vagos que lo único que quieren es que les regalen la comida. Las dos lo escuchamos atentas y, después de permanecer en silencio por unos segundos, para cerciorarnos de que ya ha terminado el discurso, le pedimos la cuenta. Intento animar a mi compañera para que se tome un trago conmigo, para celebrar nuestra primera noche en la ciudad, pero se niega.

—Hoy me voy tempranito a la cama, mañana tengo que madrugar —dice.

De camino al apartamento nos perdemos en el claroscuro de las calles y llegamos en un abrir y cerrar de ojos.

CAPÍTULO 30

El mejor augurio de la apresurada elección de destino llega de boca de Juana después de mediodía. La han contratado en un restaurante pequeño de comida típica, ubicado a diez minutos de su morada provisional. La dueña del sitio es una matrona efervescente, alta, morena, con carnes de sobra y sonrisa perenne; es ella quien dirige toda la operación: recibe a los clientes, toma pedidos, pretende cocinar batiendo ollas, pide refuerzos, conversa con cada mesa, se carcajea. Lo único que le ha preguntado a Juanita en la entrevista ha sido si podía empezar de inmediato y si tenía dónde vivir —el inconfundible acento capitalino la ha delatado apenas ha pronunciado el «buenas»—. Después, en medio de la algarabía del lugar, que incrementaba exponencialmente debido al reducido espacio y al excesivo tráfico de la hora del desayuno, la dueña le ha pedido a Juana que se sentara, ella se le ha acomodado enfrente y le ha acercado un rebosante plato con arepa de huevo, carimañolas, suero, hogao y huevos pericos para que degustara la mejor comida de la ciudad y la vendiera con mayor convicción. Enseguida le ha explicado que el cargo era a disposición, haciendo lo que le pidieran: lavar los baños, limpiar, atender a los clientes. «Pero no te asustes, que se pasa bueno, muchacha», ha añadido entre risas la señora, al percibir que la nueva empleada no parpadeaba. Juana se ha espabilado, como si se hubiera escapado de un trance, y le ha contestado que no había conocido trabajo al que le tuviera miedo. La doña ha reído con más ganas, sus largos dientes queriéndosele salir de la boca. La ha animado al decirle que el pago era bueno. Juanita ha calculado que por lo menos es mejor que en el hotel de Villa Escondida, porque acá es más turístico y, además, tiene la opción de ganar propina, sobre todo con los gringos que están acostumbrados a eso, a diferencia de la clientela nacional, que tiende a ser ahorradora, por no decir amarrada. La señora Rosa, o simplemente Rosa, como le ha pedido que la llamara, la ha obligado a comerse hasta la última migaja. Juanita, condescendiente, no ha objetado y ha usado el dedo corazón para aplastar contra el plato las últimas boronas y llevárselas a la boca. Rosa le ha presentado a las otras empleadas, una morena joven y atractiva y una anciana ajada. Ambas la han saludado a las carreras. Después, Rosa le ha dicho que se fuera a descansar, que la esperaba a las cinco y media de la tarde, antes de que cayera la noche, para evitar que se le avivara la desidia o la manía.

A las nueve de la noche ya parece empleada de toda la vida, ha memorizado la mitad de la carta, que no es muy extensa, y bambolea platos entre las siete mesas que rotan gente como la rueda de la fortuna. Una hora más tarde, Rosa reúne en la cocina a las dos meseras y a la cocinera, Dulce, y le entrega a cada una sendas copitas de aguardiente. «Por el primer día de Juana», dice la dueña, y estira el brazo que sostiene el líquido transparente, «¡Salud!», añade eufórica, y todas entrechocan los recipientes en el aire y elevan las frentes relucientes de sudor. «¡Salud!», repiten al unísono. Juana brinda con aprensión y entusiasmo al mismo tiempo, tal vez por la adrenalina del ajetreo o por los minutos de descanso. Mercedes, la mesera joven, permanece al lado de Juana, las otras parten después de libar el licor.

—¿Todo bien, rolita? —Su gran cabellera crespa se mueve junto con sus labios.

—Todo bien, gracias —contesta Juanita. Posa la mitad del trago sobre el mesón y se concentra en la luminosa piel morena de la muchacha y en sus ojos delineados con lápiz negro, que parecen los de una muñeca. Lleva, además, un toque de rosa en los párpados y labios carmesí—. Acá ustedes hacen de todo, ¿cierto?, ¿hasta cocinar?

—Sí, de todo, pero Rosa prefiere que Dulce se encargue de la cocina, aunque más de una vez me han obligado a picar verdura o a pelar papas. ¿Por qué preguntas?, ¿te da susto cocinar, chica?

—Al contrario, prefiero cocinar a hacer cualquier otra cosa.

—Habla con Rosa. Aunque todavía estás muy biche, te lo vas a tener que ganar, es muy exigente con la comida. No por nada somos uno de los mejores restaurantes de la ciudad.

La voz grave de Rosa, apurándolas para que retomen sus labores, interrumpe la conversación y ambas se dispersan.

El restaurante cierra a la una de la mañana, cuando la última comitiva parte a seguir la fiesta en algún bar o discoteca de la ciudad. Era un grupo de franceses jóvenes y alegres, dos hombres y tres mujeres, que pedían detalles de cada plato en español entrecortado. Los ha atendido Rosa, que se ha quedado al lado de la mesa y les ha contestado entre risas todo lo que preguntaban. Mercedes y Juana le han acercado los platos y las bebidas y ella se ha encargado del resto. Los dos hombres les lanzaron más de una mirada furtiva a las empleadas, y Mercedes hacía la maña para permanecer al lado de Rosa y exhibir su perfecta dentadura, pero la dueña la espantaba con un solo vistazo.

CAPÍTULO 31

«¡Hola, Laura!, ¿cómo estás?, ¿cómo va todo? Escríbeme apenas puedas. Quiero contarte algo. No es nada malo, no te preocupes. Bueno, tal vez es malo para ti, pero espero que no». Michael ha mandado una hilera de mensajes hace una hora. Me da curiosidad. Le pregunto qué me quiere contar y de inmediato responde. «Dentro de poco nos vemos». No le creo, pero lo llamo.

—No te creo —digo.

—Créelo, ya tengo mi pasaje comprado, llego en tres semanas.

—No te creo.

—Mira lo que te acabo de mandar.

Pongo el altavoz y abro la foto que me ha enviado: es un pasaje con su nombre.

—¿En serio?, pero ¿por qué? —pregunto confundida.

—¿Por qué no?, ¿no quieres que vaya?

—Sí, claro que sí, pero, no sé, nunca se me ocurrió que de verdad quisieras venir, pensé que estabas ocupado con tus cosas.

—¿Qué cosas, Lau? Además, son solo unas vacaciones; no te preocupes, que no estoy pensando en irme a vivir allá.

—¿Seguro? —Río—. ¿Y por cuánto tiempo vienes?

—Dos semanas.

Suena emocionado.

—Te puedes quedar con nosotras, hay un cuarto desocupado.

—No sé, creo que es mejor que me quede en un hotel.

—No, te quedas con nosotras y punto. —Me levanto de la silla para que suene más enfático.

—Déjame pensarlo; después te llamo y arreglamos.

—¡Está bien!, pero llámame pronto, no queda mucho tiempo.

Colgamos y salgo del cuarto. El bullicio de la calle se cuela por las ventanas abiertas de par en par, la luz radiante de la mañana lo alumbra todo y la humedad se me pega al cuerpo. Encuentro a Juana sentada en el comedor, revisando una montaña de papeles arrugados.

Ocupa un pequeño espacio en la inmensa mesa de ocho puestos.

—Buenos días, ¿qué haces levantada a esta hora, después de trabajar hasta medianoche?

—Buenos días, Laura. Nunca he podido dormir hasta tarde, no importa a qué hora me acueste —contesta sin desconcentrarse de su tarea.

Noto una chispa de ilusión en su cara que no había visto antes. Tiene el pelo agarrado con un gancho en la parte posterior de la cabeza y la cara completamente lavada, sin rastro de maquillaje, aunque no acostumbra a usar mucho. La veo más lozana que de costumbre. Yo, en cambio, llevo el cabello suelto, alborotado, y el rostro hinchado de tanto dormir.

—¿Y eso qué es? —Señalo con la boca la montaña de papeles y me siento del otro lado de la mesa—. ¿Qué estás haciendo?

—Busco la receta del pescado que le prometí que iba a preparar, quiero hacerlo en estos días.

—¿Son recetas?, ¿de dónde las sacaste?

—Sí, son recetas, las vengo acumulando desde hace muchos años, ¿recuerda que le conté? Las he sacado de revistas, de programas de televisión, de amigos, y otras me las he inventado yo. —Se desprende de las hojas, se recuesta contra el espaldar y me observa.

—Guau, no sabía que te tomabas tan en serio lo de la cocina.

—Sí, muy en serio.

—Yo ni siquiera puedo hervir un huevo. —Pongo el codo sobre la mesa y recuesto la quijada sobre los nudillos de la mano.

—Antes de irnos para donde mi suegra, yo le cocinaba todos los días a Miguel; siempre le tenía la comida lista. Creo que estaba más enamorado de mi comida que de mí. —Sonríe—. Pero al irnos para donde su familia dejé de cocinar casi por completo, porque su mamá y sus hermanas se quejaban de todo lo que hacía. Miguel siempre me dijo que con mi sazón podría abrir un restaurante y que seguro que me haría millonaria. Tal vez hubiera podido, quién sabe, ya tenía fama entre los amigos.

—Todavía puedes.

—¿Abrir un restaurante? —Arruga el entrecejo.

—Sí, ¿por qué no?

—Ay, Laura. —Cierra los párpados.

—Lo digo en serio.

—Ay, Laura —repite, y revuelca de nuevo los papeles.

—¿Miguel fue tu primer novio? —Me paro a preparar café.

—¿Miguel?, nooooo, fue como el tercero. —Barre el aire con la mano derecha—. Cuando lo conocí tenía otro novio, ¡y el pobre Miguel sufrió! No hay mejor manera de conquistar a un hombre que tener a otro dando vueltas. —Ambas reímos—. Pero, al final, después de mucha insistencia, me conquistó. En esa época yo no quería nada serio, acababa de cumplir dieciocho años, pero al poco tiempo ya no tenía ojos, sino para él.

—¿Así de bueno era?

—Sí. —Afirma con la cabeza.

—¿Y que tenía él que los otros no tuvieran?

—Muchas cosas. Bueno, por lo menos las que yo quería.

—¿Qué querías?

Se concentra en el techo por un instante y entrelaza las manos sobre la madera. Yo me vuelvo a sentar en la mesa mientras la cafetera hace su labor.

—Quería que me quisieran de verdad. Después de solo un mes de estar juntos, se fue a visitar a sus abuelos al pueblo donde vivían, a tres horas de la ciudad, y se quedó allá como tres semanas. Yo ya estaba tragada, pero todavía tenía mis dudas, usted sabe. Apenas empezábamos la relación y los días se me hacían interminables, hasta tuve suficiente tiempo para convencerme de que iba a terminarle. ¿Por qué?, no lo recuerdo. Como le he dicho, tenía dieciocho años.

»Cuando regresó nos encontramos en una cafetería. Lo primero que hizo fue abrazarme y darme un beso; después nos sentamos y pedimos dos empanadas y dos cafés con leche. Lo recuerdo porque en esa época yo no tenía donde caerme muerta y no comía en la calle. Antes de empezar a charlar, me entregó una bolsa de regalo toda arrugada y yo lo miré rayado; estaba brava, lista para decirle que ya no quería estar con él. De mala gana, abrí la bolsa y encontré un par de sandalias blancas de tacón bajito. Me dijo que eran para que fuera con él a visitar a sus abuelos la próxima vez. Se me hizo un nudo en la garganta. Yo nunca había ido a clima caliente ni me había puesto un par de sandalias, ni nadie me había regalado zapatos que no fueran limosna. —Traga saliva después de pronunciar la última palabra.

—A veces se me olvida que existen hombres buenos —digo al percibir que se encoge.

—No muchos, pero los hay.

—Supongo que sí, pero hay que buscarlos debajo de las piedras.

La cafetera pita y me paro a servir dos tazas.

—¿Y su esposo?, ¿fue su primer novio?, ¿su primer amor?

—Mi primer novio, no, pero sí fue mi primer amor. O eso pensaba yo en esa época, ahora no estoy tan segura. Aunque analizar las cosas en retrospectiva es hacer trampa.

—¿Por qué ahora piensa que no?

—Porque mi obsesión con él duró poco, con el tiempo me empecé a desilusionar. Al principio me deslumbró, tenía una personalidad arrolladora, era la persona más carismática que había conocido. De esas que llegan a cualquier lugar y son el centro de atención, a las que todo el mundo escucha, y eso me desarmó. Me convertí en una estúpida, pensaba que todo lo que él decía y hacía estaba bien, que siempre tenía la razón. Mejor dicho, me tomé el *kool aid*.

—¿Se tomó el *cul* qué?

—Me comí el cuento, como dicen acá. —Debería explicarle de dónde viene la expresión, pero no quiero adentrarme por los oscuros recovecos de la psique humana—. El caso es que lo admiraba, lo idolatraba, le tenía respeto. Al principio. Después se convirtió en otra cosa.

—¿Por qué?, ¿qué pasó?

—Pffff. Si te contara, nos quedaríamos acá todo el día.

—¿Y acaso a dónde tenemos que ir?

—A pasear. —Sonrío.

—Está bien, pero espero que me lo cuente algún día, ahora me quedé con la curiosidad.

—Otro día te lo cuento. —Coloco las tazas sobre la mesa y me vuelvo a sentar. Las dos bebemos un sorbo.

—Está rico, el cafecito. —Aspira profundo y relaja los hombros.

—Sí, muy bueno. —Agarro una de las recetas y la ojeo—. Se me había olvidado contarte que viene un amigo y se va a quedar con nosotras unos días.

—¿Qué amigo? —Me observa confundida.

—El hermano de Paul. —Giro la cabeza hacia la ventana. La voz de un hombre ofrece a gritos algo en la calle. Desde esta altura lo único que veo son las ventanas del edificio de enfrente, parte del techo y un pequeño parche de cielo.

—¿Su cuñado?, ¿y por qué?

—Viene de vacaciones.

—¿Son muy cercanos?

—Sí y no.

—Usted está muy misteriosa hoy.

—Yo sé, pero es que me cuesta hablar de Paul y de Michael; así se llama mi cuñado.

—Pero, si viene a visitarla, es porque son buenos amigos.

—Sí, somos amigos.

Reconozco escepticismo en su cara.

—¿Es el mismo con el que hablaba la otra noche?

—¿Cuál noche? —Arrugo la frente.

—La noche del hotel, antes de venirnos para acá.

—Ah, sí, era él. —Me sonrojo.

—¿Y cuándo viene?, yo puedo buscar para dónde irme, no quiero incomodar.

—¿Qué?, ¡no, claro que no!, esta es tu casa.

—De verdad, Laura, no quiero incomodar.

—¿Incomodar a quién? Es un amigo que viene de visita por unos días, nada más. Es muy buena persona, te va a caer bien.

—Bueno, pero cualquier cosa, usted me dice.

—Olvídate de eso.

Comienza a revisar de nuevo los papeles.

—Una cosa más. ¿Por qué me hablas de usted todo el tiempo?

Juanita levanta la vista.

—No sé, es por costumbre, así le hablo a todo el mundo, así hablamos muchos en la capital.

—Yo sé, mi mamá hablaba así de vez en cuando, pero ¿será que puedes intentar tutearme? Porque me haces sentir como a una extraña.

—Puedo —sonríe.

—Gracias. Me voy a bañar.

—Gracias a ust… A ti.

CAPÍTULO 32

Rosa tiene cuatro hijos varones, que «gracias a Dios», como dice ella, se han dedicado a hacer su vida, pero la vida que hacen no les da para la manutención y solo se acuerdan de su madre cuando la billetera está magra. Juana conoció a uno que se apareció por el restaurante una tarde: fue directo a la caja, sacó lo que quería y se marchó sin saludar a nadie. Le contaron que los otros hacen lo mismo, con excepción del mayor, que ya no vive en la ciudad y solo pide plata dos veces al año. Rosa instaló una caja fuerte pequeña en el cuartico de los víveres, y allí mantiene lo poco que recibe en efectivo, ya que, por desgracia para los vástagos, la mayoría de la clientela paga con tarjeta. El marido de Rosa también es un mantenido. «Un cero a la izquierda —le dijo Mercedes a Juana—, pero buena gente, aunque la dueña prefiere estar en el restaurante que en la casa, y eso dice mucho», añadió. Juanita es la primera que llega en las mañanas y más de una vez ha encontrado a Rosa recién levantada. Duerme en un catre que también guarda en el cuarto de víveres. Hoy es viernes y Rosa le abre la puerta con el pelo revuelto y la sonrisa en el rostro, le ofrece café y le dice que se siente, que todavía es temprano y no hay afán de empezar a trabajar. Juanita se ofrece a preparar huevos con cebolla y tomate, la doña se entusiasma y se encamina a calentar unas carimañolas que sobraron del día anterior. Al rato, ambas se acomodan en una de las mesas.

—¡Muchacha! Qué huevos más ricos. —Escupe partículas de comida.

—¿Le gustaron?

—¡¿Qué?! Están deliciosos. —Juana sonríe—. ¿Solo sabes preparar huevos como las muchachitas de hoy en día, o cocinas otras cosas?

—Cocino de todo.

Rosa mueve la cabeza de arriba abajo sin dejar de masticar.

—Entonces, te voy a tener que poner a prueba, porque la pobre Dulce a veces no da —dice entre mordiscos.

—Sí, señora, por favor; me encantaría.

—No te emociones. Y llámame Rosa, nada de señora. Vamos a ir de a poquitos.

—Lo que usted diga.

CAPÍTULO 33

Llega en dos días. Aceptó quedarse con nosotras, pero solo por una semana, después se irá para un hotel. No quise insistir más, tal vez sea mejor así. Juanita está a cargo de la comida de bienvenida, va a preparar el famoso pescado frito con arroz con coco y patacones. Está más emocionada que yo. Yo me siento nerviosa, contenta, pero nerviosa. Juana pidió libre el día de la llegada de Michael y, como es un martes, la jornada más lenta de la semana, Rosa se lo dio sin protestar. Ese mismo día iremos a comprar los alimentos y Juanita pagará todo. Me dejó claro que es su invitación, un detalle de agradecimiento por todo lo que he hecho por ella. También quería empezar a contribuir con el alquiler, pero no acepté, le dije que ahorrara un poco más y después hablábamos. Vamos a ir a la plaza de mercado a hacer las compras. Mercedes le dijo a Juana que me preparara, porque la mezcla de olores —a pescado, a mariscos, a verduras, a sudor…— con el calor infernal saca corriendo a más de uno y en especial a mujeres como yo. Esto lo dijo con tono apático para que Juana me lo repitiera de la misma manera.

Acompaño a Juanita a buscar un vestido nuevo para la llegada de nuestro invitado, lo único que tiene son sus viejos pantalones y camisetas, y quiere dar una buena primera impresión. Me lleva a unas tiendas del centro que le recomendó Mercedes. Los almacenes son mejores de lo que pensaba y la ropa cuesta una quinta o sexta parte de lo que cobran en el centro comercial. Hay que rebuscar, pero se encuentran cosas lindas. Ella se mide varios vestidos y no para de repararse en el espejo cada vez que se prueba uno: se mira de frente, de un lado, del otro, luego le da la espalda al cristal y se observa de reojo. Al final escoge dos, uno de flores y otro blanco, ambos largos, con tiras en los hombros. Se ve muy linda, parece una turista más. Yo elijo cinco vestidos y dos faldas largas, aunque Juana quiere que me lleve la tienda entera: dice que con mi altura todo se me ve divino. Sin que se dé cuenta, le compro un vestido color naranja que le ha fascinado, pero no podía llevarse. Creo que ya estamos listas para la llegada del hermano de mi difunto esposo. Lo único que queda es esperar.

La expresión perdida, de turista recién llegado, desaparece apenas me ve. Camina en mi dirección, guiando la maleta con la mano. Un *hoodie* le cuelga del hombro, como el limpión a un chef. Lleva su habitual atuendo: *jean*, camiseta, tenis café de suela blanca, y la sonrisa al aire.

—¿Cómo estás? —dice. Planta un beso en mi mejilla y me da un corto abrazo.

—Muy bien, ¿y tú?, ¿qué tal el vuelo?

La frente me suda, pero no es solo por el calor. Le hago seña para que arranquemos y nos dirigimos al lugar donde nos recogerá el carro que he pedido.

—No tenías que venir al aeropuerto, yo habría podido llegar a tu casa.

—Claro que tenía que venir, prefería venir hasta acá que tener que buscar a un gringo por toda la ciudad. —No le doy tiempo a responder, pero de soslayo veo una sonrisa. Llegamos al auto y el conductor ayuda a Michael a subir la maleta a la cajuela.

En el camino, el recién llegado estudia todo a través de la ventana y, en español —que aprendió por su cuenta durante la universidad y que ha practicado en sus viajes por el mundo— con marcado acento gringo, le pregunta al señor si puede bajar el vidrio. También habla italiano y se defiende en francés.

—Huele a Caribe —dice, el aire le golpea el rostro.

—Sí, es un olor muy particular.

Con la ventana abierta, mi pelo vuela en todas las direcciones, pero, por no robarle el placer, lo aguanto sin protestar. Además, ya me he acostumbrado al perpetuo *frizz* de mi melena. Así, de perfil, descubro líneas sutiles que nacen en la esquina de su ojo izquierdo y me doy cuenta de que el tiempo también lo ha marcado a él. Le cuento lo que ha sucedido en los últimos días y le muestro los lugares que conozco, dándome ínfulas de local, y él parece impresionado. En ocasiones le da un descanso al paisaje para observarme con curiosidad.

—Llegó la hora de la verdad —le digo al bajarnos del auto.

—¿Por qué?

—Porque vas a conocer a Juanita, pero antes tienes que subir cuatro pisos con esa maleta.

—¿Qué?, ¿a estos países todavía no han llegado los ascensores?

—Muy gracioso, ojalá alguien te escuche para ver qué opina.

Sube los cuatro pisos sin que la respiración se le agite. Juana abre la puerta, irradia con su vestido naranja. Los presento, se dan la mano, ella lo invita a seguir y de inmediato le pregunta si quiere algo de tomar, «¿Agua o una limonadita de coco?». Michael la interroga con la mirada y luego se dirige a mí.

—¿Limounadita de coucou?

—Coconut lemonade —aclaro.

—Eso está bien —contesta con una sonrisa.

Juana corre a la cocina y yo le doy al huésped un recorrido por el apartamento. La temperatura es solo unos grados más fresca que en la calle, gracias a los ventiladores de techo. No tenemos aire acondicionado, pero a él no parece importarle. En la sala, se detiene al lado de la silla de elefante y se sienta, lo hace con cuidado para no romperla, me mira y sonríe. Luego continuamos hasta llegar a su cuarto y, como buena conserje, le enseño dónde se encuentra lo que necesita: crema de dientes, jabón, toalla de mano y de cuerpo. En el baño, una ventana da al patio interior del edificio y, al igual que el resto de las ventanas del apartamento, no tiene vidrio, solo dos puertas de madera que cuelgan de los lados. Él me sigue a corta distancia y presta atención a todo lo que le enseño.

—¿Qué te parece?, ¿te hace falta algo?

—No, está perfecto; tal como me lo habías descrito, muy bonito.

Por fin me detengo y lo observo, es tan parecido pero tan diferente de Paul… De nuevo se me viene a la cabeza la noche de la pelea entre ellos.

—Si quieres, acomódate y después vienes a la cocina.

—Perfecto, voy en unos minutos.

Juana va de la estufa a la nevera, de la nevera al fregadero, del fregadero al mesón. Michael reaparece con la botella de ginebra que me gusta, y Juana nos sorprende con un cóctel de camarones para que empecemos a picar, porque todavía falta más de media hora para que la cena esté lista. Devoramos el plato y entre mordiscos elogiamos a la chef. Michael se ofrece a preparar tres cócteles de ginebra con tónica. A mí se me alumbra el cerebro y pregunto si no sería interesante mezclar la limonada de coco con ron. Nos miramos entre nosotros y acordamos que sí sería muy interesante. Voy por el ron y Michael, por los vasos y por el hielo, abre los gabinetes y el congelador como si viviera aquí. Por las ventanas se cuelan notas musicales, no hay bares ni discotecas cercanas, así que asumo que viene de la casa de algún vecino, pero no me sorprende, porque en esta ciudad la música es como la sal que esparce el mar por el ambiente.

—Eso es lo que faltaba —dice Juana mientras mueve la cuchara de palo en el sartén.

Michael nos entrega los vasos y nos acercamos a la cocinera para brindar.

—Esto sabe delicioso, y no lo digo porque haya sido mi idea.

Las notas de melaza, las especias, el dulce, el toque picante y aromático al mismo tiempo, avivan mi espíritu.

—Tengo que admitir que, a veces, tienes una buena idea —dice Michael.

Todos sonreímos. El olor a pescado frito se esparce por el entorno y el estómago me pide más comida. Son las seis y cuarto de la tarde y hoy no he almorzado.

—Huele delicioso —le dice Michael a Juana.

—¿Tiene hambre? —le pregunta ella.

—Mucha hambre.

—Bueno, estoy preparando suficiente para que repita dos o tres veces si quiere.

—No me digas eso, no sabes cuánto puedo comer.

—Si se acaba, preparo más —contesta entusiasmada.

Michael y yo caminamos hasta el balcón. Juana nos vigila. Nos acercamos a la baranda de madera. Algunos transeúntes desfilan por los andenes, fachadas de colores diversos los flanquean, matas de hojas verdes adornan los balcones del edificio blanco de la esquina, y una palmera pequeña corona el techo, sus ramas se mueven con la brisa que ha traído la caída del sol, aliviando medianamente el bochorno.

—Te ves muy bien, tranquila —dice Michael y se enfoca en mí.

—Sí, estoy tranquila. Los viajes son el mejor psicólogo, no te dan tiempo para pensar. Estás más presente porque todo es nuevo, los paisajes, la comida, la gente. Además, siento como si hubiera vivido mil vidas acá.

—La sangre llama, dicen por ahí.

—Sí, pero es más que eso, no sé cómo explicarlo. ¿Alguna vez has estado en un lugar al que sientes que perteneces?, ¿donde eres tu mejor versión?

—Creo que sé a qué te refieres, pero ¿eso quiere decir que no piensas volver?

—No he pensado en quedarme, pero tampoco quiero regresar por ahora, todavía no sé qué voy a hacer. —Bebo un sorbo de mi trago—. Estoy muy trascendental, se me ha subido el ron a la cabeza.

—Me gustas así de filosófica.

—Tonto. ¿Y tú cómo estás? —Miro hacia otro lado.

—Mucho mejor, ahora que he llegado. Necesitaba unas vacaciones, he estado muy ocupado en el trabajo.

—No me digas que también eres *workaholic* como tu hermano. —De inmediato lamento haberlo mencionado.

—Es imposible competir con él en eso.

Juana nos llama. Oportuna, como de costumbre, anuncia que la comida está lista. La ayudamos a llevar los platos a la mesa, nos acomodamos, brindamos y, al instante, el sonido de cubiertos sobre la loza es lo único que se escucha.

—Es el mejor pescado que he comido en mi vida —dice Michael sin parar de manipular con destreza el tenedor y el cuchillo alrededor de las espinas.

—No le creo, usted debe haber comido en lugares muy buenos —contesta Juana, tan colorada como su vestido.

—Sí, he comido en muy buenos lugares, y este pescado es el mejor que he probado.

—Muchas gracias, hacía años que no lo preparaba. Miguel era más de carne que de pescado. —Suena melancólica.

—¿Quién era Miguel? —pregunta él, distraído en lo poco que le queda por ingerir, pero, de golpe, se detiene y levanta la mirada del plato hacia a mí para disculparse.

«Ya no hay nada que hacer, no te preocupes», le respondo con un simple gesto, sin pronunciar palabra.

—Era mi esposo —responde.

—Sí, me lo había dicho Laura, lo siento mucho.

—Gracias.

—¿Y dónde aprendiste a cocinar tan rico?, ¿estudiaste culinaria? —pregunta Michael.

—No, ya quisiera yo. Me enseñaron desde chiquita, creo que desde antes de aprender a hablar bien.

—¿A qué edad? —pregunta él.

—Por ahí, a los cuatro años.

—¿Tan chiquita?, ¿por qué? —Frunzo el ceño.

—Por necesidad, porque a veces tenía que preparar mi comida y la de mi mamá.

—¿A esa edad? —pregunto.

—Creo que necesitamos otro trago —dice Juanita.

—Sí, tomémonos otro, yo los preparo —agrega Michael y le pide el vaso a Juanita.

Yo también le entrego mi copa y me pongo de pie para ir a ayudarlo. Juana recoge los platos.

—No, quédense ahí, yo ya les llevo los tragos —reclama Michael.

—No, te ayudamos —contesto.

Juanita se acerca al fregadero y comienza a lavar, pero Michael, con bastante esfuerzo, la obliga a quitarse y asume él la labor. Mientras lava, nosotras limpiamos y ponemos las cosas en su sitio. Al terminar nos sentamos en la sala, mi *roommate* y yo nos quitamos las sandalias y Juana interroga a Michael: su español la tiene impresionada y confundida. Le pregunta dónde aprendió a hablarlo y él le cuenta acerca de sus estudios durante el colegio, de sus viajes y del intercambio de un año en México, del cual le quedaron secuelas en el acento y muletillas en el hablado, como «¿sabes?» o «cabrón», dependiendo del contexto. Ella le pregunta por su trabajo, por su casa, por sus *hobbies.* Él responde a todo con una anécdota y ella parece entretenida; yo también lo estoy, pero más por ellos que por sus historias. Ya estamos acabando el segundo trago y me ofrezco a preparar el siguiente. Juanita va al baño. Después de servir el hielo, busco el licor en el mesón de la cocina.

—Acá está —escucho la voz de Michael en mi oído derecho.

Está parado detrás de mí, extiende el brazo a mi lado y coloca la botella sobre el mesón.

—Gracias. —Me doy la vuelta y fijo mi mirada en la suya, él da un corto paso hacia atrás.

Juanita regresa a la sala y se tiende sobre el sofá donde antes descansaba.

—Déjame ayudarte —dice Michael.

Dejo que él termine de preparar los tragos y volvemos a la sala; la música de los vecinos ha subido por lo menos dos decibeles, pero nadie se queja.

—Tremenda rumba la de esta gente —dice Juana. Con los párpados cerrados y satisfacción en el rostro, yace de medio lado, como una emperatriz romana.

—Pero hoy es martes —dice Michael desde el diván, su tobillo derecho descansa sobre la rodilla izquierda.

—Acá siempre hay excusa para rumbear —explico desde la gran poltrona redonda de ratán que encabeza el triángulo, diagonal a los dos sofás.

Me pregunta acerca de los bares y las discotecas de la ciudad; siempre le ha gustado la vida nocturna, a pesar de su apacible modo de ser. Es un introvertido extrovertido. Aún no he ido a ninguno, pero le nombro los lugares de los que me han hablado por ahí, en mis intercambios con desconocidos. Juanita escucha medio dormida y asiente como si los conociera todos.

—¿A cuál vamos a ir mañana? —pregunta él.

—Como es miércoles, te diría que empecemos con un restaurante y después vamos a un bar a tomarnos algo. El viernes podemos ir a bailar. Juanita, ¿puedes salir con nosotros el viernes?

—Sí, el viernes puedo ir después del trabajo.

—¡Perfecto! —digo.

Para el resto de los días enumero varias actividades y Michael dice que sí a todo. Juanita duerme, pero un ruido en la distancia la despierta y anuncia que se va a acostar. Somnolienta, nos da las buenas noches y desaparece. También estoy cansada y me dan ganas de irme a la cama, pero es temprano y se nota que Michael quiere seguir charlando. Le pido que me cuente más de su trabajo. Al principio dice que no, que está de vacaciones, pero le insisto un poco y dispara una palabra tras otra como si las tuviera atascadas en la garganta. Suena emocionado, también se queja, por obligación hay que quejarse, pero a leguas me doy cuenta de que le gusta lo que hace. Paul reaparece en mi mente y me da un escalofrío. Vine acá para escaparme de los recuerdos y Michael tomo un avión para traérmelos de vuelta, como si los hubiera extraviado por descuido.

—¿Viste?, por eso no quería hablar de trabajo, ya te aburrí —dice al verme distraída.

—No, me gusta que me cuentes, pero estoy muerta del cansancio.

—Vamos a dormir, tienes que descansar para hacer bien tu trabajo de guía turística mañana. —Se pone de pie.

—Por lo menos espero una muy buena propina.

—¿Aceptas cualquier forma de pago? —Tuerce la boca como es su costumbre.

No le contesto, muerdo mi labio inferior y me muevo hacia el borde de la silla, él extiende el brazo para ayudarme a levantarme. Recogemos lo que ha quedado tirado por ahí y nos dirigimos a las habitaciones.

—Bueno —dice al llegar al pie de la escalera que me lleva a mi cuarto.

—Espero que te haya gustado la comida y que Juanita te haya caído bien.

—Por supuesto, la comida ha estado espectacular, y Juanita es muy buena gente.

Sonrío.

—No te levantes muy tarde, que hay mucho por conocer.

—No te preocupes, mañana salgo temprano a correr.

—¿Acá?, pero no conoces nada.

—Para eso tengo el celular; además, con el mar como seña no hay pérdida.

—Está bien, pero ten cuidado.

—Sí, señora. Hasta mañana. —Se acerca y me da un beso en la mejilla, sujeta mi brazo con su mano derecha.

—Hasta mañana.

Se aleja unos pasos, se detiene y da la vuelta.

—Se me ha olvidado decirte que te ves muy linda con ese vestido.

Llevo las manos a la tela, agacho la cabeza y lo observo. Pensé que no lo había notado.

—Gracias —contesto.

En la oscuridad, apenas lo veo y él a mí, y lo prefiero así.

CAPÍTULO 34

Hay conmoción en el restaurante, Juana lo percibe desde que abre la puerta. A diferencia de los otros días, hoy están todos presentes, incluido el hijo mayor de la dueña. Las mujeres no pronuncian palabra, pero lo dicen todo con el caminado errático, zigzaguean sin pausa por el cuadrilátero como si buscaran algo.

—Entra sin miedo, chica —dice Rosa.

Juana se acerca al bar que hace las veces de caja y de mostrador.

—Te presento a Osvaldo, mi hijo mayor.

Del otro lado de la barra, un moreno muy alto, calvo y fornido estira el brazo para darle la mano.

—Mucho gusto —dice Juana.

—Mucho gusto —contesta él, y le aprieta los dedos con vigor.

Se ve imponente, viste una camiseta blanca pegada al cuerpo que los inflados bíceps conspiran para romper.

—Osvaldo va a trabajar en el restaurante, lo va a administrar, yo cada vez estoy más vieja y ya no tengo cabeza para las cuentas, vino para ayudarnos —explica Rosa.

—Mi mamá dice que cocinas bien —afirma el hombre.

—A la gente le gusta —responde Juana con su mochila a cuestas.

—Hace falta alguien que le colabore a Dulce, te vamos a poner a prueba —dice Osvaldo con un vaso de vidrio en una mano y el trapo con que lo seca en la otra. Con esa simple maniobra, los músculos le oscilan debajo de la piel.

—Muchas gracias por la oportunidad. —Juana sonríe y descansa el peso de su cuerpo en la pierna contraria, la derecha.

—Ve a hablar con Dulce, que ella te diga qué hacer —declara Rosa, su voluminoso cuerpo hombro a hombro con el de su hijo, asemejan dos *linebackers* en un juego de fútbol americano.

Mercedes le hace muecas a Juana desde lejos para alentarla, pero al mismo tiempo para prevenirla. Juanita responde levantando los hombros.

—Buenas noches, agarra esas cebollas y esos tomates y córtalos en cuadritos —dice Dulce al verla atravesar el umbral. Bate una cuchara de palo en una olla grande, su magra figura contrasta con la de la patrona.

—Buenos días. Sí, señora —contesta la muchacha. Acomoda la mochila en el huequito de siempre, se pone el delantal manchado que le asignaron, y empieza a cortar con determinación y deferencia.

Las dos mujeres laboran el día entero y apenas cruzan las palabras necesarias: Dulce manda y Juanita acata órdenes. Bajo la luz neón del estrecho cuarto, la ajada piel morena de la cocinera se ve más arrugada, sus ojos más hundidos, su espalda más encorvada. El infernal calor del recinto no perturba su cuerpo, no derrama ni una gota de sudor ni presenta brillo alguno. Lleva cuarenta y cinco años de pie, frente a la estufa, y parece como si no se hubiera sentado ni uno solo de los millones de minutos que los han acompañado; por lo menos Juanita nunca ha visto sus nalgas afianzadas a una superficie plana. Dicen que la chef y su marido, un hombre también pegado al hueso, mantienen a todo su clan, siete hijos y dieciséis nietos, por eso continúan trajinando.

Al final de la jornada, Juana se enfrenta a una montaña de loza que tiene que lavar y secar antes de limpiar el resto. Dulce ayuda un rato, pero después le dice que lo demás le corresponde a ella, que es parte de sus nuevas labores. Al decirlo, la mira, estira las comisuras de los labios y agrega: «Así empezamos todos». Toma sus pertenencias y se marcha. Al rato, Mercedes entra toda acicalada, con un vestido negro apretado que apenas le cubre las nalgas, tacones y los párpados pintados color turquesa.

—Tú te lo buscaste, chica —dice la mesera, que zarandea una cartera pequeña que lleva aferrada a la mano.

—No me estoy quejando —contesta Juanita sin desconcentrarse de su labor.

—Te vas a morir cortando cebollas y papas y lavando platos antes de que te dejen cocinar, y, encima, ahora eres la sirvienta de Dulce.

—Entre sirvienta acá o allá afuera, prefiero acá.

—Eso dices ahora, pero te veré en unas semanas. —Niega con los labios apretados y se recuesta contra el filo de la superficie donde su compañera está lavando.

—Cómo tú digas —responde Juana con un plato entre sus manos.

—Bueno, pero para eso no fue para lo que vine. ¿Qué piensas de la llegada de Osvaldo, ah? Ahora la vaina sí se complicó.

—Me parece bien que venga a ayudar con el restaurante.

—¿Tú te comiste ese cuento?

—Y, entonces, ¿para qué vino? —Se echa para atrás, reposa los antebrazos sobre el borde del fregadero y estudia su empapado delantal.

—¡Quién sabe cuántos cambios más va a hacer!, que te haya mandado para acá es solo el comienzo, y dudo que lo que viene sea bueno.

—Eres una exagerada.

—Vas a ver, pero, además, ¿por qué crees que vino a ayudar a su mamá de un día para otro?

—Ni idea, ¿por qué? —Retoma su tarea.

—¿No te has dado cuenta de que Rosa vive como muy feliz todo el tiempo?

—Sí, ¿y eso que tiene que ver?

—Pues todo, chica, todo. —Le pega en el brazo con el reverso de la mano.

—¿Y qué es todo?

—Que a la doña le gustan los traguitos y ya no tiene cabeza pa na. —Un gesto de satisfacción se vislumbra en su rostro.

—No parece, solo se ve contenta.

—Es una alcohólica funcional, chica, ¿nunca has oído de eso?

—No, pero creo que conozco a más de uno.

—Bueno, yo ya me voy de este infierno porque se me va a correr el maquillaje, pero tú, pilas, ¿oíste?, que de eso tan bueno no dan tanto.

Juanita sonríe y continúa con lo suyo.

CAPÍTULO 35

Es casi mediodía y el sol azota las calles con sus rayos incandescentes. Los vendedores ambulantes lo embisten porque tiene el disfraz completo de turista, en parte por culpa mía: lo he obligado a comprar un sombrero de ala ancha para protegerse de la luz ultravioleta. De la cintura para arriba parece el protagonista de una película del oeste, de la cintura para abajo, cualquier gringo despistado con pantaloneta y tenis. Estamos parados en la acera, de espaldas al restaurante donde acabamos de desayunar; los transeúntes tienen que pasar de medio lado o bajarse a la calle para evitarnos. Medito por un instante, me quito el sombrero —yo también llevo uno puesto—, me agarro el pelo con un gancho a la altura de la nuca, le digo que me siga y, a paso lento, nos hacemos camino entre la gente. Recorremos calles y más calles. Mi idea es llevarlo a la catedral, al castillo y a las murallas, pero antes quiero que explore, que conozca primero lo común y corriente, que para mí, es lo más especial. Por curiosidad, y para protegernos del calor, entramos a varias tiendas de artesanías, de ropa, de joyas y hacemos dos *pit stops* para tomar agua, limonada y café, porque Michael tiene la teoría de que las bebidas calientes ayudan con el bochorno. Lo dudo, pero tengo *withdrawal* de cafeína, así que le llevo la cuerda. Noto que se mira de reojo en algunos espejos y se da una seña de aprobación. Le gusta el sombrero. En una de las tiendas se embelesa con una guayabera blanca y lo animo para que se la mida, pero dice que no, que eso ya es demasiada apropiación cultural. La mujer que nos atiende se carcajea, aunque asumo que no entiende lo que decimos, y lo empuja hacia el vestidor.

—Acá le dejo otra de color rosado y una tropical, para que le resalten esos ojos —le dice desde afuera la mujer, y me guiña el ojo. Es una morena joven, rellenita y bajita.

Sale con la primera camisa y las dos lo reparamos de arriba abajo, la empleada se le acerca y le acomoda la tela en los hombros, él permanece como una estatua y me da vistazos por el espejo.

—Me gusta —le digo.

—Está bacana, ¿cierto? —añade ella.

Michael levanta la ceja.

—A las dos nos gusta —traduzco.

—¿No es *too much?* —pregunta él.

—Para nada, chico —contesta la mujer.

Los dos sonreímos.

Se mide las otras dos y también les damos el visto bueno. Le digo que se las lleve todas.

—¿Todas?, ¿y yo dónde voy a usar esto?

—En cualquier parte, en otros lugares a donde vayas de vacaciones, o acá.

—Acá solo voy a estar dos semanas.

—No importa; además, uno nunca sabe.

Fija su mirada en la mía, la intensidad me levanta de la silla donde estoy sentada y me dirijo a los estantes. Compra las tres.

—Ya eres todo un local, chico —le dice la mujer al entregarle la bolsa.

—O un gringo vestido de local —contesta Michael.

—Mejor —dice ella, y le guiña el otro ojo.

—No sé hace cuántos años que no iba a un almacén a comprar ropa, y hoy, en una sola entrada, he comprado medio clóset —dice él al salir.

—No seas exagerado.

—Es verdad. —Sostiene la puerta para que yo salga.

—Entonces, ¿nunca compras ropa?

—Sí, compro, pero como la gente normal, por internet.

Río.

Observamos la puesta del sol desde lo alto de la muralla que rodea la ciudad, nos concentramos en el naranja pálido del horizonte; la brisa nos refresca. Parejas se pasean cogidas de la mano, niños corretean, sujetos solitarios desfilan con calma, como si nadie los esperara, como si no tuvieran obligaciones.

—Acá es imposible sentirse triste —dice Michael.

—Imposible. Pero tú nunca estás triste.

—Claro que sí, a veces, tampoco soy de piedra.

—Eso lo sé muy bien.

—¿Y tú?, ¿cómo te sientes?

—Antes de contestarte, necesito comer y tomar algo.

—¿A dónde vamos?

Pienso por un instante y me decido por un sitio que quería conocer desde hace tiempo. Llegamos al lugar y de inmediato nos sientan en una mesa del segundo salón. El restaurante incluye espectáculo: cada media hora, hermosas mujeres zigzaguean entre las mesas meneando la cadera y aleteando una inmensa falda con la ayuda de sus brazos. La comida es buena, pero, por mis pocas semanas de experiencia acá, estoy segura de que la siguiente la superará, y más si es la de Juanita, que no tiene comparación. Saboreamos nuestro cóctel, es un especial de la casa hecho con ron nacional y una fruta local de nombre insólito: gulupa. Michael se entretiene repitiendo la palabra y me pregunta si lo pronuncia bien, *«goulupa, goulupa»*. Siempre le contesto que no, y continúa repitiéndola en medio de la conversación.

—¿Ahora sí puedo saber? —pregunta.

—¿Qué?

—Cómo te sientes…

Acaricio el vaso con mis dedos.

—Bien, tranquila, ya te lo había dicho.

—Sí, te ves tranquila y muy linda.

—Gracias, a ti también te sienta el trópico.

—Eso es lo más bonito que me has dicho en toda la vida.

—¡No es verdad! —Niego con la cabeza, dentadura al aire y cachetes sonrojados.

—Bueno, pero no cambiemos de tema, ¿de verdad estás bien?

—Sí, estoy bien, estoy mejor. Por lo menos ya no me está dando vueltas todo el tiempo la cabeza. La compañía de Juanita me ha ayudado mucho.

—¿Ya no piensas en él?

—A veces, pero con menos rabia. ¿Y tú, piensas en él?

—Sí, pero lo evito, me siento culpable. —Bebe un sorbo de su trago.

—¿Culpable de qué?

—De lo que pasó, de la pelea, de que nunca intenté arreglar las cosas.

—La pelea no fue culpa tuya.

—No estoy tan seguro. ¿Tú nunca piensas en eso?

La música, a todo volumen, ahoga nuestras voces. Salen dos parejas de bailarines haciendo piruetas, los hombres acosan a las mujeres con sombrero en mano y repetidas venias. La gente giran en todas las direcciones para no perderlos de vista, nosotros hacemos lo mismo.

Doy gracias por los minutos de paréntesis que me brindan antes de hablar de lo que nunca he querido hablar, de lo que no he querido admitir. Los bailarines desaparecen por entre los recovecos del lugar y bajan el volumen de la música.

—¿Has pensado en esa noche? —pregunta de nuevo.

—Sí.

—¿En qué piensas? —Se recuesta contra la mesa, los antebrazos cruzados sobre el mantel.

—No lo analizo, no hicimos nada malo.

—¿No?

—No.

—¿Y por qué Paul reaccionó así?

—Porque estaba borracho.

—Pero ¿tú y yo no hicimos nada malo?

—No, solo hablábamos y estábamos un poquito ebrios.

—Yo no estaba tan ebrio.

Contengo la respiración.

—No hicimos nada. Paul vio lo que quería ver y después la soberbia lo carcomió.

—No lo vio, pero tal vez lo intuyó. Por eso nunca pude disculparme, no pude decirle que estaba loco, que se inventaba cosas, porque yo sabía que no era cierto.

—¿Y qué era cierto? —Pego mi espalda a la silla para evitar perder el equilibrio.

—Dímelo tú.

El mesero se acerca para preguntar si estamos bien, si queremos algo más. Sin consultar con Michael, le pido la cuenta.

—Vámonos ya, estoy cansada.

—Está bien, vamos.

Caminamos en silencio, las calles rebosan de gente, asumo que sigue mis pasos, pero no me volteo para asegurarme de que continúa allí. Al cabo de unas cuadras, la muchedumbre disminuye, los cuerpos van desapareciendo y permiten vislumbrar la obra maestra que es la ciudad en la penumbra, con sus pendientes de faroles que resaltan las calles adoquinadas, las fachadas de colores, los balcones de madera y las plantas que se aferran a las paredes. A esta hora, en este instante, con él a mi lado y los latidos del corazón en mi mano, la ciudad parece tener vida propia, parece guardar millones de secretos inimaginables de amor, de tortura, de venganza, de compasión, de redención, de conquista, de esclavitud, de motines, de libertad, o de aparente libertad. Las paredes quieren hablar y estoy segura de que, si nos detenemos, si cerramos nuestros ojos y nos mantenemos muy muy quietos, podríamos escucharlas. Ahora caminamos hombro a hombro por el medio de la vía, a cada paso se escucha el sonido de la bolsa plástica que él carga con sus camisas y nuestros sombreros.

—¿Estás brava por lo que te he dicho? —Voltea la cabeza en mi dirección.

—No, es solo que no quiero pensar en Paul, no quiero seguir dándole importancia después de muerto, ya le di toda la importancia cuando estaba vivo.

—Perdóname, no era mi intención traerte malos recuerdos.

—No te preocupes, sé que es difícil evitar el tema.

Un auto dobla la esquina, sus luces nos enceguecen por un segundo, subimos al andén y nos apoyamos contra la pared para darle paso a dos individuos. Veo el carro seguir de largo, veo las siluetas de los dos sujetos, ahora veo la cara de Michael enfrente de mí, a solo unos centímetros de distancia.

—¿Qué fue lo que él creyó que pasó esa noche? —Su mirada va de mis ojos a mis labios y de mis labios a mis ojos.

Abro la boca, la cierro, continúo absorta y muda.

—¿Qué se imaginó él? —repite.

Siento la misma pulsación entre mis piernas que sentí aquella noche, la reconozco de inmediato porque no la he vuelto a sentir despierta desde ese entonces, solo en sueños. Involuntaria, mi frente se mueve hacia la suya sin despegarme de su mirada hasta que los párpados se cierran y mis labios tocan sus labios y mi lengua toca la suya. Nos besamos despacio, ahora más fuerte, me aprieta contra su cuerpo y yo hago lo mismo. Escucho la bolsa caer a mis pies. Me separo para respirar, para estudiarlo, sus ojos están en mí y en otro lado, se lanza de nuevo hacia mi boca y me empuja contra la pared. Escuchamos voces y paramos.

—Vamos a casa —le digo, y lo tomo de la mano.

Caminamos rápido, pero nos detenemos en cada cuadra, cada media cuadra o cada tres pasos, y él agarra mi pelo entre sus manos y besa mi cuello.

—¿Esto fue lo que se imaginó él? —Se detiene y me atraviesa con su mirada.

—Sí.

—¿Esto es lo que tú querías esa noche?

—Sí.

Me besa con más ganas, como si eso fuera posible. Tardamos mucho tiempo en llegar al edificio, pero parecen solo unos minutos. Sube las escaleras detrás de mí, sus manos en mi cintura, a veces las desliza sobre mis nalgas, me doy la vuelta y me lo como a besos, no quiero parar, no quiero subir más, no quiero desprenderme de él. Coge mi mano, se adelanta y me hala, subimos más rápido. Busco la llave de la puerta, pero se esconde en la pequeña cartera que llevo cruzada en mi pecho. Él me pide que lo deje buscarla y la encuentra en un segundo. No hay ninguna luz encendida, Juanita no ha llegado. Cerramos la puerta, nos besamos, serpenteamos en la oscuridad hasta llegar a la escalera que va a mi cuarto, pongo mi pie en el primer peldaño, su mano cuelga de la mía, mi otro pie aterriza sobre el segundo peldaño y su mano se desprende. Me doy la vuelta. Está ahí parado, sus facciones ocultas por el gris de la noche.

—Tengo algo que decirte —anuncia.

—¿Qué pasa?

Escucho un suspiro.

—Discúlpame.

—¿Por qué?, ¿qué pasa?

—La próxima semana viene Elizabeth.

—¿Quién es Elizabeth? —Frunzo el ceño.

—Mi novia. —Agacha un poco la cabeza.

—¿Qué? ¿Por qué no me habías dicho que venía?

—No sé. Lo siento.

—Por eso no te querías quedar acá la próxima semana.

Permanezco inmóvil y cruzo los brazos. Él se acerca hasta quedar a un paso de distancia y eleva la quijada.

—Perdóname por esto, pero no me arrepiento, nunca habría podido aguantarme las ganas de besarte.

No digo nada por un instante.

—Yo tampoco. —Llevo mis manos a sus mejillas, lo acaricio y me inclino para besarlo.

Lo conduzco hacia el cuarto. Cierra la puerta detrás de él y se agacha, sube mi vestido, acaricia mis piernas, muerde el interior de mi muslo derecho. Salto, gimo. Se levanta y me desviste, yo lo desvisto a él. Su cuerpo es firme, mis dedos se deslizan por los músculos de sus brazos, por su pecho, por su estómago, mi mano continúa hasta su sexo y allí me quedo. Nos besamos con apuro. Me conduce a la cama, me tiende sobre la sábana y se acomoda sobre mí con el torso en el aire, los brazos como soporte, extendidos a mis costados. Se detiene y fija su mirada en la mía. Quema. Me mojo aún más. Busca de nuevo mis labios, baja por mi cuello, lame mis pezones. Mi pelvis lo frota, oscila de arriba abajo, él continúa lamiendo, no aguanto más, traigo su boca a la mía, se desprende y otra vez recorre mi cuerpo, pasa de largo por mis senos y sigue. Siento la humedad de su lengua entre mis piernas, me retuerzo y le pido que pare, pero sigue. Mis manos se hunden en su pelo, elevo mi pecho y lo desprendo, su labio inferior cuelga, sus pupilas brillan en la oscuridad. Me tumba de nuevo, busca mi boca con la suya, me penetra y suspira ese suspiro de hombre que parece salir de una profundidad ajena a sus adentros. Yo también gimo y aprisiono su miembro. Lleva sus dedos a mi clítoris y lo frota, suave, suave; no para de mecerse, mis manos descansan en su espalda, en sus nalgas, se mece, frota, se mece, se mece. Grito. Él suelta un aullido y empuja. Se relaja. Nos miramos, me besa, descansa su peso sobre mí y hunde su cabeza en la curva entre mi hombro y mi cuello.

Me despierto, la luz de la mañana ilumina la habitación. Está parado al lado de la cama, vestido. Se sienta en el borde.

—¿Cómo dormiste? —pregunta.

El solo verlo me da una felicidad enorme.

—Muy bien, no me di cuenta de a qué hora nos quedamos dormidos, ¿y tú?

—Tampoco, caí profundo, fue una noche bastante agitada. —Sonríe.

Quita con sus dedos los mechones de cabello de mi mejilla y le doy un beso en el dorso de la mano.

—¿Qué quieres hacer hoy?

—Tú eres la que manda, lo que tú digas.

—Bueno, primero vamos a ducharnos y a desayunar.

—¿En tu baño o en el mío?

—Cada uno en el suyo.

Sonreímos. Me da un beso y se va. Me estiro sobre el colchón, repaso la noche, cada detalle, cada palabra, cada caricia, y me vuelvo a excitar. Pienso en su novia, en su hermano, y la garganta se me comprime. Respiro profundo para olvidar las verdades y solo quedarme con el delirio y con la parte de mí que creía muerta. Retomo desde el principio los eventos de ayer y las calles que ahora también guardan nuestro secreto.

CAPÍTULO 36

Osvaldo le abre la puerta a Juana, Rosa ha preferido quedarse en casa para descansar —por lo menos eso le dice el hombre cuando ella pregunta por la dueña—, pero irá por la noche para atender a la clientela, que es lo que le gusta y lo que le da vida al restaurante. Muchas personas vuelven por la comida, pero otras por la matrona. Juanita se dirige hacia la cocina, pero a mitad de camino el nuevo jefe le pregunta si quiere tomarse un café.

—El café es mi especialidad —le aclara.

Juana acepta, se encarama en una de las sillas del bar y posa la mochila en la butaca de al lado.

—¿Tinto, *espresso*, capuchino, café con leche o *latte*?, que es la misma vaina pero más cara.

—A mí me gusta el tinto, nunca he probado un *espresso*.

—Pues hoy ha llegado el día, te voy a preparar un *espresso* bien *trancao* pa que te despierte.

—Bueno, vamos a probar.

La empleada sigue de cerca los movimientos del hombre, quien, con la precisión de un científico, toma la medida exacta de café y de agua, y manipula la lustrosa maquina plateada que trajo de su antigua vida. Al cabo de unos minutos, Osvaldo posa en la barra un pocillo minúsculo sobre un plato estilizado en forma de lágrima —que también trajo él—. Juanita bebe un sorbo del espeso líquido.

—Mierda, esto es fuerte —dice arrugando la cara.

—¿Pero ta bueno, o no?

—Sí, sabe rico, pero creo que no voy a pegar el ojo en tres días.

Un trazo de sonrisa se dibuja en el rostro de Osvaldo, quien continúa ocupado en sus labores detrás del bar. Juana termina el café, se baja de la silla y agarra su mochila.

—Gracias.

—De nada —contesta distraído; organiza la cristalería y las botellas.

Ya en la cocina, Juanita empieza con sus quehaceres: corta verduras, pela papas, mide las tazas de arroz. Cuando Dulce llega, arrastrando unas sandalias desgastadas y polvorientas, casi todo está listo para que empiece a orquestar los platos del día. La anciana la saluda con un gesto y de la misma forma le pide que le alcance lo que necesita. Juana ya sabe a qué se refiere por el ladeado de la cabeza y por la hora. Todo tiene su orden, su secuencia, y eso le gusta, en lo único que Juana tiende a improvisar es en los ingredientes y condimentos, pero eso lo hace si ella es la encargada, acá acata órdenes, pero, además, para inventar hay que dominar, y nadie mejor que Dulce para enseñarle al pie de la letra los clásicos de la comida de la región.

Mercedes aparece y se acerca a Juanita para contarle las andanzas de la noche anterior, pero, al minuto, la chef la espanta y la muchacha parte recitando improperios entre dientes. El día se diluye en un instante, Juana se percata de la caída de la noche al escuchar la estruendosa voz de Rosa, que llega desde el salón, pero no le hace caso, prosigue con la faena, este es el momento crucial de la jornada. Dulce saca una arcaica radio de un gabinete y la enciende, la música se propaga por el lugar.

Deja el volumen lo bastante alto para animarse, pero lo bastante bajo para que no se oiga desde afuera. «Ahora sí llegó la hora de la verdad, prepárate», le dice la cocinera a su subalterna, y se lanza a cantar una melodía alegre y nostálgica al mismo tiempo. Juanita se sorprende pero no dice nada. Durante cuatro horas, las mujeres sacan un plato tras otro, ambas se mueven en el estrecho espacio con destreza. La chef canta y se desliza con mayor vitalidad, la espalda se le ve más recta, la figura menos esquelética. Juana tatarea los trozos de canciones que reconoce y se le olvida el dolor de pies. En menos de nada, se acaba el turno de la cena, los pedidos empiezan a disminuir y los achaques del cuerpo regresan. Dulce sirve dos platos de comida y le alcanza uno a Juana.

—Siéntate y come —ordena la cocinera, y le señala un pequeño butaco camuflado en la esquina.

—No, tranquila, yo como después de que terminemos.

—Siéntate y come, ya es tarde y no vas a acabar antes de medianoche.

Juanita le hace caso y se sienta. Dulce come de pie, al lado de la estufa.

—¿Cuánto tiempo lleva acá en el restaurante? —pregunta Juana desde su rincón, balancea el plato sobre los muslos.

—Más años de los que recuerdo. Rosa y yo nos conocemos de toda la vida, desde chiquitas, y, cuando le dio por empezar a cocinar, me dijo que trabajara con ella. Ambas éramos unas muchachas, no teníamos más de veinticinco años.

—¿Le gusta el trabajo?

—¿Qué tiene que ver el gusto con el trabajo, niña? —Suelta una carcajada con la boca llena.

—Tiene razón —contesta Juana, entretenida por el comentario.

—Cocinar es lo único que sé hacer. Desde pequeña ayudaba a mi mamá con el oficio, solo éramos tres mujeres en mi casa: una hermana mayor, mi mamá y yo, el resto eran hombres. No sé si me gusta cocinar o no, nunca lo pensé, solo sé que siempre me tocó hacerlo, que lo hago bien y que me pagan por eso.

Terminan de comer, la *sous chef* se irgue y de inmediato se arrepiente de haberse sentado; es el error que nunca se debe cometer, ni allí ni en las noches de fiesta, el truco es mantenerse de pie: el que se sienta, ahí se queda.

Tal como predijo Dulce, Juana arriba al apartamento pasadas las doce y lo único que ansía es meterse entre las sábanas. Esa tarde, la adrenalina le corría por el cuerpo y planeaba ducharse con agua tibia —el agua fría no existe en esas altitudes—, pero ahora ni lo sueña, lo único que quiere es dormir. Se acerca a los escalones que bajan a su habitación, pero el eco de un lamento la frena, se lleva la mano al corazón y vira la cabeza en todas las direcciones. Escucha de nuevo el clamor, identifica su proveniencia, se devuelve unos pasos y fija las dilatadas pupilas en lo alto, en la puerta del cuarto de Laura. Adelanta el pie derecho y pisa el primer peldaño, luego otro y otro más. Escucha dos gemidos nítidos, se detiene, los vuelve a escuchar, estira el cuello hacia la cúspide y sus neuronas se iluminan, el cuello retorna como resorte y los músculos se relajan; sin embargo, el descubrimiento le agita la respiración. Da la vuelta con los dientes apretados y se escabulle a su escondrijo con pasos de felino.

CAPÍTULO 37

Es viernes, diez y cincuenta de la noche, un hombre entra al restaurante y camina directo hacia la caja, pero Osvaldo lo detiene detrás de la barra.

—Ajá, ¿y tú qué, mi hermano?, ¿qué quieres? —le pregunta Osvaldo al sujeto.

—No jodas, Osvaldo, quítate de ahí.

—No, hermanito, de aquí no me muevo. Es mejor que te vayas por donde viniste.

—¿Crees que porque mi mamá te dejó atender este antro ahora eres el mandamás? —dice el hombre levantando la voz.

Los únicos clientes que quedan, una pareja entrada en años, miran de reojo, asustados. Mercedes, en cambio, los observa absorta mientras limpia con un trapo una de las mesas vacías.

—Sí, así es la vaina.

El sujeto, que es igual de moreno que Osvaldo, con las mismas facciones y de la misma estatura, pero con la mitad de su masa corporal, agarra impulso y se le viene encima. Osvaldo extiende con fuerza ambos brazos y lo empuja con las palmas de las manos, expulsa ráfagas de furia. El cuerpo del tipo se eleva hacia atrás, pero logra mantener el equilibrio y no cae al suelo. Juanita y Dulce salen de la cocina y se quedan paradas donde el corredor se junta con el espacio abierto del restaurante, a solo unos pasos de los machos.

—¡Si crees que te vas a robar lo que nos pertenece, estás muy equivocado, maricón! —grita el intruso disparando partículas de saliva.

—El que roba acá eres tú y los otros dos vagos hijueputas. —La voz grave de Osvaldo se propaga con mayor fuerza.

Juanita y dulce sienten como si el concreto bajo sus pies se estremeciera. El tipo se echa para atrás hasta que su espalda toca la pared, y en ese momento se percata de la cantidad de pupilas puestas sobre él.

—¡Esto no se queda así! —vocifera, y sale a zancadas del lugar.

Después de que el hombre parte, los espectadores de la mesa piden la cuenta, pero Osvaldo les dice que no se preocupen, que la cuenta va por él y, sin darle la cara a nadie, regresa a su habitual lugar, detrás de la barra. Las mujeres se observan entre sí por un segundo; Dulce agarra el brazo de Juanita, la hala hacia el interior de la cocina y Mercedes se va detrás de ellas.

—Esperó a que Rosa se fuera para entrar a sacar la plata, como siempre —dice Mercedes.

—Cállate, niña —le advierte Dulce.

—Es verdad, ¿no vieron lo que pasó?

—Supongo que ese es otro de los hijos de Rosa… —dice Juanita.

—Sí, Luis, el más *conchu* —contesta Mercedes.

—Ssshhh, ¡vete a terminar de limpiar! —Dulce le señala la puerta a Mercedes.

La mesera la mira rayado y desaparece.

—No le hagas caso a esa muchacha, le gusta mucho el chisme. Terminemos lo nuestro y nos vamos —se dirige Dulce a Juana.

En esta ocasión, la cocinera la ayuda a limpiar, pero, cuando solo falta la estufa por fregar, Juanita le dice que se vaya, que ella termina. Habría preferido que se quedara hasta el final porque Laura y Michael la esperan para irse de fiesta, pero le ha dado pesar con la anciana.

Por fin termina, sale apresurada de la cocina y se encuentra con Osvaldo, que está sentado en el bar, trago en mano. Es el único que queda.

—Buenas noches —le dice Juana.

—¿Ya te vas?

—Sí, ya terminé todo.

—¿Te quieres tomar un trago conmigo?

Juanita observa el reloj de la pared, son las doce y cuarto.

—Hoy no puedo —dice ella.

—Solo uno, medio, no te demoras más de quince minutos.

—Está bien —contesta Juana y observa de nuevo el reloj—. Medio.

Osvaldo le sirve un líquido color marrón.

—¿Ron? —pregunta ella.

—Ron —contesta el hombre, y eleva la copa.

Entrechocan los vasos y beben un sorbo.

—Yo no quería regresar, pero me tocó —dice Osvaldo y observa la botella que hay sobre la barra.

—¿Por qué le tocó?

—Porque me dejaron en la calle.

—¿Quién lo dejó en la calle?

—Mi marido, se fue con otro y acabó con todo.

Juana no sabe qué contestar, bebe otro sorbo.

—A mí también me dejaron.

—¿Quién?

—Mi marido.

—¡Por los maridos que se van! —dice Osvaldo, y busca la copa de ella para brindar.

—¿Tiene planes hoy?

—¿A esta hora? —pregunta él.

—Sí, ahora.

—No, chica, yo no estoy con ánimos de nada.

—Yo creo que hoy le va a tocar. Venga conmigo, voy a salir con unos amigos, la va a pasar bien, se va a distraer un rato y se va a olvidar de sus penas.

Osvaldo observa a Juanita y al final suelta una sonrisa.

—Vamos —dice él.

CAPÍTULO 38

Juanita llega escoltada, un titán cierra la puerta detrás de ella. Michael y yo estamos sentados en el sofá de la sala, su rodilla roza mi pierna. La presencia del fisicoculturista nos confunde.

—Hola, ¿cómo están? Les presento a Osvaldo, mi jefe. Osvaldo, le presento a Laura y a Michael —dice Juana.

El hombre se acerca y extiende el brazo para darnos la mano.

—Mucho gusto. —Su calva reluce bajo las luces como una bola de billar.

—Me voy a arreglar, no me demoro nada —dice Juana, y se va.

—¿Tú eres el dueño del restaurante donde trabaja Juanita?; pensaba que la dueña era Rosa —digo.

—Sí, la dueña es mi mamá, Rosa. Yo llegué apenas hace unos días, vine a ayudarla.

Michael interrumpe y se ofrece a traer algo de tomar.

—¿Es gringo? —me pregunta Osvaldo cuando Michael se aleja.

—Sí, ¿cómo te diste cuenta? —Sonrío.

—¡Quién no se da cuenta con ese acento! ¿Y tú de dónde eres?, ¿rola, como Juana?

—No, gringa, como Michael.

—No, chica, a ti sí que no se te nota para nada, aparte del *look*.

—Gracias por lo primero.

—Y también por lo segundo, eres todo un mujerón —dice, e inmensos pliegues en forma de paréntesis aparecen a los lados de su boca.

Michael llega con tres vasos, los reparte, se acomoda de nuevo a mi lado y le pregunta a Osvaldo acerca de la ciudad. Sentado al borde de la silla, tal vez no le quepan por completo los glúteos, el hombre se larga a hablar; sus codos descansan sobre las piernas, sostiene la copa en la mano derecha, una pulsera gruesa de plata abraza su muñeca. Narra la historia de la ciudad de su infancia y su adolescencia, de los sitios autóctonos, para locales, los que los turistas nunca conocen, y Michael de inmediato quiere ir.

—Con esa pinta, no sé si te dejarían entrar, mi hermano —dice Osvaldo sonriendo.

—Pago extra —contesta Michael.

—No seas pedante. —Golpeo con suavidad su brazo.

—Tienes razón, demasiado gringo —contesta apenado, pero entretenido.

—No te creas, esa estrategia funciona muy bien acá —dice Osvaldo.

Juanita reaparece, parece una paloma con su vestido blanco.

—Lista, ¿vamos? —dice.

Osvaldo se pone de pie de inmediato y observa a Juana como si no la conociera.

—Vamos —contesto, y nos ponemos en marcha.

De camino a la discoteca converso con Osvaldo y Michael con Juanita; ellos van adelante. Michael voltea la cabeza y me da un vistazo rápido, no puedo evitar que la emoción se refleje en mi rostro. De nuevo le da la cara a la vía y sigue hablando con Juana, ella le explica algo con las manos, ambos ríen y yo sonrío de solo verlos.

Osvaldo pregunta cómo conocí a su empleada, desde que ha llegado a casa lo he notado un poco desconcertado. Le cuento la historia por encima, estoy distraída en la espalda de Michael, a la expectativa del instante en que dará otra vez la vuelta. Mi explicación parece haber reconciliado a Osvaldo con el orden de su universo, pero igual lo noto pensativo. La gente nos abre paso por donde andamos, mi acompañante entiende bien la impresión que causa y, en vez de aminorarse, saca pecho y se estira en vertical por lo menos tres centímetros. A pesar de mi altura, hasta yo me siento minúscula a su lado.

En menos de veinte minutos llegamos al sitio, un gentío se aglomera, Osvaldo pide que lo esperemos y se adentra en el tumulto de gente, intercambia unas palabras con el de la puerta y luego regresa para custodiarnos hasta la entrada. Desfilamos ante los que hacen cola y advertimos rencor y fascinación al mismo tiempo. El lugar es una casa colonial de dos plantas como las otras, con un patio interno adornado por estrellas en el segundo piso. Un muchacho nos conduce a una mesa ubicada en la sala que linda con el patio. La música hace que todo vibre, los cuerpos, los muebles, las luces fosforescentes. Meseros pasan equilibrando en el aire botellas de trago y cristalería sobre inmensas bandejas. Michael sujeta mi cintura como al volante de un auto para asegurarse de que no me estrellen.

Juanita y yo nos sentamos en un sofá inmenso del largo de una de las paredes del salón, que sirve para acomodar a muchos más; Michael y Osvaldo se sientan del otro lado de la minúscula mesa de madera. Osvaldo corre la silla hacia afuera más de lo normal porque las piernas no le caben. Los vecinos le hacen mala cara al verlo invadir su espacio, pero no le dicen nada. Revisamos la carta y nos decidimos por una botella de ron. Michael y Osvaldo hablan a gritos, Juanita estudia el lugar como si fuera un parque de diversiones. El mesero llega con la botella, nos sirve y brindamos. Osvaldo me invita a bailar, empuja su silla contra la mesa para abrirnos espacio y me envuelve en sus brazos, tan diferentes de los de Michael, tan abultados, tan tiesos. Cada vez que puedo, miro a Michael y me dan unas ganas desmesuradas de tocarlo. La canción termina, me suelto sin consultarle a mi pareja si quiere continuar y regreso a mi puesto. Debajo de la mesa, Michael posa su mano sobre mi pierna y yo la cubro con la mía.

—¿No estás cansada? —me pregunta Juana al oído.

—¿Cansada?, no. —La miro.

Osvaldo anuncia que va a ir a la barra para pedir que nos traigan agua.

—¿No?, pero si anoche te acostaste tarde —dice Juana y se aleja.

Siento la sangre acumularse en mis mejillas y doy gracias por la oscuridad. Suelto la mano de Michael.

—¿Cómo te diste cuenta?

—Los escuché anoche.

—No. —Inclino la frente, avergonzada.

—No seas tonta, a mí no me importa, me alegra.

—¿En serio? ¿No estoy loca por hacer esto?

—¡Qué va! Estarías loca si no lo hicieras. A los dos se les nota de lejos la atracción que sienten el uno por el otro. La vida es muy corta, Laura, nosotras lo sabemos mejor que nadie.

—Yo sé, pero es el hermano de Paul.

—No pienses en eso; además, él ya no está acá y, por lo que me has contado, no fue el mejor hombre.

—Sí, pero de cualquier forma.

Osvaldo regresa y esta vez invita a Juanita a bailar, Michael aprovecha y ocupa el lugar de la recién ida.

—¿Estás bien? —me pregunta.

Sus labios rozan mi oreja y luego la besan.

—Juanita ya sabe.

—Ok, ¿y qué pasa? —Sonríe.

—Que yo no quería que se enterara.

—¿Por qué?

—¿Cómo que por qué? Porque eres mi cuñado, porque tienes novia.

—Preocupada, te ves más linda.

Me quedo muda, está tan cerca…, huelo su aliento dulzón. Me besa despacio y luego con más fuerza. Muerdo su labio inferior, agarro su nuca, su pelo, nos besamos hasta que escucho una canción distinta. Juanita y Osvaldo se sientan, sus frentes brillan. Michael sirve más trago y volvemos a brindar.

—Por este momento —dice Juanita, y me mira.

Suena la canción de moda y Osvaldo nos obliga a bailar, hacemos un círculo y, sin querer, empujamos a los cuerpos aledaños. El gigante canta a todo pulmón, repite cada frase, Juanita solo acompaña el coro. Un hombre se le acerca a mi amiga e intenta halarla del brazo, Osvaldo le corta el paso y lo devuelve por donde vino, luego la coge a ella y empieza a darle volteretas.

Parecen expertos bailarines, *ballroom dancers*, la mano derecha de él se ubica en todas las posiciones imaginables, detrás de su espalda, arriba, abajo, a su lado, al lado de Juana, y ella siempre la encuentra. Michael y yo también exhibimos nuestros mejores pasos, lejos de los de ellos, pero más que todo nos abrazamos y nos besamos. Después de un rato nos sentamos, luego nos paramos de nuevo, bebemos, Michael va por agua, bailamos otra tanda. Las luces del lugar se encienden, solo distingo dentaduras al aire y párpados semicerrados. No comprendo nada, el tiempo es una ilusión cuando no existe más que el presente.

—Son las tres de la mañana —dice Osvaldo.

—El tiempo voló —dice Juanita.

—Vamos para otro lado —agrega Michael.

—¿A dónde podemos ir a esta hora? —pregunto.

—Al único lugar que no cierra —contesta Osvaldo, y arranca hacia la salida sin darnos tiempo a responder. Lo seguimos sin protestar.

Llegamos. Osvaldo dice: «Ya vengo», y se aleja a zancadas. A lo largo de la playa se distinguen grupitos de personas que hablan, ríen y bailan al ritmo del acordeón, el tambor y la guacharaca que tocan una banda de músicos. Juanita los sigue con los hombros, los menea de lado a lado. Osvaldo reaparece cargado con cuatro sillas blancas de plástico.

—Acomódense, señoritas y señor. —Las entierra en la arena y las organiza en media luna, cara al mar.

—¿De dónde las sacaste? —pregunta Juana.

—Del *man* que atiende acá —sonríe.

—Acá hay un *man* para todo, ¿no? —digo.

—Y para más —agrega Osvaldo, descansando su inmenso cuerpo sobre una de las sillas de la esquina; temo que la rompa.

—Este país me encanta. —Michael se sienta en la silla de la otra esquina, me tira de la mano y me sienta a su lado.

Nos concentramos en el murmullo de las olas, la brisa del mar me refresca y me enfría al mismo tiempo, Michael lo nota y frota mi brazo derecho. Un muchachito delgado, de no más de dieciocho años, se planta enfrente a Osvaldo, le entrega una botella de líquido transparente y cuatro vasos de plástico.

—¿Y eso? —pregunta Juana.

—Para cerrar bien la noche —contesta Osvaldo, y lleva la mano al bolsillo trasero de su pantalón.

Michael se levanta enseguida y le entrega un billete verde doblado por la mitad al muchacho. A este se le agrandan los ojos, le da las gracias repetidas veces al forastero y se ofrece a traer cualquier otra cosa que queramos. Le decimos que por ahora no necesitamos nada más y parece decepcionado, pero al instante despega con el doble de la energía con la que ha llegado.

—Eso no es bueno, hermano, se malacostumbran —le dice Osvaldo a Michael.

—Solo me quedo una semana más, no creo que los vaya a malacostumbrar en tan poco tiempo —responde, y se acomoda de nuevo en su puesto, pero antes me da un beso.

Osvaldo reparte el licor.

—Esto es fondo blanco, ¡se toma de una! Salud —dice Juanita, que extiende el brazo, vaso en mano.

Brindamos, doblamos la nuca hacia atrás y vaciamos los recipientes. El líquido quema mi garganta, arrugo la cara y sacudo la cabeza; Michael aprieta los dientes, Juana y Osvaldo lo festejan.

—Entra sabroso, ¿no? —nos pregunta Osvaldo.

—Un poquito fuerte, pero bueno —contesta Michael.

—¿Un poquito? —digo yo.

—Tampoco, Lau, no seas exagerada —añade Juanita.

—¿Vamos a caminar para bajarlo? —me pregunta Michael.

—Vamos —contesto, y llevo mi mano al aire para que me ayude a ponerme de pie.

—No se demoren mucho porque nos lo acabamos —dice Osvaldo.

—Cuidado por ahí, que está oscuro y con esa pinta de gringos que tienen ambos… —agrega Juana.

—Muy graciosa. —Saco la lengua.

Michael me agarra de la mano y me dirige hacia la derecha para alejarnos de la gente. Antes de partir veo a Osvaldo servirle otro trago a Juanita. Me preocupa que beba mucho, pero por ahora parece estar solo prendida, no ebria. Yo también lo estoy.

—¿Estás bien? —pregunta Michael.

—Muy bien, ¿y tú? —Le doy un beso en el hombro. Amo la textura de la arena bajo mis pies descalzos.

—No recuerdo la última vez que me sentí tan feliz.

—Mentiroso, no te creo. —Abro espacio entre los dos sin soltarle la mano.

—Te lo juro, ¿por qué no me crees?

—No sé, porque tú has hecho tantas cosas… Tienes tu trabajo, amigos, deporte, una vida llena…, pareja —digo lo último en un susurro.

—No es tan emocionante como te lo imaginas y, de cualquier forma, esto es mejor que todo eso. —Me acerca de nuevo a su cuerpo.

—Está bien…

—¿Te vas a quedar a vivir acá?

—Te mueres por saberlo, ¿no?

—Sí

—No, todavía no quiero pensar en eso. Me encanta estar acá, pero ¿qué voy a hacer cuando se acabe la novedad?

—Lo que quieras; por plata, por lo menos, no tienes que preocuparte.

—Eso lo sé, aunque a veces pienso que no ha sido tan bueno, por comodidad dejé de trabajar y ahora no sé hacer nada.

—No hables así. Con mi hermano y en tu casa hiciste mucho.

—No mucho, lo que me tocaba.

—Pero ahora puedes hacer lo que quieras, allá o acá.

—¿Quieres que me quede?

—No, quiero que seas feliz.

—Ya veremos.

Nos chocamos con otra pareja mucho más joven que nosotros, caminan abrazados, la muchacha cuelga del cuello de su novio sin quitarle los ojos de encima, él la arrastra. Recuerdo la inocencia y la ignorancia de esa edad.

—Elizabeth llega pasado mañana —dice él.

Su nombre entra en mis oídos como dos finos alfileres.

—Yo sé.

—¿No te molesta?, ¿no te importa? —Su voz suena grave en la oscuridad.

—Sí me molesta y sí me importa, pero no puedo hacer nada y, en este momento, lo último que me interesa es celar a un hombre.

—Gracias —dice con sarcasmo.

—¿Qué esperabas? Esto es muy raro, recuerda que eres el hermano de Paul. Y, además, fuiste tú el que decidió invitar a tu novia.

—Paul ya no está; y esto no es raro, no se siente raro, se siente bien, mejor que bien.

—No le demos tanta vuelta; esto es lo que es, nada más.

—¿Nada más? —Se detiene y me clava su mirada.

—Sabes lo que quiero decir, es complicado.

—No tanto.

—No puedes hablar así cuando tu novia llega en dos días. —Arrugo el entrecejo, me abro paso y arranco a caminar.

—Está bien —dice a mis espaldas.

—Devolvámonos.

Camino apresurada, sin mirar atrás.

CAPÍTULO 39

—¿La pasó rico? —le pregunta Juana a Osvaldo.

—Sí, me caen bien tus amigos. Gracias por invitarme.

—De nada, lo importante es que se sienta mejor —contesta Juana, y observa el brillo de la luna en su calva.

—El problema es que el puto dolor viene y va, es una mierda.

—Yo sé, uno piensa que ya está mejor, y otra vez llega la tristeza.

—¿Y a ti por qué te dejaron?

—Porque le tocó.

—¿Cómo así?

—Se murió.

—¿Qué?, ¿por qué no me lo dijiste antes? Yo aquí quejándome por un huevón infiel y tú sufriendo por algo realmente grave.

—No, qué va, Osvaldo; dolor es dolor.

—¿Lo querías?, ¿era buen tipo?

—Sí, lo quería mucho y era muy bueno. —La voz se le quiebra.

—Entonces, no se puede comparar, Juana. Lo siento —dice, y se echa a llorar.

Juana se asusta: un gigante que llora como una niña de cinco años. Las lágrimas se le vienen de solo verlo, contemplar su tristeza reflejada en él le da compasión por sí misma. Osvaldo se dobla de lado y acerca su sien a la de ella. Ambos lloran en silencio por unos minutos. Ya no hay música, pero se advierten voces y carcajadas galopar en el murmullo del océano.

—¿Hace cuánto sucedió? —irrumpe Osvaldo. Se endereza y seca sus mejillas con el dorso de la mano.

—Hace ocho meses —suspira Juanita, y seca también sus lágrimas.

—Muy poco.

—Sí, pero no hablemos más de eso, cuénteme de lo suyo. —Se escurre en la silla y cruza las manos sobre el estómago—. ¿Cuánto tiempo duraron juntos?

—Diez años. —Engulle otro trago de fondo blanco.

—¿Y su mamá sabía?

—Sí, lo conocía, le caía bien, pero a mi mamá todo el mundo le cae bien.

—¿Y a ella no le importaba?

—¿Que estuviera con un hombre? No, pa na, lo supo desde que era niño, en parte fue ella la que me obligó a aceptarlo; no con palabras, acá no se habla de esa vaina, o no se hablaba, pero me empujó a su modo.

—¿Y usted por qué regreso acá?

—Porque el hijueputa me dejo en la calle. Teníamos un gimnasio juntos, nos iba bien, pero, sin que me diera cuenta, empezó a sacar plata hasta que lo quebró, y ahí se fue con el otro, un pendejo de veinte años que conoció en el gimnasio. Un día llegué a casa y ya no estaba, se había llevado todas sus cosas. Intenté salvar el negocio, pero no hubo forma, estaba más *endeudao* que un gobierno populista. Al principio no quería venir, pero mi mamá me convenció, me dijo que ya estaba cansada y que necesitaba alguien que la ayudara en el restaurante. No confía en mis hermanos.

—¿Está contento de haber regresado?

—Ahora no estoy contento con na, pero supongo que es lo mejor que he podido hacer. Estoy ayudando a mi mamá, trato de enderezar las cuentas, no es pa que te asustes, pero las cosas por acá tampoco andan muy bien.

—Pero el restaurante vive lleno.

—Yo sé, eso es lo que estoy intentando entender y cuadrar: entra plata, pero sale más de la que entra.

—¿Tengo que empezar a buscar trabajo? —pregunta Juana con cansancio en la voz.

—No, chica, tu quédate tranquilita, yo me encargo. Más bien tomémonos otro y sirvámosles a tus amigos, que ya vienen.

CAPÍTULO 40

Michael y yo regresamos y solo queda media botella. Juanita está casi acostada en la silla, nos recibe somnolienta y con sonrisa laxa. Osvaldo se mantiene recto sobre su trono, pero, en vez de un cetro, sostiene el vaso de plástico en una mano y la botella en la otra. De venida, ni Michael ni yo hemos pronunciado palabra, ni siquiera nos hemos rozado. He caminado con la vista en mis pies, mis pantorrillas han empezado a protestar, ya no me acordaba de que existían. Una melancolía inmensa me ha invadido y me han dado ganas de llorar, pero me he contenido.

—¿Nos vamos? —les pregunto.

—No hasta que nos acabemos la botella —dice Osvaldo.

—Yo no puedo beber más —digo.

Osvaldo insiste y al final aceptamos. Michael sabe que solo voy a tomar la mitad. Apenas ingiero el primer sorbo, agarra mi vaso y, sin que nadie se dé cuenta, tira lo que queda. Los dos hombres recogen las sillas y las llevan a su lugar de origen. Juanita engancha su brazo en el mío mientras esperamos.

—¿Estás bien? —le pregunto.

—Un poquito prendida, ¿usted?

—También, pero caminar ayudó. ¿Qué pasó con la tuteada?

—Con estos tragos en la cabeza no me sale. —Sonríe.

—Está bien, por hoy te lo paso.

—¿Le cayó bien Osvaldo?, es medio intenso, ¿no?

—No, es buena gente.

—Sí, es buena gente; Michael también; además, se muere por usted.

—¿Será?

—¡Obvio que sí! —grita.

Las dos nos tambaleamos hacia un lado.

—¿Estoy loca por hacer esto?

—¿Por estar con él?, no, ya le he dicho que no.

—La novia llega pasado mañana. Bueno, mañana, y además…

—¿Cómo así que la novia? —Juana me mira perpleja, sin soltarse de mi brazo.

—Sí, tiene novia y llega mañana.

Juanita abre la boca para decir algo, pero, al verlos acercarse, la vuelve a cerrar. Michael se ve pequeño al lado de Osvaldo —David y Goliat—, pero lo supera en carisma: camina con la confianza de un surfista que acaba de dominar un *maverick*. Al llegar se para enfrente de mí, Juana se descuelga y se aleja. Nos miramos y suspiro, él planta un beso en mi boca y me toma de la mano.

Nos despedimos de Osvaldo en la puerta del edificio, rehúsa a que lo acompañemos a su casa, dice que él es el local, el anfitrión. Entramos al apartamento, Juanita nos da las buenas noches y se escabulle a su habitación. Michael se dirige a la cocina, sirve dos vasos de agua, yo apago las luces y, en tinieblas, subimos las escaleras hacia mi cuarto. Es mi última noche con él, hoy en la tarde se irá al hotel. No encendemos la luz, la claridad de la calle atraviesa la cortina que se infla con el aire que mueve el ventilador. Él posa cada vaso en una de las mesas de noche y se sienta al borde de la cama. De pie, me instalo entre sus piernas, él dobla la cabeza hacia atrás y me observa.

—¿Hay algún ángulo en el que no te veas hermosa?

Sonrío. Su rostro me excita. Lleva sus labios a mi torso, pero yo me agacho y lo beso, aspiro su aliento alicorado. Empiezo a desabotonar su camisa, él me ayuda, lo dejo que continúe, me quito el vestido y dejo caer mi panti. Empujo su pecho con mi palma, lo tiendo en la cama y me encaramo sobre él. Siento el bulto de su miembro erguido contra mi entrepierna y todo el calor de mi cuerpo fluye hacia allí; él me acerca a su cara y me besa profundo. Desabrocho su pantalón y me muevo a un lado para que se lo quite. Él se acerca a la mesa de noche y saca el condón, se tumba de nuevo y se lo pone deprisa. Lo monto, me penetra, aúllo de placer; él aspira con fuerza y aprieta mis senos con las manos. Me mezo, él me ayuda, nos besamos, no paro de contonearme, de deslizarme en él. Me observa: ya no cierra los ojos, y yo tampoco puedo cerrarlos, su mirada me enciende. Agarra mis caderas, mi cintura, gime, me observa, me vengo, grito; él también se viene, un bramido opaco sale de su boca y su mirada permanece clavada en la mía. Me tiro de medio lado y lo abrazo, él besa mi frente y descansa su mano en la parte superior de mi brazo.

—Ya casi va a amanecer, no quiero que amanezca —
digo.

—Yo tampoco.

—Se acabó el encanto.

—No sé por qué le dije que viniera, discúlpame.

—No te disculpes, ¿quién se iba a imaginar que esto
iba a pasar?

—¿Nunca se te ocurrió?

—Sí, en fantasías, pero no en la vida real.

—¿Te arrepientes?

—No, ¿tú?

—Jamás, pero, si me arrepiento…

—No hablemos más de eso.

—¿Quieres que nos veamos en estos días?

—¿Todos?

—Como quieras, pero yo tengo que volver a verte
antes de irme.

—No sé, ya veremos. La verdad es que no soy celosa.
—Río con nostalgia. Él también.

A pesar del bochorno, tiemblo de frío. Él busca el
borde de la sábana con la mano, la desprende y nos cubre con ella.

CAPÍTULO 41

Juana arrastra los pies del cansancio, pero el rostro se le ve sereno y radiante, como si hubiera dormido más que un par de horas. Osvaldo, que está detrás de la barra, como de costumbre, lo nota de inmediato y le dice que le sienta bien salir a bailar, que lo tienen que hacer más a menudo, porque a él también le cayó de maravilla, aunque sus ojeras indiquen lo contrario. Juanita contesta que sí, que está de acuerdo, pero que la próxima vez el jefe la tiene que dejar llegar tarde. El gigante esboza una leve sonrisa y Juana prosigue hacia su puesto de trabajo. Al rato, Mercedes entra en la cocina y anuncia que la dueña ya no viene más, que el hijo se lo prohibió por borracha y despilfarradora. Dulce le dice que deje de ser metida y cizañera mientras se amarra el delantal en la espalda. La muchacha no le hace caso y se va.

—¿Rosa está bien? —le pregunta Juanita a Dulce.

—No, está enferma.

—¿Qué tiene?

—No sé, ella no dice nada y yo no le pregunto. Un día lo mencionó de pasada y así fue como me enteré. Pero no pensemos en eso, vamos a lo nuestro, que ya va a llegar la jauría. Más tarde te enseño a preparar la cazuela de mariscos a la Dulce —dice la vieja, y, a la velocidad máxima que le dan las piernas, que es caminar pausado para la mayoría, arranca en dirección de las ollas.

Juanita sigue al pie de la letra todo lo que Dulce le dice, ahora la anciana conversa el día entero, como si de repente hubiera recordado que le gusta hablar, o quizás porque la subalterna es la única que la escucha. En la tarde, por primera vez, la cocinera se sienta a dirigir la operación desde la butaca, por fin suelta la batuta —o la cuchara— por completo.

Tarde en la noche, de salida, Juanita se encuentra con el mismo retrato de todos los días: Osvaldo sentado en el bar, botella sobre la barra y copa en mano

—¿Te tomas uno? —la invita Osvaldo con voz cansada.

—No, me muero. Después de anoche, lo único que quiero es dormir. —Posa la mochila sobre una mesa.

Ya no se ve radiante, la trasnochada y el trabajo la arroparon de nuevo de lasitud y melancolía.

—Uno no más.

—No puedo. Y usted no debería estar tomando, váyase a descansar.

—Yo no tengo descanso. —La mira cabizbajo.

—Eso no ayuda. —Juana señala la bebida.

—Depende del día.

—Como usted diga, pero yo me voy. Hasta mañana.

—¿Por qué crees que tu amiga Laura te ayuda?, ¿ella qué gana con eso?

—Tampoco pierde nada.

—Sí, pero es raro, ¿no?

—Creo que lo hace porque puede, porque tiene con qué y, además, porque está sola, igual que yo.

—Ayer no la vi tan sola. —Sonríe y eleva la copa para brindar por la ocurrencia.

—Me voy, chao. —Agarra su mochila—. Bueno, tampoco soy tan mala compañía, ¿o sí? —dice antes de salir.

CAPÍTULO 42

—¿Y usted que hace acá tan temprano, Laura? —me pregunta Juanita desde la cocina. Se acaba de levantar.

—¿Tan temprano?, ya va a ser mediodía.

—No —dice, y busca el reloj de la pared. Se sorprende al comprobar que no miento.

—Por fin dormiste, te hacía falta.

—No, esto no es dormir, es una vagabundería.

Río desde mi cómodo sillón en la sala.

—Preparé café, sírvete y ven y te sientas.

Juanita hace caso.

—¿Michael sigue dormido?

—No, ya se fue.

—¿Tan temprano? —Se sienta en el sofá, se quita las chanclas, sube las piernas, las acomoda de medio lado sobre el cojín y posa la taza de café en la mesita de al lado.

—Se fue ayer, la novia llegaba hoy temprano.

—¿Y usted cómo se siente?

—Rara. Contenta y triste al mismo tiempo.

—¿Y no quedaron en nada? ¿Él va a seguir con la mujer esa después de lo que pasó entre ustedes?

—Yo creo que sí. Le dije que no me quería complicar ahora. ¿Qué futuro tiene esto?

—Eso depende de los dos.

—Yo sé, Juanita, pero es el hermano de mi esposo.

—De su difunto esposo; y, además, ¿eso qué importa?

—A mí me importa.

—¿Qué pasó entre ellos? ¿Por qué se pelearon? Fue por usted, ¿cierto?

—Sí. Paul y yo llevábamos mucho tiempo mal, con problemas, ya no nos queríamos; yo sabía que él tenía otras mujeres, pero seguíamos juntos por conveniencia. Con Michael nos veíamos en ocasiones especiales, en fiestas que organizábamos en casa. Michael y yo nos llevábamos muy bien, ahora que lo pienso, desde siempre nos gustamos, pero, por supuesto, los dos lo disimulábamos. En todo caso, en todas las reuniones, él y yo terminábamos hablando con el mismo grupo de gente o los dos solos. Paul se daba cuenta y nos vigilaba, no decía nada, pero nos vigilaba, y una noche, en la fiesta que organizó para celebrar un caso grande que había ganado, Michael y yo nos fuimos al estudio a conversar porque no conocíamos a casi nadie, la mayoría de los invitados eran del trabajo de Paul.

»Estábamos sentados en el mismo sofá charlando y, de repente, nos quedamos callados, Michael no me quitaba la mirada de encima ni yo a él, estábamos embelesados, los tragos se nos habían subido a la cabeza. Ahí apareció Paul y, apenas nos vio, tiró la puerta; eso fue lo que nos espabiló. Empezó a gritarle a Michael, le dijo que era un aprovechado, que buscara su propia mujer, que no tenía que venir a su casa a quitarle la suya. Yo intenté calmarlo, me puse brava, le dije que dejara de inventarse cosas, que estaba loco. Michael también le pedía que se calmara, pero no hacía caso, estaba furioso, las venas de las sienes se le brotaron, parecía como si se le fueran a explotar.

»Y, de un momento a otro, se le tiró encima a Michael y yo me metí entre los dos. Le dije que me pegara a mí, y ahí reaccionó y se echó para atrás. Le dije a Michael que se fuera, pero no quería, decía que no me iba a dejar sola con Paul; hasta que, después de mucha insistencia, accedió. Después de eso nunca más se volvieron a hablar, Paul no volvió a mencionarlo ni a él ni lo que había pasado. Y yo no volví a ver a Michael hasta el día del funeral de Paul.

—Entonces, usted se siente culpable por lo que pasó entre ellos.

—Sí, en parte, pero, además de eso, el problema es que Michael me recuerda a Paul.

—Lo que usted tiene que hacer es perdonarlo. Michael no tiene nada que ver con eso.

—¿Perdonar a quién?, ¿a Paul?

—Sí, a Paul. Si no lo perdona, no va a poder vivir una vida tranquila con nadie, ni con usted misma.

—¿Y desde cuando tú tan filosófica y evolucionada? —Sonrío.

—Desde que me tocó vivir esta vida. No fui a la universidad, a duras penas terminé el bachillerato, pero, a las patadas, la vida se ha encargado de enseñarme.

—¿Has perdonado a muchas personas?

—Pfff, la lista es larga.

—¿Hasta a Miguel?

—En esas estoy, no es fácil perdonarle que me haya dejado. A veces me da rabia haberlo conocido; si no lo hubiera conocido, ahora no sentiría este dolor.

—¿Todavía te duele mucho?

—A veces me duele más que al principio. Apenas murió, me desconecté, me desdoblé, lo veía como algo allá lejos —señala al frente con la mano—, como una película, algo que le estaba pasando a otra. Sentía tristeza, pero no lo interioricé. Ahora lo siento acá adentro y, cada vez que pienso en que no está, en que ya nunca más va a estar, también me quiero morir. —Se golpea el pecho con el puño cerrado, dos finos hilos de agua se descuelgan por cada mejilla.

Mis ojos se humedecen, comparto su desconsuelo, exhalo profundo e intento soltar la rabia.

—No sé qué me pasa, ahora lloro solo con que me saluden —dice con una sonrisa y se limpia la cara con el revés de la mano.

—Acá le ponen algo al agua; no, al trago, que es lo que más hemos tomado. —Yo también seco mis lágrimas.

—No se complique tanto, Laura.

—Esto es no complicarme: esta ciudad, este apartamento, salir de fiesta, pasar unas noches con alguien sin
pensar en un futuro juntos.

—¿Se quiere quedar a vivir acá?

—Eso me lo pregunta Michael todo el tiempo.

—Obvio, el pobre espera que le diga que no.

—Yo creo que él tampoco sabe lo que quiere. Pero,
en todo caso, no sé, todavía no sé qué voy a hacer y no
lo quiero pensar, voy a dejar que las cosas se den y ya.

—Está bien, al final usted no tiene de qué preocuparse.

—Sí, supongo.

Su soledad es tan diferente a la mía… La mía es con-
templación; la de ella, desamparo.

CAPÍTULO 43

Michael y su novia hacen buena pareja, debo admitirlo al verlos entrar; la larga cabellera dorada de ella y su piel bronceada combinan con las de él. Es bonita, esbelta, de ojos verdes, tan alta como yo, una fotocopia de mis amigas del club, pero más joven y con menos plata. No me sorprende, ya me lo esperaba, pero tenía la esperanza de que fuera menos atractiva. La mujer se me acerca con una sonrisa exagerada y me abraza como si nos conociéramos de toda la vida.

—*So nice to meet you,* Laura, *I´ve heard so much about you* —dice con la misma aparatosa mueca después de soltarme.

No habla español. Yo también le digo que me alegra conocerla e intercambiamos banalidades. De reojo diviso a Michael a unos pasos; se acerca, me da un beso en la mejilla y busca mi mirada, pero yo la evito, sigo concentrada en ella, los invito a sentarse. Juanita los ha recibido al llegar y ahora se ocupa en la cocina. Michael pregunta en qué puede ayudar y Elizabeth también se ofrece por cortesía, pero sin muchas ganas. Les digo que no se preocupen, que tenemos todo bajo control, que se pongan cómodos. Ella hace caso, pero él se dirige a la cocina. Estamos esperando a Osvaldo y a Mercedes, le pedí a Juana que los invitara a todos, a Rosa y a Dulce también, pero, según Juanita, la primera no ha vuelto por el restaurante y la vieja cocinera declinó de inmediato. Mi idea es perderlos de vista entre el corro, dejarlos que se entretengan con otros. Con Paul me volví una experta en navegar reuniones sociales tediosas y, por lo menos esta, cuenta con gente que me interesa.

—*This is such a nice place, so authentic* —me dice la recién conocida desde el sillón.

El timbre no me da tiempo a responderle. Me dirijo a la puerta y la abro, Osvaldo se ve más grande que la vez pasada. A su lado, una linda morena de vestido blanco, ceñido al cuerpo, me tiende la mano para presentarse: es Mercedes. Se abre paso y recorre el salón con la vista.

—Juana me había dicho que era bonito, pero no me lo imaginé tan bacano —dice Mercedes.

Michael y Juana vienen a saludar. Mercedes se pone alerta al ver al gringo y se lleva la mano a la cintura para realzar sus curvas, luego lo abraza con entusiasmo al presentarse. Elizabeth se pone de pie, y cuando la morena se desprende de su novio, la hala contra su pecho para saludarla. Mercedes se deja llevar, pero no le devuelve el apretón. Michael le toma órdenes de bebida a todos, a mí me deja de última.

—¿Qué quieres tomar? —Se aproxima demasiado y el olor de su loción me aviva el anhelo.

Lo observo por un instante, pero luego desvío la mirada. Estoy a punto de responder, pero Elizabeth se le planta al lado y le cruza el brazo por la espalda.

—Baby, I think I prefer to have what you´re having —dice.

Él hace un gesto de aprobación. Yo aparento estar ocupada, como buena anfitriona, y me voy sin contestarle. El nerviosismo se me había quitado en cuanto han llegado y por fin la he conocido, los fantasmas se matan al enfrentarlos —por lo menos algunos—, pero ahora el estómago se me enreda de nuevo.

Los tragos se sirven y Juana reparte las entradas: yuca frita con guacamole y suero, y langostinos en salsa cremosa de ajo —invención propia—, acompañados de arepitas blancas. Todos elogian la comida, felicitan a la chef. Osvaldo devora la mitad de la yuca con guacamole y, al terminar, se lame los dedos. Le dice a Juanita que los platos están tan buenos que se podrían añadir al menú del restaurante y a ella se le ilumina el semblante. Michael le traduce a Elizabeth lo que ha dicho Osvaldo y ella se une al elogio: «Sí, sí, muy *buenou*, muy *buenou*», repite en el acento más gringo que he escuchado. A Osvaldo le causa gracia y la mujer, animada por su reacción, lo embiste. Entablan conversación y ríen a carcajadas a pesar del impedimento del lenguaje, Elizabeth mueve las manos y los brazos de forma exagerada y Osvaldo, concienzudo, le sigue todos los ademanes. Juanita, Mercedes, Michael y yo conversamos en la cocina. Mercedes pregunta de dónde nos conocemos él y yo; Juanita, que revolotea por todo lado como es su costumbre, se detiene por un instante y me observa. Yo le respondo a la muchacha que somos amigos desde hace varios años, de la ciudad en la que vivimos, pero no doy más detalles y ella tampoco pide mayor aclaración. Michael me observa mientras hablo y la mirada de Mercedes va de mí a él, de él a mí. Yo intento enfocarme en ella y en mi amiga —busco refugio en nuestra complicidad—, pero, de vez en vez, mi mirada se desvía hacia él.

—¿Y tú cuántos años tienes? —le pregunta Mercedes a Michael.

—Treinta y seis —contesta sonriente, divertido con la pregunta.

—Los hombres maduros son más interesantes —añade la muchacha, enseñando su perfecta dentadura. Ella no debe tener más de veinticinco.

Juanita y yo reímos.

—Tampoco tan maduro —añade él.

—¿Y en qué trabajas? —procede la muchacha con el interrogatorio.

—Soy abogado.

—¡Abogado, gringo y bizcocho!

—Pórtese bien, Mercedes —le dice Juana.

—¿*Bizcochou?* —me pregunta Michael.

—*Cute, hot, atractive* —le explico entre risas.

Él se sonroja.

—Bueno, y aprovechando que eres abogado, ¿qué puedo hacer para poder irme para allá? Para tu país.

—No soy abogado de inmigración.

—¿Y eso qué quiere decir?

—Que no te puedo ayudar porque no conozco a fondo las leyes de inmigración, soy un *corporate lawyer*.

—Qué vaina, pensé que los abogados sabían de todo —dice Mercedes arrugando la cara.

—Creo que sabemos menos que todos —contesta él.

—Bueno, por lo menos lo bizcocho no te lo quitan. —Mercedes le pica el ojo.

Todos reímos. Curiosos, Elizabeth y Osvaldo se acercan, ella se coloca al lado de Michael y Osvaldo al mío; ambos preguntan cuál es el chiste, pero nadie les contesta. Mercedes mide de arriba abajo a la mujer, se ve molesta porque se ha deslizado entre ella y su presa.

—¿De qué hablaban?, ¿se entendían? —le pregunto a Osvaldo.

—No, chica, que va, pa na, esa mujer habla más *enredao* que melena en huracán.

Ambos nos carcajeamos.

—¿Y esta *desabría* quién es? —Mercedes le pregunta a Juana, sin esforzarse para no ser oída.

—Se llama Elizabeth, es la novia de Michael —contesta en un susurro, pero Osvaldo y yo la alcanzamos a escuchar, estamos al lado de ellas. El gigante vira la cabeza y me observa confundido.

—Algo debía tener de malo el hombrecito, el gusto se lo quedaron debiendo —le dice Mercedes a Juana.

—Mercedes —dice Juanita agrandando los orbes y estirando la ese.

—¿Qué, chica? Si la vieja ni me entiende. —Chasquea con la lengua.

No sé si Michael oye o entiende algo de lo que ha dicho, no lo parece; Mercedes habla rápido y enredado. Elizabeth, por supuesto, no se entera de nada y exhibe su sonrisa jovial. Juanita coloca sobre el mesón de la cocina dos nuevos platillos, chicharrón de pescado y papas chorreadas. Esta vez le gano de mano a Osvaldo y me como la mitad de todo. La chef come poco, se llena con el placer que contempla en nosotros. Michael y su novia intentan descifrar los ingredientes del chorreado, la mujer afirma que está delicioso, que quiere aprender a prepararlo, pero apenas prueba bocado. Hago lo posible por no prestarles atención, pero los vigilo por el rabillo del ojo. Hasta ahora, él no ha mostrado gestos de afecto y eso me consuela, es ella quien a cada rato lo toquetea. Osvaldo me pide que lo acompañe al balcón, nos recostamos contra la baranda y observamos el caer de la tarde. Es lunes, el único día en que el restaurante está cerrado. Tanto turistas como locales se arrastran después de una jornada larga. Sin el amparo de los ventiladores, la humedad es insoportable. Saco una pinza del bolsillo de mi falda y me agarro los mechones delanteros de mi pelo en la parte posterior de la cabeza.

—Me gusta ese *look* —dice Osvaldo.

—Gracias.

—Ahora, sí, explícame, ¿qué pasa?, ¿cómo así que el gringo tiene novia?, ¿ustedes dos no estaban juntos? —La mano derecha revolotea en el aire como un remolino y a su vez eleva la quijada.

—Sí, tiene novia; yo sabía antes de meterme con él, pero las cosas se dieron, es algo que viene de antes —contesto, y me enfoco en un vendedor ambulante que asedia a una pareja de extranjeros.

—¿Quién lo iba a imaginar? Pareciera que el gringo no mata una mosca. Y cómo se nota que tú no eres de acá, atendiendo a la mujer del tipo como si *na*. Cualquier otra ya le hubiera sacado los ojos.

—Bueno, todavía es temprano.

Le digo a Osvaldo que entremos porque me muero de calor, pero la verdad es que quiero evadir la indagatoria. Nos acercamos a los presentes, Elizabeth narra una historia y Michael les traduce a Juanita y a Mercedes. La primera se muestra interesada, entretenida, hace comentarios que Michael interpreta a la inversa; la segunda, recostada contra la nevera con los brazos cruzados, cuelga la cabeza cómo si le pesara y apenas presta atención a la charla. Me paro lo más alejada que puedo de Michael, pero, de inmediato, me inmiscuyo en la conversación y le arrebato la función al traductor. Al cabo de dos minutos, Mercedes dice que está aburrida, que pongamos música, y Osvaldo secunda la moción. Juanita me pide el celular y los tres compatriotas se aglomeran para decidir qué vamos a escuchar.

Elizabeth, emocionada, da tres palmadas aceleradamente y me pregunta si van a poner salsa. Tengo que explicarle que *salsa* no es un término general ni un sinónimo de música latina, que existen muchos géneros diferentes. La mujer junta las cejas, Michael intercede y elabora lo que digo, describe en detalle, da ejemplos de diferentes cantantes y canciones que ella conoce. Lo imagino en la corte, con su voz calmada pero segura, la expresión seria y afable, la mirada perspicaz clavada en el juez y en el jurado. De repente, en mitad de su exposición, desvía la vista hacia mí y me sonrojo. Creo notar algo de confusión en la expresión de Elizabeth, le sonrío y me escabullo hacia el grupo encargado del entretenimiento.

Todavía deliberan, Mercedes le arrebata el celular a Juanita y las seis pupilas se concentran en el dedo de la morena, que se desliza sobre la pantalla. Por fin, el trío se pone de acuerdo y las ondas de sonido salen por los parlantes. Mercedes le coge la mano a Osvaldo y arrancan a bailar, todos nos deleitamos con su destreza; Juanita se para a mi lado y me invita a seguirle el paso, no puedo, pero lo intento. Elizabeth saca a Michael a bailar y al minuto lo abraza, busca emular a Mercedes, quien cuelga como niña de tres años del cuello de su jefe. Les doy la espalda, Juanita me hace un guiño y soba mi antebrazo, con un gesto le indico que estoy bien. Escuchamos una canción tras otra, bailamos, reímos, Juanita, Osvaldo y Mercedes cantan. A cada rato, advierto los ojos de Michael puestos en mí, y me pongo nerviosa. Elizabeth pide una canción, primero la ignoran, pero, cuando Mercedes se va al baño, a regañadientes, Osvaldo le hace caso. Al regresar, Mercedes pone el grito en el cielo y dice que hasta ahí llego la democracia. Sin comprender nada, la gringa sigue con la dentadura al aire.

De las manos de Juana aparece más comida, Michael sirve más tragos mientras charla con Osvaldo, el grandullón suelta una risotada y le da unas palmadas en la espalda al *bartender*. Estudio a los dos hombres desde lejos y me causan alegría. Luego, descubro que Elizabeth me observa, de nuevo le muestro una sonrisa parca y ella hace lo mismo.

Mercedes convida a Michael a bailar y se convierte en su maestra, él demuestra ser un excelente alumno, no le toma más de un par de minutos seguirle el paso a la muchacha, quien aprovecha para pegársele al torso. A Elizabeth no parece importarle, hasta que Mercedes se desprende de su pareja y me lo entrega como regalo, con regocijo. Los músculos de la cara de la novia se tensan. Michael y yo nos tomamos de las manos, pero conservamos un brazo de distancia y comenzamos a mecernos de lado a lado sin ninguna gracia. Nadie más baila, Osvaldo y Juanita cruzan miradas. Mercedes se nos viene encima diciendo «no, no, no» y, como si se tratara de dos muñecos, nos empalma pecho a pecho, lleva mi mano izquierda a la nuca de Michael, y la mano derecha de él a mi espalda, a la altura de mi cintura. Su olor golpea mi vientre, estoy nerviosa, siento que él también. No pronunciamos palabra, pero, de manera sutil, me aferra un poco más hacia él y acaricia mi espalda por un instante. Los demás hablan, la única que acompaña cada uno de nuestros movimientos es Elizabeth. La canción se me hace eterna y demasiado corta a la vez. Al terminar, nos damos un vistazo rápido y partimos en direcciones opuestas.

Juana cambia de música, opta por una balada *pop* en español y nos desplazamos a la sala, Michael y su novia se sientan juntos y ella le toma la mano. Aprieto la mandíbula. Los tres colegas de trabajo comienzan a hablar del restaurante, Osvaldo les expone sus observaciones, lo que piensa que se debería cambiar; Mercedes tuerce la boca, Juanita da su opinión acerca de la cocina. Yo no quiero ser maleducada, pero, para ocuparme en algo, me paro a recoger. De inmediato Michael hace lo mismo y, por supuesto, Elizabeth no se queda atrás, aunque les insisto en que no necesito ayuda. La velada muere, Osvaldo anuncia que es hora de irse y el grupo entero camina hacia la puerta, nos despedimos entre todos de beso en la mejilla, nos agradecen por la atención y alaban la comida de Juanita. Mientras Osvaldo y Elizabeth intentan comunicarse por última vez, con excesivas expresiones faciales y señas, Michael se me acerca.

—Gracias por todo —dice.

—No fue nada —contesto.

Veo que quiere decir algo más, pero se arrepiente.

—¿Te puedo ver antes de que me vaya?

—Creo que es mejor que nos despidamos de una vez —contesto, y el ánimo se me aminora.

Osvaldo, que se percata de todo, prolonga su charla con la mujer. Juanita y Mercedes cuchichean al lado de la puerta abierta.

—Está bien, cuídate mucho —dice Michael.

—Gracias, tú también —le digo, y acerco mi rostro al suyo.

En vez de un roce rápido de su mejilla, siento sus labios muy cerca de mi oreja. Su novia no alcanza a ver nada, está parada del lado opuesto, incapaz de retirar su

atención de Osvaldo. Inconscientemente, cierro los párpados por un segundo.

—Bueno, ya no más meloserías, en especial ustedes
dos —grita Mercedes, y nos señala con la boca, pero se
fija en la gringa—. Ya es hora de irnos.

Juanita agarra a Mercedes del brazo y la obliga a cru-
zar el umbral, Osvaldo carraspea la garganta, eleva la
mano para despedirse y sale detrás de sus empleadas.
Elizabeth no ha entendido lo que ha dicho la muchacha,
pero ha captado que el mensaje iba dirigido a ella y que
no era bueno; sin embargo, deja lucir la mejor sonrisa
que puede y se aferra a sus pertenencias —a su cartera
y a Michael—, pero antes de salir me reitera su agradecimiento y en vez de *bye* dice «chao».

CAPÍTULO 44

La ciudad ha perdido su lustre, Michael lo desgastó, ya han pasado más de cinco semanas desde su partida y no he vuelto a hablar con él. Antes de irse, me envió un mensaje de texto donde me agradecía por todo y yo le contesté: «*You're welcome, have a nice trip*». Vi en la pantalla que escribía algo, pero nunca lo mandó.

Ahora que la novedad ha muerto, me vuelvo a preguntar qué voy a hacer, ¿a dónde voy a ir?, pero no encuentro respuesta, porque, a pesar de todo, me gusta estar acá y, por tonto que suene, me siento responsable de Juanita. Si se lo dijera, me mataría. Ella cada vez trabaja más, la situación del restaurante está peor de lo que se imaginaban y Osvaldo ha empezado a organizar eventos de toda índole y ha instituido jornadas más largas, que a veces van desde mediodía hasta el primer canto del gallo del día siguiente. No me gusta y se lo he dicho: «Con lo que te pagan, esto no es trabajo, sino esclavitud», pero insiste en que está aprendiendo mucho, que Osvaldo cada vez le tiene más confianza y Dulce le delega las tareas más complicadas. Sé que necesita el dinero, pero, en el fondo, también busca escapar de los recuerdos. Ahora no le gusta nombrar a Miguel: cuando lo hace, se arrepiente de inmediato. El otro día, en el delirio del cansancio, habló de él en presente sin darse cuenta.

A mí en cambio, el ocio me ha obligado a continuar recordándolo todo, mi niñez, mi adolescencia, mi familia, Paul y mi parálisis de espíritu. Lo último me preocupa, pero no hago nada al respecto, soy más parecida a las del club de lo que pensaba y me avergüenza. Sin embargo, sigo sin hacer nada. Ayer desayuné con Juanita. Tenía ojeras y la piel pálida, lo que contrastaba con mi piel, dorada y fresca. Estaba callada, pero no de mal humor, rara vez está de mal humor. Fui yo la que habló sin respiro, quería distraerla y estimo que lo logré, soltó un par de risas cansadas en medio de mi monólogo. Se fue después del desayuno y yo regresé a la cama y me volví a quedar dormida.

Me desperté bañada en sudor a las dos y media de la tarde, con taquicardia y ansiedad. Me senté en el borde de la cama, somnolienta, pero el peso del desgano me tiró de espaldas. Apreté todos los músculos, me estiré, me revolqué sobre las sábanas, luego me enrollé de medio lado, lloré, y me volví a quedar dormida. Desperté al caer la tarde, fui a la cocina por un vaso de agua, salí al balcón y me senté en una mecedora a escuchar los ruidos de la calle y a observar el parche de cielo cambiar de color hasta ponerse negro. Me bañé, fui a comer algo en el restaurante de al lado, retorné al apartamento, me puse la pijama y me acosté.

Hoy el día está más caliente que nunca, me muevo entre vapor de agua; el bolígrafo que sostengo entre mis dedos se siente mullido, pegajoso. Escribo lo que se me ocurre que podría hacer con mi vida en una libreta pequeña que encontré escondida en un cajón. La plata y el tiempo me sobran, pero ¿qué quiero hacer con ellos? Problemas del primer mundo, cómo diría Michael. El papel se convierte en un dibujo abstracto de tachones horizontales de tinta azul, que hace un rato comencé a unir con líneas trazadas en vertical. Dejo caer el bolígrafo sobre la mesa, decido que es mejor pensar tirada sobre la playa blanca de una de las islas aledañas. Me recomendaron el paseo desde que llegué y quería hacerlo con Michael, pero, por razones evidentes, no lo hicimos. Sin embargo, considero que es hora de ir. Hago un par de llamadas y lo coordino para mañana.

El pequeño yate que he alquilado para mí sola trae una tripulación de dos, el capitán y su subalterno. Este último hace todo menos conducir: prepara los motores, el amarre, limpia, sirve bebidas y *snacks*. Juanita no ha podido acompañarme. Anoche esperé a que llegara del trabajo y le rogué, pero no logré convencerla; como siempre, sus obligaciones laborales vienen primero. El día está soleado, el mar tranquilo. El bote zarpa a las diez de la mañana y yo me acomodo en la silla trasera para que el sol me expurgue y el aire salado me reviva. La ciudad se ve hermosa en la despedida, induce la nostalgia, veo nítida la figura de Michael delante de mí. Cierro los ojos, elevo la quijada y lo aspiro todo, mi pelo revolotea en el viento como un caleidoscopio de mariposas.

Al abrir los párpados me encuentro con Rafa, el ayudante. Me pregunta qué deseo tomar y le pido agua. Parece decepcionado, pero le aseguro que más tarde me tomaré algo más acorde con el plan. El hombre, que cálculo no tiene más de treinta años, sonríe y ojea con disimulo mis piernas antes de irse. El capitán, un señor maduro, cincuentón, se da la vuelta y estira el brazo con el pulgar en vertical y los demás dedos doblados hacia la palma, yo le respondo con el mismo ademán y seguimos nuestro rumbo. A medio camino, en mitad del océano, sueltan el ancla y me animan a que me tire y disfrute del agua cristalina, pero no tienen que convencerme, me quito la salida de baño bajo las miradas reparadoras de ambos y me lanzo. Me habría encantado estar acá con Michael, lo extraño. A Juanita también la hubiera fascinado, pero estaría nerviosa porque no sabe nadar.

Retomamos el camino y después de un rato llegamos a la playa blanca de una de las islas, aparcamos a unos pasos de la orilla. Me instalan bajo una choza con techo de paja y cuatro palos que la soportan. En el medio, bajo su sombra, reposan una mesa de madera y dos butacas alargadas de cada lado. Tres chozas más, con grupos de gente, se extienden en la distancia. En el fondo, alejada de la playa, se vislumbra como ensoñación una casa grande de dos pisos con barandas blancas y techo terracota. Me imagino que es un hotel, pero no tiene ningún aviso. Una morena voluptuosa de caminar pausado se acerca, me entrega un menú y espera ensimismada a que lo revise para tomar mi orden. No hay nada que decidir, acá se come pescado frito recién sacado del mar, arroz con coco y patacones. Le pregunto a Rafa, quien trajo mi maletín, si quiere lo mismo y le pido que vaya al bote a preguntarle al capitán. Con sonrisa tímida, me asegura que no hace falta que les pida a ellos, que trajeron su propia comida, pero no le hago caso y le pido a la mujer tres bandejas. Rafa me lo agradece con una sonrisa y me dice que ahora sí me va a preparar un buen trago. «Algo tropical», le pido, y parte hacia la embarcación.

De nuevo me quito la salida de baño, me pongo el sombrero de ala ancha y me voy a caminar por la playa. El naranja de mi bikini resplandece, miradas atrevidas me siguen cuando paso por el frente de las chozas, pero pretendo no verlas. Al regresar, la comida está servida: tres bandejas enormes, cada una con un pescado entero. Rafa y el capitán están parados al lado de la mesa y les pido que se sienten. Un cóctel de color amarillo adornado con sombrilla rosada descansa enfrente de mi plato.

—Es mi especialidad —dice Rafa.

Lo pruebo y me sabe a plenitud.

—Espectacular, te iría muy bien de *bartender* —le digo.

—Gracias —contesta sin mirarme, y sonríe.

El capitán chasquea y empieza a comer, Rafa y yo hacemos lo mismo. Los pedazos de pescado frito, rociados con limón, crujen entre mis dientes; acompaño el bocado con una porción de arroz y, al final, muerdo un trozo de patacón. Nadie habla. Hago una pausa y les pregunto por su trabajo, pero no he terminado de formular la pregunta cuando el capitán me interrumpe, las palabras salen de su boca como balas de ametralladora, no entiendo la mitad de lo que dice. Rafa le da la razón en todo y sonríe, come y sonríe, el capitán ingiere bocados de comida entre palabras. «Es el mejor trabajo del mundo», concluye después de posar tenedor, cuchillo y hueso sobre el plato vacío; un diente de oro brilla como trofeo en su dentadura.

—¿No se va a comer la cabeza? —me pregunta el capitán, y señala mi plato—. Es la mejor parte.

Sigo su sugerencia e intento extraer lo que más puedo de carne.

—Tiene que cogerlo con las manos —dice.

De nuevo hago lo que me aconseja, uso mis dedos para separar las partes más tostadas y desecho el resto. Complacidos con la comida y con mi actuación, ambos me dan las gracias y el capitán anuncia que partiremos en una hora. Sé qué quiero hacer. Me dirijo a una hamaca que cuelga de dos palmeras pequeñas, me recuesto y pienso en Michael, en la primera noche que pasamos juntos. El tiempo vuela y una voz lejana me llama, es hora de marcharnos.

CAPÍTULO 45

Abre la puerta y no ve a nadie, Osvaldo no está detrás de la barra tomándose un cafecito envenenado, como es su costumbre a esa hora. Escucha ruidos en la cocina y se dirige en esa dirección. Entra y encuentra al jefe, habla con una muchachita delgada como un palillo, que le presta atención a Osvaldo con las manos cruzadas sobre el delantal y los pies muy juntos.

—Hola, Juana —dice Osvaldo al verla.

—Hola —contesta Juanita, y se enfoca en la desconocida.

—Dulce no puede venir, está enferma —declara Osvaldo.

—¿Qué le pasó?, ¿está bien? —pregunta Juanita frunciendo el ceño.

—No es nada grave, pero necesita descansar por lo menos una semana. Así que ahora eres tú la encargada de la cocina.

—¿Yo?

—Claro, chica, ¿quién más?, ¿o prefieres que busque a otra persona?

La muchachita presta atención, pero no se mueve ni un milímetro.

—No, obvio que no, yo lo hago.

—Así me gusta. Te traje a Zaira pa que te ayude, no sabe mucho, pero es juiciosa.

La niña sigue pegada al piso, ni siquiera se inmuta al escuchar su nombre.

—Está bien, yo me encargo de entrenarla.

—Ahí las dejo —dice Osvaldo, y se va.

Juanita le hace varias preguntas a Zaira y la muchacha le responde con un simple sí o no. La cocinera, aturdida por la responsabilidad, opta por darle órdenes para apresurar el proceso y la alumna corre con torpeza de lado a lado, pero no protesta. El primer plato queda aceptable; a pesar de haber tenido semanas de práctica con Dulce, la comida por volumen es traicionera. La chef se esmera aún más en los platos que siguen, hace cálculos mentales, agrega un poco más de sal, de cebolla, prueba todo tres, cuatro, cinco veces, se concentra en cada detalle, mueve ollas de fogón en fogón y le grita a la muchachita que limpie, que corte, que le alcance el aceite. Los rostros de ambas mujeres están bañados en sudor. Zaira quiere quitarse la camisa blanca de manga larga que le pidieron que usara, pero Juanita se lo prohíbe. Las paredes de la estrecha estancia también transpiran, es un sauna criollo, con olor a pimentón, a tomillo, a laurel, a ajo, a caldo de res, a fritura.

Osvaldo y Mercedes se asoman a intervalos para que les entreguen los platillos que ordenan los comensales. Hoy da la casualidad de que el restaurante está más lleno que nunca y la mesera, impaciente con la lentitud con que van saliendo las órdenes, le grita a Juana que se apresure. La cocinera, al escucharla en medio de la algarabía y el bochorno, se detiene por una milésima de segundo y la taja con la mirada. De ahí en adelante, Mercedes aguarda resignada en el umbral de la puerta a que le alcancen los pedidos. Hora tras hora, Juanita coge confianza y al final del día se siente satisfecha con los resultados, aunque no contenta. Osvaldo no le dice nada, su mutismo es el sello de aprobación. Juana llega a la casa con un flujo de energía desconocido para ella, se sirve un vaso de agua y se sienta en el comedor con papel y bolígrafo a organizar la preparación del menú del día siguiente: quiere estar lista. Una hora después se va a la cama pero no puede dormir, ni la cabeza ni el cuerpo la dejan.

bolígrafo a organizar la preparación del menú del día siguiente: quiere estar lista. Una hora después se va a la cama pero no puede dormir, ni la cabeza ni el cuerpo la dejan.

CAPÍTULO 46

«Tenemos que hablar», dice el mensaje de texto. Es Michael. No puedo ignorarlo, pero tampoco quiero contestarle de inmediato. Continúo con mi labor, por falta de originalidad he decidido que mi mejor apuesta es dedicarme de lleno a alguna obra de caridad, todavía no sé cuál, pero le he escrito a mis contactos para ver qué resulta. Le pregunto de qué quiere hablar y dice que prefiere llamarme. El celular suena a las ocho de la noche.

—Hola, Lau —dice con la imperturbable voz de siempre.

La piel se me eriza.

—Hola.

—¿Cómo estás?

—¿Todo muy bien ¿y tú?

—Bien, mucho mejor ahora que escucho tu voz.

—¿Qué pasó?, ¿de qué quieres hablar? —Cambio de tema.

Me doy cuenta de que estoy muy seria y quiero sonar más relajada, pero me cuesta.

—Es un tema complicado.

—¿Tiene que ver con Paul?

—¿Cómo sabes?

—Porque soy bruja.

—Eso lo he comprobado.

Escucho una sonrisa y también sonrío.

—¿Qué pasa con Paul?

—Alguien reclama parte de la herencia.

Callamos.

—¿Un hijo? —pregunto.

—Sí.

—Me parecía raro que no hubiera aparecido alguien antes.

—¿Estás bien?

—Sí, estoy bien. No me sorprende. ¿Cuántos años tiene?

—Seis.

Siento como si un puño se hundiera en mi estómago y me sacara el aire. Creo recordar que en esa época todavía lo quería y pensaba que él también me quería a mí,

que podíamos rescatar lo que habíamos tenido al principio.

—¿Quién es la mamá?

—Nadie que conozcas.

—¿Cuántos años tiene?

—Treinta.

—¿Seguían juntos cuando murió?

—No sé.

—¿Está comprobado que el hijo es de él?

—Paul los mantenía, pero vamos a pedir una prueba
de ADN.

—¿Ya lo conociste?

—No, solo he hablado con su madre.

—¿Y ahora qué va a pasar?

—Tienes que regresar para firmar lo que sea necesario una vez que se resuelva todo.

—No creo que sea necesario que regrese.

—Sí, lo es.

Exhalo por la boca.

—No es la razón por la cual quería volver.

—Tampoco es la razón por la que quería que volvie-
ras, pero debes hacerlo.

—¿Cuándo?

—Lo más pronto posible, la mujer quiere que esto se resuelva ya mismo, y yo también.

—Está bien, voy a arreglar todo acá, busco pasaje y te aviso.

Otra vez siento ansiedad. Tengo que hablar con Juanita.

Llego al restaurante unos minutos antes de que cierre, solo queda una mesa con cuatro personas, una pareja y sus dos hijos adolescentes, que esperan pacientes a que el padre termine su café. Osvaldo me saluda desde la barra, está organizando las copas.

—¿A qué debo el gusto, gringuita? —me pregunta.

—Me encantaría decirte que solo vine a saludar, pero traigo noticias.

—Uf, esto suena bueno —contesta, y suelta una risotada.

—¡Laura, chica! ¿Qué haces acá? —indaga Mercedes, se acerca y me planta un beso en la mejilla.

—Vino con noticias. —Osvaldo eleva las cejas.

—¿Qué noticias?, esto es lo más emocionante que ha pasado desde que Dulce tiró la toalla —dice Mercedes.

Río y me siento en uno de los taburetes de la barra.

—Deja de decir pendejadas —añade Osvaldo.

La familia se despide y se va. Mercedes cierra la puerta con llave detrás de ellos.

—¡Por fin! Casi no se largan. —Mercedes tuerce los ojos—. Ahora sí, cuéntanos.

—¿Juanita no ha terminado? —pregunto.

—No, chica, le queda pa rato —dice la mesera.

—Ve a ayudarla —le ordena Osvaldo a Mercedes.

—¿Qué? Cómo si yo no tuviera nada que hacer; ni loca, chico, termino de limpiar las mesas y me voy, tengo planes.

—¿Cuándo no? —dice Osvaldo, y se gira para colocar las botellas en los estantes de la pared.

—Pura envidia —agrega Mercedes, y da media vuelta.

—¿Qué te tomas? —me pregunta Osvaldo, las palmas de sus manos descansan sobre la madera brillante de la barra.

—Algo fuerte.

—¿Así de terrible es la noticia? —Se da la vuelta otra vez para buscar la botella.

—Sí y no, ya no sé qué es terrible. —Bajo la frente.

Osvaldo afloja otra risotada, sirve un líquido cristalino en dos vasos pequeños, cilíndricos y estrechos, dos *shots* de aguardiente.

—Fondo blanco. —Desliza la bebida en mi dirección—. ¡Salud!

Ambos tomamos el líquido de un solo sorbo. Quema. Arrugo el rostro y sacudo la cabeza. Osvaldo lo celebra con mayor estruendo, golpea la madera con la palma de la mano.

—Ta bueno —dice el hombre.

—Dos más de estos, y termino en el piso.

—Es pa matar las penas.

—Entonces, esperemos a Juanita para matarlas con ella.

—Está bien, esperamos, pero te voy a traer algo de comer porque esto, en estómago vacío, cae como una patada en el culo. —Señala la botella que sostiene con los dedos.

—Gracias —río.

—Voy a avisarle a Juana que estás acá pa que se apure, aunque creo que Mercedes ya se lo dijo.

Mientras como, todos continúan con sus quehaceres. Termino y llevo el plato a la cocina, saludo a Juana y a la niña flacuchenta y les pregunto si necesitan ayuda, pero Juanita dice que la espere afuera, que ya están a punto de acabar. Regreso a mi taburete y bebo el agua que el dueño me ha traído junto con la cena. Al rato, la niña aparece como un fantasma y camina hasta la puerta, apenas se despide y se marcha. Mercedes también reaparece, emperifollada de pies a cabeza, me abraza, dice que lamenta no poder quedarse para ayudarme con mi embrollo y de camino a la salida grita *Bye*, con el brazo al aire. Juanita llega detrás de ellas y se acomoda en la banqueta de al lado, Osvaldo le da la vuelta a la barra y se sienta para acompañarnos, yo quedo en la mitad de los dos.

—¿Otro pa darte ánimos? —dice Osvaldo, y sirve tres tragos sin esperar a que responda.

Brindamos y vaciamos los recipientes.

—¿Qué pasó, Lau? —pregunta Juanita.

Les cuento y ambos se quedan boquiabiertos.

—¿Y no sospechaba nada? —pregunta Juana.

—Siempre supe que me engañaba, que tenía amantes, y me preocupaba que dejara a alguna embarazada, pero jamás se me ocurrió que hubiera sucedido desde hace tanto tiempo. Quién sabe cuántas cosas más me ocultó.

—Chica, los hombres somos una porquería, dímelo a mí —dice Osvaldo.

—No todos —agrega Juana.

—Excepto el tuyo —contesta Osvaldo, y le guiña el ojo.

—O tal vez no, y yo convencida de que era un santo.

—Ni pienses en eso —digo.

—Pero, bueno, ¿y ahora qué? —pregunta Juana.

—Me tengo que ir —digo en voz baja.

Juanita eleva la punta interna de las cejas.

—Algún día se iba a ir, ¿no? —dice ella.

—Sí, pero pensé que lo decidiría yo, no él. Hasta desde la tumba me hace la vida miserable.

—Pero ¿y la herencia qué?, ¿te la van a quitar? —Osvaldo sirve tres tragos más.

—Algo, pero no toda, supongo; no sé.

—¿Y eso sí te alcanza pa vivir? —pregunta Osvaldo.

—Para algo me alcanza. —Sonrío.

—Pero, entonces, ese *man* estaba *forrao* —dice él. Juanita y yo reímos—. Por lo menos a ti te dejaron bien *montá*. A nosotros nos dejaron en la calle.

—¿Cuándo se va? —pregunta Juana.

—Todavía no he comprado el pasaje, pero creo que en dos o tres días.

—Yo daría lo que fuera por irme de esta ciudad, y más pa tu país. ¿Qué ibas a hacer acá, chica? —dice Osvaldo y bebe otro trago. Los hombros se le han caído y la espalda se le ha encorvado.

—No sé, pero allá tampoco tengo mucho que hacer.

—Bueno, tomémonos otro traguito —dice nuestro anfitrión.

—No más —contesta Juana—. Ya nos vamos —agrega, y se escurre de la banqueta.

—No, es temprano todavía —alega Osvaldo.

—Es hora de irnos, pero gracias por todo. ¿Cuánto te debo? —le pregunto.

—Déjate de pendejadas —contesta, y bebe otra copa.

Caminamos en silencio y paramos frente a una vitrina a contemplar un vestido largo de colores que le gustó a ella; dice que, si tuviera la tela, lo podría coser. Al andar evito pisar las líneas del suelo, una tendencia obsesiva compulsiva que surge cuando estoy intranquila. En la esquina, el vendedor de pulseras se acerca para ofrecernos su mercadería, y esta vez, a diferencia de las anteriores, me detengo y estudio las manillas de hilo. Entusiasmada, Juanita se asoma y me ayuda a escoger dos, una de color rojo con un pequeño corazón dorado y otra color violeta con una mariposa plateada. Después de pagar, le entrego a ella la violeta. «Es para ti, un regalo de despedida», le digo. La expresión le cambia de inmediato, irradia alegría y se empina para darme un beso en la mejilla. Siento el placer egoísta de verla feliz gracias a mí.

Al llegar al apartamento le pregunto si se quiere tomar algo y me dice que sí, ninguna de las dos tenemos sueño. Mientras ella se ducha, yo sirvo dos copas de vino blanco y me siento en la sala a esperarla. Aparece en pijama y se acomoda de medio lado sobre su sofá, diagonal a mi enorme poltrona redonda.

—¿Estás cansada? —pregunto.

—Mucho, pero no voy a poder dormir, solo pienso en el menú de mañana.

—Lo que comí hoy estaba delicioso.

—Gracias, pero todavía me cuesta cocinar para tanta gente.

—Ya te acostumbrarás.

—Es mejor que me acostumbre rápido, no quiero que Osvaldo busque a otra persona.

—¿Acaso Dulce no va a volver?

—Yo creo que no.

—De cualquier forma, no tienes nada de qué preocuparte: Osvaldo no va a encontrar a nadie mejor que tú.

—Eso espero.

—¿Te está pagando más?

—¿Qué cree?

—Juanita, ¿en serio? —Ladeo la cabeza.

—Laura, yo ahora no puedo pedir aumento, sabe que el restaurante no anda bien.

Bebo un sorbo de mi vino.

—¿Cuánto ganas?

Me da la cifra y me aterro, antes me lo había contado pero no lo recordaba. Cojo el celular y le resto al monto los gastos mensuales, el resultado final me indica que no le va a alcanzar para vivir. Después de casarme con Paul, nunca volví a llevar cuentas ni a hacer un presupuesto, él se encargaba de eso, y una de las pocas cosas buenas que tenía era que, mientras estuviéramos casados, no le importaba lo que yo gastara. Empecé a pensar que el dinero era ilimitado, que crecía en los árboles.

—Yo sé lo que me va a decir y no voy a aceptar —se adelanta Juana.

—No te va a alcanzar, Juanita; quédate acá, no te tienes que ir.

—Laura, usted no tiene ninguna responsabilidad conmigo, yo soy una adulta y tengo que valerme por mí misma. Además, antes de venirnos para acá quedamos en que le iba a pagar y no le he dado nada.

—Eso no es verdad, tú has contribuido mucho y no voy a aceptar que me des un peso.

—Gracias, pero… —Agacha la cabeza.

—Pero nada, y, de cualquier forma, el apartamento está pagado hasta final de mes y todavía quedan tres semanas, sería un desperdicio que no lo aproveches.

—Todavía no tengo para dónde irme, mañana empezaré a buscar, así que me voy a quedar unos días más.

—Perfecto, pero tú sabes que, si necesitas algo, me puedes llamar.

—Muchas gracias, Laura, gracias por toda su ayuda; si no fuera por usted, no estaría acá.

—No me des las gracias.

Ambas desviamos la mirada. Ella no ha tenido muchas oportunidades para dar las gracias y yo no he tenido muchas de recibir agradecimiento.

CAPÍTULO 47

Nos abrazamos al lado del auto que viene a recogerme y nos decimos hasta pronto. Juana permanece en el andén, espera a que el vehículo desaparezca en el barullo de la calle. Los ojos se me encharcan.

Al entrar al espacio desocupado, mi viejo hogar me saluda con el eco de mi voz. Antes de irme de viaje vendí y regalé casi todo, solo quedaron unos muebles en la sala y mi enorme lecho matrimonial. Pensé que no me acostaría allí de nuevo y me molesta, pero no tengo ganas ni ánimos de irme a dormir a un hotel. La casa está en venta y hay compradores potenciales, mi *realtor* dice que es cuestión de días que me hagan una oferta. De cualquier forma, se venda o no, mañana buscaré otro sitio para vivir por unas semanas. El lugar se ve enorme, mucho más grande y ajeno de lo que recuerdo, como si hubiera vivido acá hace décadas, y no han transcurrido más que cinco meses desde que me fui. Es frío y triste, tan diferente del cálido y luminoso departamento que compartía con Juanita. Acá vienen las ilusiones a morir, las mías las enterré en cada uno de sus rincones hace años y ahora siento el peso de una tonelada de concreto aplastar las pocas que traje. Mañana me reuniré con Michael para discutir lo del hijo ilegítimo de Paul. No hemos hablado de nosotros, ni siquiera hemos mencionado lo que pasó. Me da ansiedad verlo, pero también me ilusiona; es la única luz, así sea tenue, que me queda en esta ciudad.

Llego diez minutos antes de las nueve de la mañana, la hora acordada, pero, para mi sorpresa, él ya está aquí. Me acomodo el pelo detrás de la oreja derecha y me acerco despacio. Él no me ha visto, lee unos papeles.

—Hola —digo con una sonrisa, y permanezco de pie al lado de la mesa.

Él suelta los documentos y también sonríe. Me siento antes de que él se pare a saludarme.

—Hola, ¿cómo estás? —pregunta.

—Cansada por el viaje.

—No pareces cansada, te ves muy bien, como siempre.

—Gracias. —Mantengo la sonrisa.

Viste su atuendo de oficina: camisa de vestir blanca, chaqueta y pantalón azul oscuro. No puedo sostenerle la mirada y él no la aparta de mí ni por un segundo. El mesero se acerca, le pido un capuchino y Michael le dice que nos dé unos minutos para revisar la carta.

—¿Triste de haber regresado?

—Sí, un poco, pero no hablemos de eso. Dime qué ha pasado con lo del supuesto hijo de Paul.

Cruza las manos sobre la mesa y asume su rol de abogado.

—Aunque en ningún documento hay mención del niño y Paul no lo reconoció legalmente, sí sabía de su existencia y lo mantenía; sin embargo, por ser tú su legítima esposa y aparecer como dueña en la mayoría de las propiedades, incluso en la empresa, es difícil que puedan reclamar una parte de todo. Lo más probable es que solo tenga derecho a la mitad de la casa y a algo más.

Pero la prueba de ADN confirmó la paternidad y la madre está dispuesta a pelear.

—¿Ya lo conociste?

—Sí.

—¿Se parece a él?

—Sí, mucho.

El niño me causa cierta curiosidad, pero no más que eso. Paul y yo alguna vez quisimos tener hijos, pero lo postergamos y lo postergamos hasta que se convirtió en la bendición de un deseo no concedido. Al igual que yo, el muchachito se va a criar sin padre, pero, si su mamá es la mitad de lo que fue la mía, no le hará falta; es más, creo que por lo menos no sufrirá por el evidente desprecio que ya le tenía Paul.

—¿Quieres conocerlo más? —le pregunto.

—Creo que sí, pero todo depende de su mamá.

Suponía que sería así, y me alegra confirmar que aún lo reconozco.

—¿Y qué pasa si yo no quiero pelear por la herencia?

—Que hay que llegar a un acuerdo.

—No quiero pelear, ¿puedes ayudarme a negociar?

—¿De qué hablas? Por supuesto; desde que lo supe, te he representado.

Sonrío. El mesero reaparece, le damos una ojeada rápida al menú y ambos pedimos el desayuno tradicional, huevos al gusto —los míos, fritos; los de él, revueltos—, *hash browns,* tocineta y panqueques. El sitio está a reventar, una multitud de voces lo ambienta. Es un miércoles laboral en el corazón de la ciudad; la mayoría de los presentes, empleados de compañías aledañas, se ven inmersos en conversaciones importantes, pero uno que otro despistado, tal vez turista o recién contratado, bebe su café despacio y apenas abre la boca para unirse al bullicio. Yo me distraigo en los alrededores y Michael en mí.

—Discúlpame por lo que pasó —dice.

—No tienes por qué disculparte. —Lo miro.

—Sí tengo, no era mi intención ir allá y que pasara lo que pasó entre los dos. Y mucho menos que mi novia llegara después.

«Mi novia», ha dicho. Muerdo la parte interior de mi boca.

—Tampoco era mi intención que sucediera, Michael, pero pasó. Ambos lo queríamos y ya está, somos adultos, no hay nada de qué disculparse.

—¿En serio?, ¿tan poco te importó?

—No es eso, pero ya te lo dije, no quiero complicar las cosas. Además, ¿a ti acaso te importó? Igual sigues con ella, ¿o no?

Agacha la cabeza.

—Sí me importó, me importa; y mucho mucho más de lo que crees.

—Pero ¿sigues con ella?

—Sí, sigo con ella. —El mesero coloca los platos sobre el mantel, pero ya no tengo hambre—. Los *hash browns* acá son los mejores de la ciudad. —Cambia de tema.

No respondo nada, corto un pedazo y me lo llevo a la boca, mastico, corto otro pedazo. Él hace lo mismo.

—¿Y qué tal es la mamá del niño? —Dejo los cubiertos sobre el plato.

—Normal, callada.

En realidad no me importa, pero ya no sé de qué hablar; por primera vez desde que lo conozco la conversación no fluye. Le hago otras preguntas acerca de la mujer y del proceso de negociación, él me explica en detalle y dice que lo más probable es que todo se solucione rápido: la madre necesita dinero y duda que esté dispuesta a enfrentarse a un largo juicio civil. Al hablar, sus ojos buscan los míos, pero yo los evito. En un momento dado, su mano roza la mía, con intención o por error, no lo sé, y de inmediato la aparto. Él para de hablar cuando lo hago.

—Bueno, me tengo que ir —digo a pesar de no haber tocado ni la mitad de la comida, y le pido al mesero que traiga la cuenta.

Pagamos y salimos. Él se ofrece a acompañarme al auto y le digo que no es necesario, pero, de cualquier forma, lo hace. Llegamos en menos de tres minutos y se me acerca para despedirse.

—Me encanta haberte visto —dice.

—A mí también me ha gustado verte. —Sostengo su mirada.

—Te extraño.

—Gracias. —Es lo único que se me ocurre.

—¿Puedo volver a verte?

—No sé, mantenme al tanto del caso y, si necesitas preguntarme algo, me llamas.

—¿Solo te puedo llamar o ver para hablar del caso? —Arruga el entrecejo.

—No, claro que no —miento.

—Está bien, te mantendré al tanto de todo. Cuídate y, si quieres compañía, me puedes llamar, como en los viejos tiempos. —Me da un beso en la mejilla.

Pero ya no son los viejos tiempos. Percibo la barba de tres días y el olor familiar de su loción.

—Gracias por todo, Michael. —Entro al auto.

CAPÍTULO 48

Juana inicia de inmediato la búsqueda de vivienda, pero pasan dos semanas, no encuentra nada y empieza a preocuparse. Le comenta a Mercedes y la mesera le golpea el antebrazo con la palma: «Chica, ¿ahora se te ocurre preguntarme?». Tras la rabia inicial por el golpe, Juanita le pide que le explique a que se refiere y, unos días después, llega con su mochila y dos bolsas a una pensión de un barrio humilde localizado en pleno centro de la ciudad. Ha alquilado un cuarto gracias a Mercedes, quien vive allí desde hace años y tiene buena relación con el administrador de la pensión. El barrio es la versión fea, desgastada y sucia del que viene. El cuarto tiene una cama sencilla recostada contra la pared y una mesa de noche recostada contra la cama, no hay clóset, solo una percha de metal atornillada al muro que Juanita ve de frente al acostarse. Una ventana encabeza la mesa de noche y deja correr el espeso aire que revuelve un viejo ventilador de techo. Es poco mejor que una celda.

Antes de instalarse, Juana pide escoba, trapos, un balde de agua y limpia todo, luego viste la cama con las sábanas que ha llevado, acomoda su ropa en el perchero, mete la mochila debajo de la cama y se sienta sobre ella. La pieza le resulta igual de desagradable que al principio y se le viene a la cabeza el cuarto de su niñez, donde vivía con su madre. Recuerda muy poco de esa época y los recuerdos no le causan más que cierto vacío y desconcierto, así que de inmediato borra la velada imagen y se distrae con los recuerdos de la habitación que acaba de dejar, piensa en la inmensa cama, en las elegantes mesitas adornadas con lámparas rústicas y en el alto techo. Qué fácil es acostumbrarse a las cosas buenas en la vida y que difícil regresar al hueco del que se intenta salir.

Gracias a su antigüedad como inquilina y a su perspicacia, Mercedes ocupa la habitación más grande de todas. Es casi el triple de la de Juana y cuenta con una mesa pequeña de dos puestos, un amplio armario, una estufa

portátil de dos fogones, una nevera diminuta, un lavamanos y un gabinete delgado que hace las veces de des-
pensa. El baño es compartido, hay dos en el piso, que
han sido asignados por cada tres cuartos. Mercedes se
las ha arreglado para que Juanita compartiera el baño
con ella y con otra mujer joven que trabaja de empleada
de servicio. Por fortuna, la pensión no queda tan lejos
del restaurante, a buen paso son apenas veinticinco minutos. La mañana siguiente a su llegada, a la hora en que
el implacable sol aún es soportable, Juanita decide caminar para ahorrarse lo del transporte. Mercedes la acompaña por complicidad, porque a ella no le gusta andar a
pie, pero durante el trayecto se queja del calor, de la humedad, del cansancio y del maquillaje que se le escurre.
Juanita ignora las quejas y se concentra en el camino.

Dulce no regresó y Juana fue nombrada chef ejecutiva
o, en las palabras de Osvaldo, la mandamás de la cocina.
Zaira, callada y cabizbaja, es más avispada de lo que aparenta. Ahora le adelanta a la cocinera todo lo que necesita y en ocasiones también ayuda a Mercedes con las
mesas. Osvaldo no sale del restaurante, pero es más

usual encontrarlo copa en mano frente a la barra que detrás de ella —Juanita sospecha que duerme en el cuarto de los víveres, como lo hacía su madre—, y todos los días, sin falta, invita a la cocinera a tomarse un trago, pero ella rara vez acepta porque el hombre se ha encerrado en sí mismo y habla poco. Mercedes opina que el tipo ha enloquecido y dice que muy pronto el negocio se va a ir a la mierda, pero Juana prefiere no prestarle atención, aunque en el fondo le causa intranquilidad.

CAPÍTULO 49

La casa se vendió tres días después de mi llegada, la *realtor* dice que la propiedad estaba esperando a que yo regresara para despedirme, pero se equivoca, estoy segura de que me quería tan poco como yo la quería a ella. Me mudé a un departamento amoblado cerca al centro de la ciudad, aquí me muevo con facilidad sin necesidad del carro y me da la oportunidad de caminar. Michael continúa negociando con la madre del hijo de Paul, yo le di mi mejor y última oferta —fui bastante generosa—, pero él la conserva bajo su manga para que la mujer no se aproveche y pida más. Después de darme el reporte diario, intenta entablar una conversación más jovial, pero yo lo corto al instante, no sé por qué. Me gusta que me llame, me dan ganas de oírlo, de contarle cómo estoy y que él me cuente de su vida, pero las palabras se me atoran en la garganta. La última vez escuché la decepción en su voz y quise consolarlo, pero no pude.

Ayer hablé con Juanita, es la segunda vez desde mi partida. Me contó todo lo que ha sucedido y la noté tan ecuánime y cansada como de costumbre. La extraño. Le pregunté si podía ayudarla en algo y de inmediato me frenó. Hoy voy para el club a encontrarme con Helen, ella es la reina de la filantropía en esta ciudad y, ahora que he decidido dedicarme a las obras de caridad, porque no se me ocurre nada mejor, necesito que me amadrine.

—¡Laura! —grita desde la mesa al verme.

De lejos diviso su melena; la envuelve un abrigo blanco de lana con cuello de piel. Estamos a las puertas del invierno, pero ella insiste en sentarse en la terraza, en la mesa que se adjudicó hace años. Nos abrazamos, ella me aprieta con fuerza y luego se retira, pero mantiene sus manos en mis brazos y me repara de arriba abajo.

—Estás muy bronceada, ¡qué envidia! Te ves lozana, feliz. ¿Con quién te acostaste? —Ladea la cabeza.

—¿Qué? ¡Con nadie! —Sonrío y me sonrojo.

—Está bien, no me lo cuentes, pero esa sonrisa lo dice todo.

¿Qué diría si se lo contara?, ¿se aterraría?, ¿me felicitaría? Además de ser mi cuñado, Michael es un soltero codiciado y más de una moriría por amarrarlo. Pedimos un café y le hago el resumen de mi viaje, ella demanda detalles y se muere de la risa con la anécdota de nuestro amigo desaparecido en Villa Escondida.

—La próxima vez voy contigo, no importa lo que Richard diga.

Al hablarle de Juanita, tuerce la boca y achica los ojos.

—¿Así que también adoptaste una local?

—No digas eso, es una amiga.

—Una amiga que no tiene dónde caerse muerta, muy conveniente para ella.

—Muchas de las mujeres de este club y algunos de los hombres han sido adoptados. Perdón, hemos sido adoptados, y nadie lo cuestiona. —Aprieto la quijada.

—Tienes razón. —Se pierde en la distancia.

Tomo un instante para reconocer mis alrededores. Nada ha cambiado, veo las mismas caras, los mismos muebles, los mismos cubiertos, el mismo campo esmeralda con sus diminutos carritos y sus diminutos colonos. Aterrizo de nuevo en la conversación y le cuento lo que quiero hacer. Al instante se anima y arroja una lista larga de todas las obras de beneficencia a las que se dedica, acá y en el exterior, las últimas son las que más me interesan. Me invita a atender a la siguiente reunión estratégica que tiene con la junta directiva de las organizaciones, ella la presidirá en su mansión. No me entusiasma la idea de codearme con las viejas conocidas, pero me convenzo de que por ahora esta es la manera más fácil de empezar, ya veré luego cómo blindarme de las funciones y las personas a las que prefiero evitar. Hablamos un rato más, me cuenta los chismes que me he perdido y que en realidad no me interesan, pero la escucho por cortesía. La conversación da varias vueltas, la última nos conduce de nuevo a Juana, pero esta vez Helen me pregunta con sincero interés acerca de ella y, aunque yo navego con precaución su interrogatorio, le respondo a todo. Empieza a anochecer, el crepúsculo trae una brisa gélida y decidimos irnos. Pero antes, Helen me detiene y me pregunta.

—¿Y no has pensado en traerla?

—¿A quién? —Junto las cejas.

—A Juana.

CAPÍTULO 50

El veintiséis de noviembre en la madrugada fallece Rosa, nadie en el restaurante se despide de ella porque no la han vuelto a ver, todos se han conformado con imaginarla en un cómodo lecho, bebida en mano, manipulando los hilos de su vieja casa entre risotadas. Pero la realidad es otra. Las últimas semanas ha sufrido la agonía del dolor en el mutismo, sin siquiera poder incorporarse. Osvaldo, que ya sabía lo que venía, decidió recordarla con la vitalidad de sus buenos años y solo la visitó tres veces. Sus hermanos, en cambio, la frecuentaron en varias oportunidades con torcidas intenciones, pero, al darse cuenta de que ya no podía sujetar un bolígrafo entre los dedos, se olvidaron de ella. Su esposo es el único que la ha acompañado hasta el final y, en la víspera de su muerte, a pedido de ella, le mojó los labios con su licor preferido.

El día siguiente al entierro el restaurante abre como de costumbre y Juanita encuentra a un Osvaldo cabizbajo y ojeroso. Ella se desliza hasta la barra y, sin decir nada, posa una mano en la encorvada espalda del hombre y luego se sienta a su lado. Él permanece perdido en el oscuro líquido de su pocillo.

—¿Quieres un café? —por fin musita el jefe.

—No, estoy bien, gracias.

—Déjate de pendejadas, chica, estoy triste, pero no manco —contesta, y da la vuelta a la barra.

—Gracias.

Juanita quiere decirle algo para consolarlo, pero no encuentra las palabras adecuadas; por experiencia propia, sabe que no existe frase que apacigüe el dolor de la pérdida. Lo único que halla útil es acompañarlo en su tristeza, algo que le hubiera gustado que alguien hiciera por ella, alguien que le tuviera cariño.

—Por tu trabajo no te preocupes, nada va a cambiar —dice Osvaldo anticipando la pregunta.

—¿Seguro? ¿Y sus hermanos?

—Yo me encargo de ellos.

—Está bien, pero no debería estar acá hoy.

—¿Y dónde más voy a estar? Esto es lo único que me queda.

—¿Y su papá?

—Ese viejo vive en otro mundo, en el mismo mundo en el que vivía mi mamá. No me sorprendería que se fuera detrás de ella.

—Usted también debe tener cuidado para no seguirles los pasos —dice Juana en voz baja, pero con las pupilas atravesándole la calva.

Él sigue entretenido con la máquina de café y ella espera a que se dé la vuelta, pero no lo hace.

—Por mí tampoco tienes que preocuparte.

Osvaldo le alcanza la taza, ella toma tres sorbos y el resto se lo lleva para la cocina. Mercedes se aparece al rato con cara de acontecimiento y le dice a Zaira que empiece a buscar trabajo. La muchachita abre los párpados y mira a Juana.

—No le hagas caso, todo está bien —le dice la cocinera.

—Juana, tú de tonta no tienes na, deja de creerle los cuentos a este y prepárate —agrega Mercedes—. Y no perjudiques a esta pelada alimentando las mentiras de Osvaldo.

La mesera se va y Juana se queda pasmada en la mitad del recinto con un limpión aferrado a la mano. La lánguida figura de Zaira espera paciente a que la cocinera, que todo lo sabe, la tranquilice, pero, cuando sale de su estupor, le pide que le traiga la olla de la sopa.

CAPÍTULO 51

Nos encontramos en un restaurante cercano a su oficina para firmar los papeles del acuerdo. Michael quería llevarlos a mi casa, pero prefería verlo en un sitio neutral: sugerí su oficina, pero me dijo que teníamos que celebrarlo y, al final, con cierta renuencia, acepté. Me arreglo con el esmero de una cita formal, me pongo unos pantalones negros apretados y un saco ceñido al cuerpo debajo de una larga chaqueta de invierno; me maquillo, me pongo las joyas de oro que me gustan y me baño en perfume. Esta vez llego quince minutos tarde. Sonreímos al vernos. Nos sentamos en la mesa de la esquina, una estructura de madera la separa de la mesa contigua, es como si estuviéramos en una cabina abierta, aislada del ruido del lugar y de los demás clientes. Tapicería verde y plantas incrustadas en la armadura que nos rodea, dan la sensación de hallarnos en una selva. El restaurante es tailandés, él lo escogió, le encanta la comida y le trae recuerdos de sus viajes. A mí también me gusta mucho la comida tailandesa, pero él es el experto y le pido que escoja los platos que vamos a compartir. Llama al camarero y pide: *larb gai*, *wraps* de lechuga con pollo; pollo *satay* con salsa de maní, *tod man Khao pod*, maíz frito; *yam naem khao thot*, ensalada de arroz tostado. Quiere seguir, pero lo detengo.

—Hay que dejar espacio para los platos fuertes —digo.

—¿Ahora te mides con la comida? ¿El viaje te cambió tanto? —Sonríe y luego le indica al mesero que eso es todo por ahora, pero, antes de retirarse, el hombre pregunta qué queremos beber.

—Se nos olvidaba lo más importante. —Elevo las manos, palmas hacia arriba.

—¿Quieres un cóctel?

—Sí.

Michael pide un sabai sabai para mí, un cóctel hecho con Mekhong, un licor tailandés a base de caña de azúcar, melaza y arroz, y para él pide una cerveza Singha.

—¿Quieres firmar los papeles de una vez?

—Sí, salgamos de eso.

Saca los documentos de una carpeta, me resume su contenido y me señala dónde debo firmar. Una mujer llega con las bebidas y, sin preguntar a quién le corresponde cuál, las deja en los lugares acertados y hace una ligera venia antes de desaparecer.

—¿Quedó contenta la mamá del niño? —Ojeo la letra pequeña.

—Creo que sí; igual, no tenía opción y esto es como ganar la lotería.

—¿Y el niño? ¿Le preguntaste si podías volver a verlo?

—Sí, le pregunté y me dijo que le diera tiempo para pensarlo. Paul nunca se interesó por él y ella no ve en qué puede beneficiarlo que me conozca a mí.

—La entiendo, pero ella no sabe lo que se perdería su hijo. —Le devuelvo los documentos.

Sonríe.

—Ahora sí: salud. —Conduce la cerveza hacia mi vaso.

Las mangas de su camisa azul están dobladas hasta la mitad de los antebrazos, me distrae observarlos.

—Salud. —Entrechocamos los recipientes en el aire—. Aunque no sé si esto merece celebrarse.

—Claro que merece celebrarse, es otro paso en la dirección correcta.

El mesero llega con los platos y no le damos oportunidad de preguntar si queremos algo más, de inmediato empezamos a comer.

—Qué delicia —digo entre bocados.

—Te dije que teníamos que venir, es uno de mis restaurantes favoritos.

—Por fin tienes razón en algo.

—En las cosas importantes siempre tengo razón. —Suelta los cubiertos y me clava la mirada.

Tomo consciencia de la manera en la que estoy comiendo y me esmero por hacerlo con delicadeza. Ingiero el último bocado, bebo de mi cóctel, lo coloco de nuevo sobre la mesa y revuelvo el líquido amarillento con los diminutos pitillos.

—Gracias por venir, no sabía qué más hacer para poder pasar un rato contigo.

—¿Y a tu novia no le molesta que estés aquí?

—¿Cuál novia?

—¿Acaso tienes más de una?

—O tal vez no tengo ninguna.

—¿Cómo así? ¿Qué pasó con Elizabeth?

—Terminamos.

Estoy feliz, pero intento disimularlo.

—¿Por qué?

—Por ti.

—¿Por mí? ¿Le contaste lo que pasó?

—No, no se lo conté, pero se dio cuenta.

—No es posible que se diera cuenta.

—Era imposible que no se diera cuenta que me muero por ti.

Todo el aire se acumula en mis pulmones.

—No digas eso.

—¿Por qué no?

—Porque no. —Paso saliva y miro para otro lado.

—Dime que no sientes lo mismo por mí.

Su seriedad me desarma.

—Eso no tiene nada que ver.

—Eso tiene todo que ver. —Se acerca al borde de la mesa, acaricia mi mano y yo lo dejo.

—Michael.

—Laura.

—Esto es muy raro.

—¿Qué es muy raro?

—Tú sabes qué.

—No es raro. Él está muerto.

—Por eso, ¿no te parece más raro aún?

—No, me parece más fácil. Yo quería a mi hermano a pesar de todo lo que pasó, pero tú sabes que no era la mejor persona y, además, al final ya ustedes no se querían, así que ¿qué importa?

—A mí me importa.

—¿Por qué?

—¿Qué crees que va a decir la gente?

—¿Sabes que en la Biblia dice que el cuñado de una viuda que no tiene hijos debe casarse con ella?

—¿Qué? —Río—. ¿Y tú desde cuándo eres religioso?

—Si me ayuda a convencerte de que no hacemos nada malo, mañana mismo voy a misa. Además, ¿qué importa lo que diga la gente?, ¿a ti acaso no te caen todos mal?

—No todos.

Callamos por un segundo y luego reímos.

—Laura, me encantas, no he podido dejar de pensar en ti desde que estuvimos juntos, creo que desde siempre, desde que te conocí. No te puedo sacar de mi cabeza. ¿Tú no piensas en mí?

—Sí.

—¿Sí no más?

—Sí, todo el tiempo.

Se acerca y me besa. Su lengua roza mi labio superior y yo lo busco con la mía. El mesero nos interrumpe y Michael se aleja. Pedimos los platos fuertes y el hombre se va.

—¿Todo el tiempo? —De nuevo se me acerca.

—Sí, todo el tiempo.

Nos besamos y continuamos así por unos minutos, hasta que recordamos dónde estamos. Tomo aire para recobrar la compostura. Mis mejillas arden, la tensión ha desaparecido de mis hombros, me siento más tranquila y feliz de lo que me había sentido en días.

—Te he extrañado mucho —dice.

—Y yo a ti.

—¿Qué vas a hacer ahora que se ha solucionado el tema de la herencia?

Le hablo de la idea de dedicarme a obras de beneficencia, de Helen, de la reunión a la que asistí en su casa, de los personajes que se congregaron allí y de su afán por salvar el mundo y, sobre todo, por documentarlo. Él bebe su cerveza y me escucha, hace un comentario, reímos, me cuenta la anécdota de un conocido que dedicó su vida y su fortuna a ayudar a los menos favorecidos y uno de los menos favorecidos lo mató.

—¿Qué? —grito.

—Sí, lo mató.

—Gracias por darme tanto ánimo, ya tengo algo a que aspirar.

—No, no, pero el asesinato fue solo la punta del iceberg; al parecer, el filántropo era retorcido y, en vez de ayudar, perjudicó a mucha gente.

—Lo creo, pero la historia no es muy alentadora. —Sonrío.

—Yo sé, discúlpame. —Ríe—. No sé por qué me ha venido a la cabeza ni por qué te lo he contado. Tu idea me parece muy buena y estoy seguro de que tú sí vas a ayudar a muchas personas.

—No te burles de mí.

—Nunca me burlaría de ti, lo digo en serio. —Se dobla hacia el frente, acaricia mi antebrazo con su mano y me vuelve a besar.

El mesero reaparece y, sin musitar palabra, espera a que le abramos espacio y coloca los platos sobre la mesa. Le damos las gracias y se marcha. Michael describe el plato, yo lo pruebo y él espera a que le dé mi veredicto

—Delicioso.

Se ve complacido y empieza a comer.

—Tengo una pregunta. —Enredo los *noodles* en mi tenedor.

—¿Qué? —eleva la ceja.

—No es nada grave, no te asustes.

—Dime.

—¿Es fácil traer a alguien de otro país?

—¿Ese alguien se llama Juana?

—Sí. —Bebo el último sorbo del cóctel.

—No, no es fácil, más que nada porque ella no es familiar tuya, pero existen opciones.

—¿Cuáles?

—Te voy a dar el teléfono de una amiga mía que es abogada de inmigración, ella te puede ayudar.

—Es solo por saber, nada más.

—Laura, traer a alguien es una responsabilidad muy grande.

—Sí, yo sé.

—¿Segura que lo sabes?, ¿o Juana es tu proyecto de beneficencia? —Le hace una seña al mesero con la mano para que se aproxime.

—Es solo por curiosidad, Helen hizo un comentario el otro día y quería averiguar, pero Juanita no es el proyecto de nadie. Dame el teléfono de tu amiga, por si acaso, pero no la voy a llamar por ahora.

—Después te lo mando, pero te sugiero que te enfoques en lo de las organizaciones, así puedes salvar el mundo de a poquitos, no todo de una vez.

Coge mi mano y besa el dorso; quiero decir algo pero callo, acaricio su mejilla. Llegan dos tragos más y desaparecen muy rápido. Pedimos la cuenta, salimos del restaurante y nos detenemos en el andén.

—¿Vamos a mi casa? Estamos cerca —dice.

Me lanzo sobre él y lo beso con desespero, él me aprieta contra su cuerpo y deja que mis labios lo guíen, sus manos recorren mi espalda, se detienen en mi cintura y aleja su rostro.

—Me encanta besarte. —Sus ojos perforan los míos.

—Y a mí a ti. —Lo beso de nuevo.

El ruido de la puerta al abrirse nos sorprende y ambos damos un paso hacia atrás. La pareja que acaba de

salir pasa de largo por nuestro lado, pretenden no vernos.

—Vamos a mi casa.

—Creo que es mejor que no vaya.

—¿Por qué?

—Necesito tiempo.

—¿Tiempo para qué?

—Para pensar, para hacer algo productivo con mi
vida.

—Sabes que puedes hacer dos cosas a la vez, ¿no?

—En este momento creo que no.

—Está bien, no te insisto más. —Baja la quijada.

—Gracias. —Su mano está caliente.

—¿Esto quiere decir que otra vez vamos a dejar de
vernos?

—No, eso no es lo que quiero decir, pero vamos a
tomarnos las cosas con calma.

—Está bien. —Abraza mi nuca con su mano.

Nos besamos, siento en mi estómago un taco de di-
namita a punto de explotar, pero me controlo, me
aparto de él y saco el celular de mi cartera para pedir un
carro.

—¿Quieres que te lleve? —le pregunto.

—No, voy a caminar, estoy a cinco minutos de mi casa. Además, si me llevas, te obligaré a que te bajes conmigo. —Sonríe con melancolía.

El auto llega.

—Chao. —Lo beso.

—Chao, Laura. —Mete las manos en los bolsillos y mide cada uno de mis pasos al alejarme—. Yo no soy Paul —dice antes de que cierre la puerta del auto.

—Yo sé. —Mando un beso al aire.

CAPÍTULO 52

Tres enormes hombres custodian la estancia, Juana sale de la cocina al escuchar la algarabía y al reparar en ellos da un paso atrás. Divisa a Osvaldo detrás de la barra y lo interroga de un vistazo.

—No te preocupes, chica, estos tipos ya se van —grita Osvaldo.

—De acá no se va nadie hasta que hagamos cuentas y repartamos esta mierda —dice el más bajito de todos, pero que, de cualquier forma, le lleva un par de cabezas a la recién aparecida.

—Mi mamá me dejó el restaurante a mí, acá no hay nada que repartir —contesta Osvaldo.

—Ah, ¿sí?, ¿y dónde está el testamento? —pregunta el petiso.

—Ella lo dejó anotado y firmado en un papel —alega Osvaldo.

—Me limpio el culo con tu papel, eso no es un documento legal y, si no arreglamos las vainas por las buenas, las arreglamos por las malas.

Los tres sujetos se deslizan en dirección a la barra y Juana da un paso hacia atrás, se alista para devolverse a la cocina a armarse de un cuchillo, pero Osvaldo se le adelanta y, sin perder a sus hermanos de vista, se agacha, mete la mano en el gabinete que está debajo de la encimera y saca una pistola. Todos retroceden.

—Ahora sí: ¿quién quiere venir a hacer cuentas? —Osvaldo barre el aire con el cañón.

—Muy machito con pistola, ¿no?, pero vamos a ver si es tan macho cuando le metamos una demanda y se quede en la calle, vamos a ver a qué maricón se busca para que lo mantenga —le dice el mismo de antes, y parte con sus secuaces.

Juanita, quien se ha resguardado en un rincón en cuanto el arma ha aparecido, corre hasta la puerta y la tranca con llave.

—¿Qué fue eso Osvaldo?

—Lo de siempre, niña; estos tipos quieren robarse lo que mi mamá dejó.

—Pero ellos también tienen derecho, ¿no?

—¿Qué van a tener derecho si lo único que hicieron toda la vida fue robarle?, por eso me dejó el restaurante a mí.

—¿Va a buscar un abogado?

—¡Qué va! La única ley que sirve es esta. —Eleva la pistola a la altura de su pecho.

—Guarde eso, Osvaldo —dice Juana con una piedra en la voz.

El hombre guarda el revólver y le dice que es hora de empezar a trabajar, que desatranque la puerta. Juana le hace caso y después serpentea hacia su guarida, pero no se puede concentrar en la comida. Al rato, cuando llegan Zaira y Mercedes, la chef se lleva del brazo a la mesera, se encierran en el cuarto de los víveres y le cuenta lo sucedido.

—¡Te lo dije! —exclama la morena—. Esto no va a terminar bien.

—¿Qué podemos hacer? —pregunta Juana.

—Buscar pa donde irnos.

Sin razón aparente, el restaurante se va a pique después de la visita de los hermanos. La clientela se reduce a la mitad y Osvaldo despide a Zaira, pero nadie nota la ausencia de la muchacha, ni siquiera Juana. Con menos volumen, tiene tiempo de sobra para ocuparse de todas las labores de la cocina, y en el fondo le gusta, le gusta la paz que le trae el vaporoso sonido de la sopa que hierve, del pescado que fríe, de las ollas y platos que castañean. En los lapsos, ahora más frecuentes, en los que el restaurante está vacío, Mercedes invade el templo de Juanita y la saca de su *flow*; la mesera se queja de los clientes, del calor, de sus labores, de lo mal que va el negocio. Los primeros días Juanita le daba la razón, pero ahora simplemente la deja hablar y hablar y a Mercedes parece no importarle. Osvaldo ocupa el lugar de siempre, al lado de la barra, pero, a diferencia de antes, un cuaderno a rayas reposa sobre la madera al costado de su bebida. El hombre revisa todas las mañanas y las noches las cifras que anota en el cuaderno, tacha y vuelve a anotar, y, con una calculadora de grandes teclas negras, hace cuentas. No es necesario que Juanita le pregunte a Osvaldo por el resultado de las sustracciones, su arrugada quijada recostada contra los nudillos de la mano lo dice todo.

Por lo menos dos veces a la semana uno de los tres hermanos se pasea por la acera de enfrente, y Osvaldo lo vigila a través del cristal con el arma al alcance de los dedos. El turbio ambiente ha empezado a afectar a Juana y la tristeza por la muerte de Miguel, que había enterrado no sabe dónde, ha comenzado a resurgir, pero por lealtad y agradecimiento ha decidido quedarse hasta el final, que está convencida de que llegará más temprano que tarde. En sus noches de insomnio, Juana repasa los años vividos al lado de su esposo, recuerda los detalles más insignificantes, lo que existía en la dimensión de lo privado. Los recuerdos la alientan por un instante, pero luego la afligen y llora. Intenta contener el llanto porque le da rabia hundirse de nuevo en la desolación, y recorre el largo de la habitación una y otra vez, pero la minúscula pieza no le alcanza para calmar su amargura y sale al corredor de la pensión a impregnarlo con ella.

Más de una vez ha adivinado voces en el cuarto de Mercedes y la curiosidad la ha obligado a detenerse —ahorrándole minutos de aflicción—, pero las gruesas paredes no le han permitido escuchar ninguna conversación ni acto indiscreto, aunque no le cabe duda de lo que sucede allí. En esas ocasiones, le ha dado por preguntarse si en lo que le queda de vida volverá a compartir su cama con un hombre. Es la primera vez que lo considera desde que falleció Miguel.

Dos meses después del altercado en el restaurante, Osvaldo recibe una carta de un abogado: sus hermanos lo demandan por lo que alegan que les corresponde del negocio. Furibundo, el grandullón estruja el papel y lo tira contra la pared. Juanita lo recoge al salir de la cocina y le pregunta qué es.

—Esos hijueputas me demandaron —dice.

Su rostro es una cuadrícula.

—¿Qué va a hacer? —Juana se acerca a la barra y se para al lado de la silla donde el cuerpo del hombre se funde.

—No sé, debería contratar a un abogado, pero no tengo un peso.

—De cualquier forma, vaya, hable con uno y le pide opciones de pago.

—No sé, Juana, ya no tengo ganas de na, tal vez es mejor dejar que todo se vaya al diablo y ya.

—No hable así, ¿qué va a hacer si pierde esto?

—Morirme bebiendo, como mi mamá.

—No diga eso.

—¿Acaso a ti no te han dado ganas de mandarlo todo a la mierda?

Juanita medita por un instante.

—Sí, más de una vez.

—¿Y entonces?

—Acá sigo, ¿no?

—¿Por qué?

—Porque lo único que sé hacer es luchar.

—Pues te admiro, chica, yo no sé si puedo. —Cuelga la cabeza sobre la copa de ron.

—Yo lo ayudo.

Juana se acomoda en una butaca, se queda con él un rato más y, antes de irse, lo obliga a acostarse en el catre del cuarto de víveres para que duerma la rasca.

Los días han pasado y la situación del restaurante continúa igual de deplorable, pero hoy en la mañana, cuando Juanita llega, se da cuenta de que algo ha cambiado. Osvaldo la saluda de buena gana y la invita a que se siente mientras le prepara su habitual café. Ella se desliza hasta el taburete y espera a que él se dé la vuelta y le aclare por qué hoy el aire es más liviano que el de ayer.

—Acá tienes. —Osvaldo gira y posa dos tazas sobre la madera, recorre el perímetro de la barra y se sienta al lado de Juana.

—Gracias —dice ella, y lleva la porcelana a los labios.

—¿Qué tal está?

—Igual de rico que siempre. Pero ¿me va a contar que está pasando?

Juana se pregunta si se estará volviendo loco, aunque, si es el caso, la locura le sienta bien, hasta el color ha resurgido en su rostro.

—A ver, ¿por dónde empiezo…? Ah, sí; pues me enteré de que mis queridos hermanos andan hablando mal del restaurante, y varios días a la semana se paran en la esquina y convencen a la gente de que no entre a comer.

—¿Qué? —La quijada de Juanita se descuelga.

—Por eso la clientela ha desaparecido. —Perfila una mueca histriónica.

—¿Y usted por qué está contento?

—Ay, chica, porque decidí hacerte caso y sobrevivir, por ahora. Y, además, porque Pablo resucitó.

—¿Pablo?

—Mi ex.

—¿Y qué le dijo?

—Me llamó para pedirme perdón. Yo al principio no le creí, le grité y le dije hasta de qué se iba a morir. Él se disculpaba y se disculpaba, me decía que había cometido un error inmenso, que yo era el amor de su vida y toda esa vaina. Pero también aprovechó para echarme en cara mis defectos, las razones que lo habían empujado a buscar amante. Y ahí me dio más rabia y lo insulté con más ganas. Pero él me suplicó, se echo a llorar y yo le grité y le grité hasta que no pude más y me puse a llorar con él. No sé cuánto tiempo lloramos ni que pasó, pero al final lo perdoné.

—¿Y ya? —Juana sube los hombros.

—Y ya.

—Bueno, pues me alegra, Osvaldo, se ve contento.

—Gracias, pero todavía no es oficial.

—¿Se van a ver?

—Sí, pero tú *sabe* que él vive en otra ciudad, tenemos que cuadrar.

—¿Y él se vendría para acá si se reconcilian?

—No sé.

—¿Y el restaurante?

—No sé; pero no te preocupes, que no te voy a dejar *colgá.*

Lo único que quedó fueron las agrietadas paredes y los pegotes de grasa sobre el piso, nada más. Osvaldo se aseguró de venderlo todo, hasta las puertas, el lavamanos y el inodoro. La tarde siguiente a su conversación con Juana, llegó a un acuerdo con el abogado de sus hermanos para poner en venta el local y repartir las ganancias en partes iguales entre los cuatro. Por ser una zona apetecida y con pocos establecimientos en oferta, lo compraron de inmediato. Desde hacía años existía una larga lista de emprendedores interesados en el sitio. En el contrato de venta no se indicaron más que la dirección del local, el número de habitaciones y los metros cuadrados, así que Osvaldo decidió subastar todo lo que aquellos muros resguardaron por tantos años. Días después, la gente llegó con carros, camiones destartalados y hasta un par de carretillas para llevarse las reliquias adquiridas.

La mañana después de su reunión con el abogado, Osvaldo se presenta a primera hora en la pensión de Juana y la despierta con tres golpes en la puerta. Ella lo recibe aletargada.

—Me voy —dice Osvaldo, sin darle tiempo a que ella lo salude—. Este pueblo solo me trae desgracias y amargura. Pablo me está esperando, vamos a montar un restaurante parecido al de mi mamá, pero mejor; lo voy a llamar Donde Rosa.

—¿Se va? ¿Y el restaurante? —pregunta con voz viscosa, y se lleva los dedos a los ojos para restregarlos.

—Lo vendí, vendí todo.

Juanita ladea la cabeza y arruga la frente; en ese instante, Mercedes aparece y se para al lado del hombre.

—¿Y tú qué haces aquí? —le pregunta Mercedes a Osvaldo.

—Vine a decirles que me voy.

—¿Qué? ¿Y nosotras? —Mercedes lleva los puños de las manos a los lados de su cintura, todas las facciones de su cara se juntan en el medio.

—Perdónenme, pero esto era una batalla perdida, no podía hacer más. —Sus fornidos brazos cuelgan a los lados como bolsas de boxeo.

—Usted dijo que no me iba a dejar colgada —dice Juana.

—Esto es para ustedes. —Le entrega un sobre a cada una.

—¿Qué es esta joda? —le pregunta Mercedes a Osvaldo.

—Cuando me instale, te llamo, Juana. Cuídate, cuídense las dos —dice, y desaparece en tres largos pasos.

CAPÍTULO 53

Programa de conservación de fauna salvaje en África, en eso he decidido enfocar mi altruismo, mis esfuerzos y mi dinero. Primero, porque siempre he sentido debilidad por los animales; segundo, porque el nombre del continente es sinónimo de aventura y, tercero, porque la encargada del proyecto es Shannon, una multimillonaria excéntrica de setenta y dos años a quien admiro por su sinceridad, no le importa decirle a la gente en la cara lo que opina de ellos. La conocí a través de Helen en una cena organizada en reconocimiento a las embajadoras del mundo de la filantropía, y la conexión fue inmediata. Hasta ahora solo he contribuido con donaciones y he ayudado con la planeación de diferentes iniciativas, pero Shannon está organizando la primera excursión a Botsuana y quiere que vaya con ella. Acepté de inmediato, el aire de esta ciudad ya comienza a asfixiarme.

No he vuelto a ver a Michael desde la cena en el restaurante tailandés, hace ya seis semanas. Después de nuestro encuentro, me llamó un millón de veces para convencerme de que nos encontráramos, pero se cansó de mis negativas y ayer me dijo: *The ball is in your court.* La ansiedad me atacó y estuve a punto de ir a verlo, pero la pared invisible que construyó mi cerebro me detuvo.

Al levantarme en las mañanas pienso en Juana; al igual que ella, ahora voy a trabajar, aunque yo no recibo compensación por lo que hago. Los días se me pasan volando, salgo temprano y regreso custodiada por un cielo apagado. Sin embargo, tengo más energía que nunca, y mi cabeza le ha dado tregua al interminable riel de imágenes que solía proyectar en bucle. Las únicas escenas que se filtran son las de Michael y yo juntos, besándonos, hablando, riendo, haciendo el amor.

Mi equipo de trabajo cuenta con cuatro integrantes, Shannon y yo; Kelly, la asistente personal de Shannon, una jovencita de veinticinco años, callada, amable y dispuesta siempre a ayudar; y Greg, un hombre de treinta, bohemio, de mirada expresiva, discurso populista y sonrisa fácil. Yo soy la encargada de los libros y la logística. Detrás de nuestro pequeño grupo hay otras caras, pero las riendas de la operación las llevamos nosotros. En tres meses partiremos a Botsuana, iremos los cuatro y siete voluntarios más. A veces no puedo contener la emoción, es raro sentir que tengo un propósito, un objetivo, que hago algo productivo.

Muchas de las labores no serán glamorosas y todas son desconocidas para mí, tendremos que monitorear cámaras trampa y actividades nocturnas, reparar cercas, construir pozos de agua, desarrollar kits de identificación de elefantes y no sé cuántas cosas más. Paul lo habría menospreciado todo y eso me da más ánimos. También está el miedo, el miedo a lo desconocido y el miedo a encontrarme cara a cara con algún animal salvaje, o incluso conmigo misma. Greg se ríe y me tranquiliza: él es el veterano del equipo, lleva la mayor parte de su corta vida empleado en este tipo de organizaciones. «Son impactantes, pero no dan miedo, ellos tienen más miedo de ti que tú de ellos», me dice él, aunque no le creo.

Greg es un hombre atractivo de cabello alborotado —mechones de pelo cuelgan en su frente y tapan sus orejas— y ojos café; es flaco, alto, y lleva varias pulseras de cuero amarradas a su muñeca. Es joven para mí, pero eso no impide que me acueste con él. No fui yo la que lo seduje, fue él quien me besó una noche. Yo leía junto a la ventana que abarca de lado a lado una de las paredes de la oficina, las miles de luces del otro lado del cristal embellecían nuestro despacho estéril de paredes blancas y mesas de plástico. Greg se acercó, levantó mi quijada con su mano, me besó, y yo lo dejé. Al día siguiente sucedió lo mismo, y el tercer día también, pero esa vez fui yo quien lo buscó. El cuarto día hicimos el amor sobre la mesa larga que hay en el centro del salón; él improvisó una almohada con su camisa y la puso bajo mi cabeza. Mi primer pensamiento al tenderme sobre la superficie fue Michael. Borré su imagen de inmediato, pero después regresó y no pude, o no quise, desecharla. Lo disfruté y lo disfruto, tener sexo sin ninguna expectativa, por el simple placer del acto, sin sentimientos profundos ni ilusiones de una vida en pareja es liberador. Él se esfuerza en complacerme; creo que mi edad lo intimida, asume que tengo mucha más experiencia que él y yo dejo que asuma. Junto con Paul también murió mi afán por satisfacer a un hombre antes de que él me satisfaga a mí.

Shannon sospecha que sucede algo entre Greg y yo, pero no me ha comentado nada, la divierte. Ella solo viene a la oficina los días que no tiene obligaciones sociales y está aburrida, supervisa por encima lo que hemos hecho, se toma el café que Kelly corre a buscarle en la esquina, nos cuenta acerca de las inmensas donaciones que ha conseguido y luego se esfuma.

Acá siento una levedad distinta, más perdurable que la de mis vacaciones. Creo que el trabajo ha estimulado una parte de mi cerebro que estaba atrofiada, pero aún sueño con volver a esa ciudad soleada y me pregunto cómo andará Juanita, porque sé que en nuestras conversaciones no me lo cuenta todo.

CAPÍTULO 54

Después de la partida de Osvaldo, Juanita se dedica a buscar trabajo; la historia de su vida: ha pasado más tiempo buscando trabajo que trabajando, o por lo menos así le parece a ella. Pero esta vez tiene a Mercedes y con sus conexiones puede que consiga algo con mayor facilidad. Los primeros días se despierta temprano, se arregla y sale esperanzada a recorrer las calles. Por recomendación de Mercedes, se entrevista en un supermercado pequeño y en una cafetería, pero en ambos sitios le dicen que la van a tener en cuenta para el inicio de la temporada alta, porque por el momento no tienen vacantes. Al final de cada día, cuando el sol se acerca al mar y busca sumergirse en su opaca agua, ella camina a lo largo de la playa, algo que no había podido hacer desde su llegada a la ciudad, y en ese momento piensa que las cosas todavía le pueden salir bien, y piensa también en lo diferente que es ahora su vida comparada a la de un año atrás, a la vida junto a su marido.

La tercera entrevista es en una casa de familia; esta también se la consiguió Mercedes, buscan una empleada por días. La dueña de la casa apenas la mira en cuanto le abre la puerta; la hace pasar, pero no la invita a adentrarse en la morada, la interroga de pie en el vestíbulo y al final le pregunta cuándo puede empezar. Juanita le contesta que desde ya, y la mujer le pide que espere. Se va y al minuto regresa con un uniforme, la conduce a la cocina, le ordena que se cambie, le señala con el dedo el gabinete donde guarda los productos de aseo y desaparece.

Es principio de mes y tienen que pagar el arriendo. Mercedes le propone a Juana que se vaya a vivir a su cuarto para que ahorren dinero. La mesera tuvo mejor suerte, la contrataron en un restaurante cinco días a la semana, pero solo en el turno del almuerzo y el salario no le alcanza. Juanita acepta la propuesta y entre ambas compran un colchón y lo suben con dificultad al segundo piso de la pensión, un vecino las ayuda. La rutina se instala de nuevo y Juana aprovecha sus días libres para caminar por la ciudad: empieza el recorrido por el centro y sus alrededores y despide la tarde midiendo la playa con sus pasos. Después de un mes estima haberlo conocido casi todo, o por lo menos lo importante, y recorta sus paseos a una sola jornada a la semana, pero, al cabo de un tiempo, en uno de esos días libres, abre los ojos y no quiere levantarse del colchón, ni bañarse, ni comer, ni mucho menos caminar. Busca la sábana que se ha quitado durante el bochorno de la noche, se cubre la parte superior del cuerpo, deja las piernas destapadas, y se echa de nuevo a dormir.

Así la encuentra Mercedes a las cinco de la tarde y le dice que se le han pegado las buenas mañas de ella. Juanita, desorientada, con la cara hinchada y el pelo desordenado por la humedad, esboza una sonrisa apagada. La siguiente ocasión en que Mercedes la encuentra dormida vuelve a bromear, pero la tercera vez le pregunta si está bien. Juana le dice que se siente cansada, que siente acumulado el cansancio de toda una vida, y Mercedes no sabe qué contestar, pero de ahí en adelante, para no tropezarse con el inerte cuerpo de su amiga, se reúne con sus amistades o con el novio de turno después del trabajo. Por más que Juana duerme, la fatiga no desaparece; por el contrario, padece más debilidad, más somnolencia, le cuesta mover las extremidades. El habla y la rapidez mental también disminuyen, le toma incontables segundos ordenar las ideas al conversar con Mercedes, soltar la lengua, vocalizar conceptos, imágenes. Lo único que desempeña con cierta soltura, por inercia, es la limpieza de la casa donde trabaja, porque repite los quehaceres siempre en el mismo orden y a la misma hora; si algo cambia, se desorienta.

Una tarde lluviosa, Juanita se despierta lavada en sudor, tiembla a intervalos como un volcán a punto de erupcionar; son temblores sísmicos, movimientos bruscos producidos por el dolor que recorre su sistema nervioso. El aire se acumula en sus pulmones y no lo puede soltar, aspira y aspira, pero no puede expirar. Petrificada, se sienta y lleva una mano al pecho y la otra al estómago, hasta que el aire se desborda con el impulso de un embalse que abre sus compuertas. Una oleada de tos le sigue, se arrodilla y posa las palmas sobre el colchón, tose y tose, cree que va a vomitar, pero, en vez de vómito, expulsa un aullido y un raudal de lágrimas. Recuesta la frente contra la sábana y deja que sus lágrimas empapen el poliéster.

La ausencia de Miguel es lo primero que expele y el dolor es descomunal, como nunca antes lo había sentido; es como si alguien le arrancara todos los órganos a pedazos: el estómago, el riñón, el corazón. Recuerda todo lo que fueron juntos y lo que fue ella junto a él. Se queja, le recrimina a Dios, grita, se tiende de lado, rebobina la película y recuerda a su mamá, a sus tristes ojos repletos de ternura, y se da cuenta de que ya no le importa nada. Al cabo de un rato, las cuerdas vocales se cansan, las lágrimas se secan, los pensamientos recaen en el rostro de su esposo y vuelve a quedarse dormida. Al llegar, Mercedes estudia el cuerpo inerte y decide tomar cartas en el asunto.

CAPÍTULO 55

«Hola, Laura, soy Mercedes, la amiga de Juana; por favor, llámame», aparece en la pantalla del celular. Es jueves por la mañana y estoy ocupada en los últimos preparativos del viaje, en tres semanas nos vamos. Salgo de la oficina al corredor del piso y le marco.

—Gracias a Dios que me llamaste —dice Mercedes del otro lado.

—¿Qué pasó? ¿Juanita está bien?

—Sí, pero no.

—¿Cómo así, Mercedes?, ¿qué pasó? —pregunto con impaciencia.

La mujer me tranquiliza, me asegura que Juana está bien, entre comillas, lo dice con esas palabras. Me cuenta que hace tres meses Osvaldo cerró el restaurante y ahora Juanita duerme en el piso de su cuarto, porque lo único que consiguió fue trabajo de empleada de servicio tres veces a la semana. Le pagan una miseria y la tratan mal.

Además, el cierre del negocio cayó en el peor momento, en temporada baja, y no hay vacantes. Sin embargo, entre las dos logran sobrevivir, pero lo que tiene preocupada a Mercedes es el estado de ánimo de Juanita, dice que ya casi no habla y lo único que hace es dormir.

—¿Y por qué no me llamó? —pregunto ofuscada.

—Tú *sabe* como es ella, terca, orgullosa.

—Pero yo le dije que me llamara si pasaba algo.

—Por eso te estoy llamando yo.

Camino por el corredor de arriba abajo, Greg se asoma por la hendija de la puerta y de un vistazo le pido que cierre, que me deje hablar.

—Pásamela —le ordeno.

—No está, se fue a trabajar y aproveché para llamarte.

—¿A qué hora regresa? —pregunto con rabia, como si ella tuviera la culpa.

—No lo entiendes, Laura; ella no va a hablar contigo, no te va a contestar. Llámame a mí hoy a las siete. Óyeme, chica, y, además, no mates al mensajero, *¿ok?*

—Discúlpame, lo que pasa es que me da rabia que no me haya contado. Gracias por haberme llamado.

—De nada.

Cuelgo y le marco a Michael. No contesta. Le escribo un mensaje de texto, le pido que se comunique conmigo cuanto antes y regreso a la oficina. Greg me pregunta qué sucede, pero no le digo nada: le aseguro que todo está bien, aunque mi cara indica lo contrario, y me siento a trabajar. Él no insiste, pero se concentra más en mí que en su trabajo. Mi vista va del computador al celular, del celular al computador, pero no llega respuesta de Michael y me impaciento. Cierro el portátil, me despido de Greg, agarro mi cartera y camino hacia la puerta. Él se levanta de la silla y me sigue.

—Laura, ¿qué pasa?

—Tengo algo que resolver.

—¿Te puedo ayudar?

Su largo cuerpo se ve desamparado bajo las luces fluorescentes.

—Sí, termina el reporte; faltan muchas cosas por hacer.

—Está bien —contesta resignado.

En mi apartamento continúo atenta al móvil y, mientras tanto, intento trabajar, pero llega la tarde y todavía no me ha llamado. Le envío un mensaje pidiéndole el contacto de la abogada de inmigración de la que me habló. Nunca me lo dio. Le digo que lo necesito urgente, que las cosas se le complicaron a Juana, pero ya es de noche y todavía no hay respuesta. Despido cólera por los poros, pero también tristeza, ¿por qué no me llama?, ¿ya se olvidó de mí? De cualquier forma, esto no tiene nada que ver conmigo, es un favor para Juanita; pensaba que esas cosas le importaban, que era otro tipo de hombre. El teléfono suena y corro a cogerlo. Es Greg, me vuelve a preguntar si estoy bien. Le repito que sí, pero le digo que estoy ocupada, que después hablamos, y tiro el celular sobre el sofá. Helen se me viene a la cabeza, fue ella la que tuvo la idea de traerme a Juana. La llamo y tampoco responde; sin embargo, al instante me manda un mensaje, dice que está ocupada, que hablamos más tarde. ¿Por qué no hay nadie disponible en esta ciudad, a excepción de Greg? Ya son casi las siete, voy a la cocina y me sirvo un vaso de agua, me siento en el sofá de la sala y espero. A las siete en punto llamo a Mercedes y me contesta después del primer timbre. Por fin alguien contesta.

—Hola, ya te la paso —dice sin esperar a que yo responda.

—¿Aló? —dice la apagada voz de Juana.

—Hola, Juanita, ¿cómo estás?

—Hola, Laura, ahí vamos, pero ¿para qué le cuento?, si Mercedes ya le contó —contesta, y la imagino fulminando a su amiga con la mirada.

—¿Por qué no me llamaste y me lo contaste?

—Laura, ya le dije que usted no tiene ninguna responsabilidad conmigo ni me debe nada. Y tampoco quiero limosnas, de eso ya me harté.

—No es limosna, es ayuda.

—Sí es limosna, y no la quiero, ya le dije muchas veces que nunca más voy a depender de alguien.

—Yo sé, pero esto solo es ayuda, todo el mundo necesita ayuda.

—No más, Laura, yo se lo agradezco, pero no la puedo aceptar.

—¿Y si no es plata sí lo aceptarías?

—¿Cómo así?

—¿Aceptarías otro tipo de ayuda? A instalarte, a conseguir trabajo.

—¿Sabe de algo acá?

—Sé de algo, pero después te cuento.

Me despido y le pido que se cuide, ella repite lo mismo y colgamos. Un minuto después llega el mensaje de Michael, se limita a decir: «Hola, Laura, este es el contacto de la abogada. *Take care*», y luego envía la información: Hannah López. Mi ánimo cae en picada. «Muchas gracias», respondo.

Hannah es una mujer joven, o por lo menos aparenta serlo, más de treinta y seis años no puede tener. Habla pausado, es directa, viste como una abogada, con sastre gris de falda y camisa blanca. Le cuento que quiero traer a alguien de otro país y, sin reflejar emoción alguna, pregunta si es un familiar. Le digo que es una amiga. «Eso es más difícil», dice, y pide detalles. Le hablo de Juana, de cómo la conocí, a qué se dedica, etcétera. Ella anota todo en el portátil que descansa sobre su escritorio, luego revisa lo que escribió, hace otras anotaciones y se desprende del teclado.

—La única opción que veo factible es que aplique a una visa como empleada personal; en otras palabras: como su empleada doméstica.

—¿En serio?, ¿se puede?, ¿es fácil?, ¿tarda mucho? —Acerco mi torso al escritorio.

—Sí, es posible y es relativamente fácil, pero el tiempo depende de lo ocupado que esté el Departamento de Inmigración: a veces tarda tres meses y otras puede tardar ocho, diez, o hasta once.

—¿Tanto?

—Sí, puede suceder, pero no es común.

—¿Y qué tengo que hacer?, ¿cómo empezamos?

—Ahí está el problema. —Cruza las manos sobre el escritorio.

—¿Por qué?, ¿qué pasa?

—Para poder aplicar, Juana debe haber sido o debe ser su empleada doméstica por lo menos durante un año.

—¿Durante un año? —Arrugo la frente.

—Sí, y debe tener pruebas de su estadía en el país donde ella radica por ese lapso.

—*Ok.* —Observo mis manos—. Entonces, ¿qué me sugiere?

—Si quiere traerla, tiene que regresar, vivir allá por lo menos el tiempo que le falta para cumplir un año en el país, y emplearla.

—¿No hay otra opción?

—Hay, pero no legal. —Ríe, es la primera vez que lo hace, y lo que más se le ve es una prominente encía de donde cuelga una hilera de dientes pequeños.

CAPÍTULO 56

Renuncié a la organización el mismo día de mi reunión con la abogada. Shannon lo aceptó con la amabilidad y dignidad que la caracterizan, después de exponerle la razón que me había llevado a tomar la decisión. No le conté todo, pero ella más que nadie sabe que hay cosas que es mejor no decir. Greg no lo tomó con dignidad, me recriminó por no ser una mujer de palabra y por no estar comprometida con la misión. Me dijo que era mimada, perezosa e irresponsable. Lo escuché en silencio, atenta a cada palabra y, al final, cuando entendió que sus reproches no me importaban, me suplicó entre caricias que no me fuera. Le di un último beso y me despedí.

Le escribo a Michael para contárselo, quiero que me dé su opinión y verlo antes de irme. Me invita a su apartamento. No lo conocía, está ubicado en un edificio lujoso del centro de la ciudad. Al verme, sonríe como de costumbre y yo lo olvido todo, mi molestia por el último mensaje que me mandó y los meses de silencio. Nos abrazamos y él me abre paso para que siga a una sala grande, de techos altos, adornada por una ventana que va de pared a pared y de piso a techo que, a esta hora, semeja el cuadro de *La noche estrellada,* de Van Gogh, versión ciudad, con luces en vez de estrellas y edificios en vez de casas. Además de los muebles modernos no hay mucho más, excepto dos inmensas fotografías borrosas, una de un hombre que corre en el bosque y otra de un hombre que escala una montaña. El lugar me sorprende. Nunca he imaginado el apartamento de Michael, pero, si lo hubiera hecho, no habría imaginado que fuera tan suntuoso, parecido a algo escogido por Paul. Me ofrece un vino y se desliza hacia la cocina abierta al resto del salón. Yo me siento en una de las butacas de la isla que da a la sala mientras él abre una botella de vino tinto. Me da a escoger entre tres opciones, pero, como lo mío nunca ha sido el vino, dejo que él decida.

—¿*Sushi* o comida china? —pregunta.

—Comida china —contesto sin dudarlo—. Tengo antojo de arroz grasoso y galletas de la fortuna.

—Me leíste la mente —ríe, y saca el celular del bolsillo para pedir a domicilio.

—¿Has estado muy ocupado? —pregunto.

Él deja el móvil sobre el cuarzo, me entrega la copa de vino, le da la vuelta a la isla y se acomoda en el otro taburete. Yo estoy sentada de medio lado, alineada con el largo de la isla, él gira su cuerpo hacia el mío y se asegura de que sus rodillas toquen mis piernas. Me excito con el simple roce de su pantalón contra el mío. Me duele su cercanía, me duele haber pasado tanto tiempo sin verlo.

—Sí, tan ocupado como siempre.

—¿Como siempre o más que siempre? —Bajo la quijada y lo observo.

—¿Por qué lo preguntas?

—Porque la última vez que te escribí te demoraste horas en contestarme y, luego, tu respuesta fue bastante breve.

—¿Psicoanálisis? —Sonríe y lleva la copa a los labios.

—No, una simple observación.

—Me dijiste que querías espacio y te lo he dado.

—Está bien, pero tampoco era necesario que me ignoraras.

—Tienes razón, pero la verdad es que ese día sí estaba muy ocupado, y quería que supieras que había escuchado lo que me dijiste la última vez y que te hacía caso.

—*Ok*. —Volteo la cabeza para otro lado.

—Pero, ahora sí, cuéntame: ¿hablaste con Hannah?

—Sí.

—¿Qué te dijo?

Le resumo la conversación con la abogada.

—Entonces, ¿te vas?, ¿por un año entero?

—Sí.

—¿Por qué es tan importante para ti ayudarla?

—No sé, tal vez porque me veo en ella.

—¿Te ves en ella o te sientes culpable de que ella no tenga lo que tú tienes?

—Ambos.

—Pero sabes que puedes ayudarla desde acá, ¿no? Sabes que no hay necesidad de irte a vivir allá para ayudarla.

—Bueno, también lo hago por mí.

—¿Por qué por ti?

—¿Nunca has estado en un lugar donde has sentido que eres la mejor versión de ti mismo?

—Sí.

—¿En dónde?

—A tu lado.

Espero una sonrisa, pero no aparece. Siento el corazón en la garganta.

—Estoy hablando en serio —digo.

—Yo también. —Se acerca y recuesta su frente contra la mía.

Siento su respiración. Retira la frente unos centímetros, su mirada va a mi boca y yo me tumbo sobre él y lo beso. Lleva sus manos a mi cuello y permanecemos así hasta que me pongo de pie, abre sus piernas y me empuja hacia él. Recorre mi cuerpo con sus manos sin parar de besarme, luego se levanta y me conduce a su habitación, me tiende en la cama y nos desvestimos entre besos.

Descansamos de medio lado, mi espalda pegada a su pecho, su brazo derecho me abriga.

—¿Cuándo te vas?

—En dos semanas, espero; aunque todavía no he comprado el pasaje ni he alquilado el apartamento.

El teléfono suena, él responde y le dice al portero que lo deje subir. Ha llegado la comida china. Michael se viste y sale a buscarla, yo también me visto, voy al baño y después camino hasta la cocina. Él abre otra botella de vino tinto y nos sentamos en los mismos puestos de antes. Me da un beso y me entrega la copa. Quiero regresar al cuarto, pero me muero de hambre.

—¿Te voy a volver a ver? —pregunta después de probar un bocado.

—Mañana, pasado mañana y todos los días antes de irme. —Le doy un largo beso.

—¿Y después de que te vayas?

—Puedes venir a visitarme, pero esta vez sin novia.

Reímos.

—No prometo nada.

Sonrío y niego con la cabeza. Él posa su mano en mi pierna.

—¿Quieres ir?

—Sí, quiero, ¿tú podrás venir?

—Si tú me lo pides, sí.

Suelta los cubiertos sobre el plato y me besa.

CAPÍTULO 57

Hoy no trabaja, pero de cualquier forma se levanta temprano, golpea el colchón con la almohada para ahuyentar el sopor de la noche, estira la sábana y la aprisiona contra el piso, se agarra el pelo con un caucho, se lava la cara en el lavamanos del cuarto y se dispone a preparar el desayuno. Es la segunda mañana después de aquella tarde de trance, y la primera después de mucho tiempo, en la que despierta con los primeros rayos del sol. Al entrar en el cuarto, Mercedes la encuentra parada frente a la pequeña estufa.

—¿Y tú, chica?, ¿qué haces levantada a estas horas? —dice tras cerrar la puerta, lleva una toalla enrollada en el pelo y una vieja bata amarrada a la cintura.

—Estoy preparando huevos revueltos con cebolla y tomate, ¿quiere una tostada de pan? —contesta sin mirarla.

Para ahorrar, una tostada de pan es lo único que se permiten dos o tres veces a la semana, por lo general, los sábados y domingos, pero, a pesar de ser jueves, Juanita estima que hoy es apropiado comerse el trozo de pan.

—Claro que sí —dice Mercedes complacida, y se dirige a la cómoda para cambiarse.

Se sientan a la mesa y Mercedes le relata las historias atrasadas, todo lo que se ha perdido su compañera de cuarto durante su perenne siesta. Juanita asiente e interviene una o dos veces, pero nada más. Sin embargo, Mercedes no la presiona, consciente de que no debe espantarla, el desayuno ya es ganancia. Terminan de comer, la mesera se alista y, antes de partir, alienta a Juana para que dé uno de los paseos que solía dar. «El clima está sabroso», le dice, pero Juana no responde nada.

En vez de salir, Juanita se dedica a limpiar el cuarto y a hacer inventario de sus pertenencias y de sus finanzas. El teléfono suena justo en el instante en que va a restar la última cifra y pierde la cuenta; cierra los párpados y suspira profundo. Da unos pasos hacia la mesa donde está el celular y lo levanta, es Laura. Duda por un instante en contestar, pero el obstinado timbre la convence. Responde con voz ecuánime, su tono contrasta con el de Laura, acelerado y animado. La gringa no pierde tiempo: de inmediato se lanza a detallarle el plan que conjuró para ambas. Juanita no entiende lo que le dice y calla por un largo lapso.

—¿Estás ahí? —pregunta Laura.

—Sí, aquí estoy, pero no entiendo.

—¿Qué no entiendes?

—Usted quiere que me vaya para allá, pero, para poder irme, ¿usted se tiene que venir a vivir acá por un año y darme trabajo como empleada de servicio?

—Sí, pero no vas a ser mi empleada de servicio, ¿cómo se te ocurre?, ¡vas a ser mi chef!, pero solo en papel. En realidad, tú vas a hacer lo que quieras, igual que antes. —Calla de nuevo—. ¿Juana?

—¿Por qué, Laura?

—¿Por qué no?, ¿no quieres venirte a vivir acá?, ¿empezar una vida nueva con muchas más oportunidades?

—No sé —responde, la voz perdida en reflexión.

—¿Qué no sabes?

—Por qué usted hace esto.

Laura suspira.

—¿Por qué todos me preguntan lo mismo? ¡Qué importa! Lo hago porque quiero.

—Usted no tiene que hacer esto por mí.

—Juana, no hago esto solo por ti, también lo hago por mí.

—Pero usted no tiene necesidad.

—Mis necesidades son mucho más parecidas a las tuyas de lo que crees. Quiero empezar una vida nueva, establecerme por un tiempo en un sitio que ame; no sé, hacer algo que valga la pena.

—Pero lo puede hacer en cualquier sitio, ¿por qué acá?

—Porque mi familia es de allá y una parte de mí también. Durante mi viaje amé cada minuto y me fui con la sensación de que me había faltado tiempo, pero ahora tengo la oportunidad de regresar y quiero hacerlo, así esto sea una excusa o lo que tú pienses; aunque de verdad quiero ayudarte.

—Laura…

—No me digas más, yo ya tomé la decisión y espero que aceptes lo que te propongo, pero, cuando llegue, lo conversamos. Viajo de pasado mañana en ocho días.

—Está bien.

—¿Está bien? —Laura suena emocionada.

—Está bien, Laura. Muchas gracias. —Deja caer los hombros.

CAPÍTULO 58

El bochorno me sorprende, al igual que la última vez, como si no lo reconociera, pero el distintivo olor de la ciudad me llena de alegría. Me dirijo al departamento que he alquilado en el centro, a unas pocas cuadras del anterior, tan especial y hermoso como ese, pero carece de sus artefactos originales: busco una silla de elefante o de cualquier otro animal por todos lados, pero no encuentro ninguna. El ángel de Juana tampoco está; creo que le va a hacer falta, aunque, para compensar, una pequeña estatua de la Virgen descansa sobre la consola de la entrada. Dejo mis maletas y parto a la pensión.

A través de la ventana del carro que me conduce, estudio las calles y tomo nota mental de las tiendas y los rincones que aún no conozco y quiero conocer. Al salir de la fortaleza que protege el centro, las calles se ven más convencionales y sucias, pero, de cualquier forma, me cautivan, también quiero recorrerlas. El auto se detiene frente a una casa similar a las de la ciudad amurallada, pero castigada por el tiempo, con parches de pintura descascarada sobre la fachada celeste que compite con el azul del cielo a esta hora de la tarde. Subo al segundo piso y golpeo en la puerta número once. Juana abre y sonríe. «¡Laura!», grita Mercedes desde el interior. Juanita y yo nos damos un abrazo corto y un beso en la mejilla, Mercedes la empuja y se cuelga de mi cuello. Reímos. Me invitan a pasar y a sentarme, Juanita se sitúa a mi lado y Mercedes se acomoda sobre la cama porque el pequeño comedor solo cuenta con dos sillas. Ahora noto su delgadez, ella se da cuenta y se pone de pie con la excusa de ir a preparar café.

—¿Lista para irnos? —le pregunto a Juana.

Juanita voltea la cabeza en mi dirección.

—¿Ya se van? —pregunta Mercedes, confundida.

—Si Juanita quiere, sí.

—Quedamos en que íbamos a hablar, Laura; yo no le prometí nada.

—Entonces, hablemos.

Juana regresa a la mesa.

—Está bien, explíqueme.

Le vuelvo a narrar todo lo que le había dicho por teléfono, pero esta vez ella hace más preguntas y, a medida que elaboro, noto un cambio en su actitud, se ve más relajada.

—Juana, no seas tonta, no vayas a desaprovechar esta oportunidad, ya quisiera yo tenerla —le dice Mercedes.

No había pensado en lo que esto significa para Mercedes, me avergüenzo por la falta de tacto y de consideración. Me gustaría decirle que también la voy a llevar a ella, pero no puedo, ya veré de qué otra forma la ayudo.

—¿Usted está segura de esto, Laura? —me pregunta Juana.

—Sí, estoy segura.

—¿Y cuándo me iría a vivir con usted?

—Ya mismo, si quieres, o mañana, o el día que prefieras.

Juanita mira a Mercedes.

—Vete ya, chica, no te preocupes por mí; en el restaurante me dieron más turnos y, con lo que he ahorrado, estoy bien de billete —asegura Mercedes.

—Está bien, Laura, acepto, pero con una condición.

—Lo que quieras.

—Lo del trabajo y el contrato de empleo que vamos a firmar va a ser de verdad: yo voy a trabajar para usted como su cocinera y también voy a ayudar con el aseo de la casa.

—No, Juanita, no quiero que te sientas obligada a hacer todo eso.

—Esa es mi condición.

—*Ok,* vas a ser mi cocinera, pero no mi empleada de servicio.

—Igual voy a limpiar —contesta entre dientes, y cruza los brazos.

Mercedes y yo sonreímos.

—Puedes limpiar si quieres, pero no va a ser tu obligación, ¿te parece?

Juana mira hacia otro lado.

—Me parece.

Mercedes rebota sobre la cama y corre hasta Juanita para abrazarla.

—Qué felicidad, chica, esto tenemos que celebrarlo —le dice Mercedes, que la arropa con los brazos.

Yo acaricio la mano de Juanita, que descansa sobre el mantel de plástico. Mercedes se desprende y va a buscar el café.

—Muchas gracias, Laura, otra vez voy a quedar debiéndole todo.

—¿De qué hablas? Voy a ser la persona mejor alimentada del mundo, con eso la cuenta va a quedar más que saldada. —Sonrío y ella también.

Han pasado dos semanas desde que la recogí en la pensión, acabamos de cenar y le pido que me acompañe al balcón a tomar algo; acepta por primera vez, las otras noches ha preferido esconderse en su habitación. Nos sentamos en las sillas de madera que adornan el corredor y el ruido de la calle nos distrae. La noche es fresca; desde hace días, una brisa leve deambula por la ciudad, pero la gente no lo comenta, prefieren ignorarla para que no se espante. Bebo una copa de vino blanco, Juanita prefiere no beber.

—¿Te sientes bien? Mercedes me contó que antes de venirte para acá pasabas días enteros en la cama. —Ella baja la mirada—. ¿Estás enferma? Si estás enferma, podemos buscar un médico.

—No estoy enferma, Laura.

—¿Entonces?

Permanecemos en silencio por varios segundos.

—No sé. ¿Recuerda que alguna vez le dije que después de mucho tiempo por fin había entendido que Miguel está muerto? Bueno, pues al parecer todavía me faltaba mucho por entender, porque ahora el vacío es peor que antes. Sueno como si estuviera loca, pero no sé cómo explicarlo, es como si un hueco se hubiera convertido en un cráter. ¿Será que sí estoy loca?

—No, no estás loca, creo que lo que te pasa es normal.

—Pero a usted no le pasó.

—Tú sabes que lo mío es muy diferente. Yo le hice el duelo a él y a nuestra relación cuando aún estaba vivo.

—Pero ya ha pasado más de un año y yo todavía con esto, con esta tristeza, y peor que antes. Pensaba que ya lo había superado, que cada día iba a ser más fácil.

—Desde que él se murió las cosas han sido muy difíciles para ti, no has podido hacer el duelo porque has tenido que sobrevivir. Yo no soy psicóloga, pero pienso que lo primero que debes hacer es no culparte por lo que sientes. Deja que todo salga.

—¿Y qué tal que me quede como alma en pena el resto de mi vida? Como esas mujeres que se pasan los días vestidas de luto, pagándole misas al difunto, con altar en la casa. Y años después se mueren solas, pobres y deprimidas. —Río—. Es en serio, Laura. —Ladea la cabeza.

—Yo sé que es en serio, pero me río porque no hay planeta donde eso te pueda pasar a ti. —Me fijo en su perfil.

—¿Está segura?

—Cien por ciento.

Desprende los dedos cruzados y posa las manos sobre los brazos de la silla.

—¿Y usted cree que de verdad me puedo ir para su país?

—Claro que sí, por eso estamos haciendo todo esto.

—Eso tampoco me lo puedo creer todavía. Todo el mundo sueña con irse para allá, y a mí nunca se me pasó por la cabeza, para mí era como pensar en ir a Marte o algo así. Aunque un amigo de Miguel se fue hace varios años y parece que le ha ido bien, le manda plata a toda la familia.

—A ti también te va a ir bien, vas a ver.

—¿Y el idioma? Yo no hablo una palabra de inglés.

—Yo te puedo enseñar, o buscamos un sitio a donde puedas ir o una profesora particular.

—Enséñeme usted y vemos cómo nos va.

—¿De verdad quieres que te enseñe? —Enderezo la espalda.

Nunca le he enseñado nada a nadie, pero el reto me entusiasma.

—Claro; si no, ¿cómo voy a hacer allá?

—Perfecto, mañana mismo salgo a comprar unos libros y empezamos las clases pasado mañana.

—Gracias, Laura, un millón de gracias.

—No me des más las gracias, por favor. —Me pongo de pie y me recuesto contra la baranda del balcón, enfrente de ella.

—Por hoy no se las doy más, pero después no prometo nada.

Sonreímos y yo elevo la copa.

—Por no más agradecimientos en el día de hoy —digo, y bebo un sorbo.

Ella descansa la cabeza contra el espaldar.

CAPÍTULO 59

Juanita se inventa un menú diferente todas las semanas. Lo planea desde el sábado: empieza por preguntarme qué se me antoja, cuáles son mis platillos favoritos, qué me preparaba mi mamá cuando era niña o qué comía con Paul. Le respondo, pero le aclaro que quiero que me sorprenda. Ella refunfuña y luego se sienta en la mesa, bolígrafo en mano, a meditar. En cuanto el cerebro se le ilumina, el bolígrafo se desliza apresurado sobre el papel. Compró una agenda con portada del famoso lienzo de Monet, *Nenúfares y puente japonés*, en la que anota las recetas que va a preparar sobre la página correspondiente al día calendario. «Laura, hoy cumplimos cuatro meses acá», me dijo ayer al abrir la agenda y ver la fecha. Tenía la leve sospecha de que llevamos aquí más tiempo del que estimaba, pero me cuesta creerlo y tengo que mirar el celular para comprobarlo.

Juanita hace las compras de la semana todos los lunes después del desayuno, a menos que tenga que ir a la plaza de mercado: en esos días se levanta antes de que amanezca y sale con los primeros rayos del sol. Yo la acompaño en ocasiones, últimamente con más frecuencia que antes, y me encargo de buscar las cosas sencillas mientras ella se ocupa de lo importante, de lo que hay que escoger con conocimiento y cuidado, como la proteína, los vegetales y las frutas. Había subido un par de kilos y no me importaba hasta que Michael confirmó que venía a visitarme, así que le pedí a Juanita que preparara un menú saludable y accedió de mala gana. Ella también ha subido de peso, ha retornado a la figura saludable de la que me despedí aquella triste tarde en la que no sabía si volvería a verla.

Además de la comida, todas las tardes le dedicamos una o dos horas a las clases de inglés, y debo admitir que soy mejor profesora de lo que esperaba. Juanita ya sabe frases básicas, varias palabras, ha aprendido a conjugar los verbos más comunes y su pronunciación es excelente, tiene un oído prodigioso. Una vez a la semana vemos una película en inglés con subtítulos en la misma lengua y, aunque al principio ella se aburría porque no entendía nada, ahora lo disfruta. Cada vez que descifra una palabra o la frase corta que pronuncia un personaje, hace conjeturas, me expone lo que asume es el significado, y si le doy la razón, lo celebra.

Michael llega el sábado en la mañana. Él, Juana y yo pasamos la primera jornada como errantes por la ciudad, y comemos todo lo que se nos cruza por el camino. Él se antoja de un cono de hielo raspado de colores fosforescentes, y Juana y yo entramos en pánico, tememos que arruine el resto de su viaje. Pero, al parecer, sus años de nómada fortalecieron su intestino y mi amiga lo felicita por ser todo terreno, a lo cual él responde: *Thank you?*, y yo le traduzco: «Te acaba de decir que no eres tan gringo».

El segundo día vamos a un hotel situado frente a la playa, hacemos la siesta en hamacas y después devoramos un enorme plato de pescado frito, arroz con coco, patacón y ensalada bañada en limón y sal. Tras sacudir la modorra, Juanita y yo caminamos hasta la orilla del mar. Michael nos observa desde la hamaca. Juana se embelesa con las olas que azotan la arena y yo la tomo de la mano y la guío hasta el agua. Nos adentramos con dificultad hasta que sus piernas desaparecen por completo y el enfurecido mar nos obliga a detenernos. Las olas nos revuelcan y ella me aprieta la mano, pero se deja llevar. Mechones de pelo cubren nuestros ojos y tragamos agua cada vez que reímos. Michael saca el celular y graba un vídeo. En la noche hacemos el amor y por primera vez quiero quedarme junto a él para siempre, pero no se lo digo.

CAPÍTULO 60

Estoy sentada en el sofá de la sala, un libro abierto descansa boca abajo a mi costado. La puerta se abre y Juana entra: había salido a comprar los ingredientes que le faltaban para la cena. Los martes se esmera por hacer algo especial porque es el día libre de Mercedes y casi siempre viene a comer con nosotras.

—Hola, Laura, ¿está bien? —me pregunta Juana desde la cocina mientras saca de la bolsa lo que compró.

—No.

—¿Qué pasó? —Suelta lo que tiene en la mano y se acerca.

—Hablé con la abogada.

—Ya no me voy a poder ir, ¿cierto? —Sus facciones se contraen.

—Las cosas se complicaron: el Congreso acaba de pasar una ley que limita la cantidad de visas que otorga para empleados personales y, además, cambió las condiciones para poder aplicar a la visa.

—¿Y eso qué quiere decir?

—Que ahora es necesario que el empleado haya trabajado durante tres años para la persona que lo pide.

—¿Tres años?, pero eso es mucho tiempo. —Junta las cejas y se desploma sobre el sofá.

—Sí, yo sé —digo en voz baja.

—Entonces, ya no me voy.

—No digas eso, vamos a buscar opciones, no nos vamos a dar por vencidas así de fácil.

—¿La abogada le dio alguna otra opción?

—Todavía no, pero busca alternativas. Siempre hay algo que se puede hacer.

—No, Laura, deje así, no quiero que le siga dando vueltas a esta historia. No me quiero ilusionar más.

—No digas eso, esperemos a ver qué dice la abogada.

—Esperemos, pero, mientras tanto, yo tengo que buscar otra opción.

Mercedes llega y nos narra su semana en detalle, está tan inmersa en su historia que no percibe el aura negra que nos envuelve. Al rato, sin terminar de comer, Juanita se levanta de la mesa y lleva el plato a la cocina, yo la sigo y, entre las dos, lavamos trastos y limpiamos en silencio, con la esperanza de que Mercedes termine pronto el monólogo y se vaya. Por fortuna, no tarda mucho en hacerlo. Le doy las buenas noches a Juanita, me dirijo a mi habitación y me siento en la cama. No lo puedo creer, ¿por qué?, ¿por qué cambian las leyes ahora?, ¿por qué en este preciso instante?, ¿por qué no podían cambiar en un año o en dos?, ¿qué significa esto? A mí no me afecta en nada, dentro de poco voy a regresar a mi país, con mi dinero, con Michael —si aún sigue ahí, si no se ha cansado de esperar—. Pero a ella le cambia todo. Me arrepiento de haberla ilusionado, de haberle dado la esperanza de una vida nueva. Estaba tan contenta, tan tranquila… Con el paso de los días fue despertando de su letargo y empezó a contarme anécdotas de Miguel, de su matrimonio, de su vida.

Por las noches volvió a acompañarme con una copa de vino en el balcón, me habló de su madre, de su orfandad, de los años en casas de extraños. Entre sorbos de vino tinto la ayudé a hilar su pasado, a acordarse de acontecimientos que había preferido olvidar y de otros que había olvidado sin quererlo. Le hice mil preguntas y fabriqué una imagen de todos los protagonistas de su biografía: de la malvada suegra, de las despiadadas cuñadas, de la benévola y dulce Margarita y de Cristian, el repugnante. La primera vez que me mostró la foto de Miguel —no se la había enseñado a nadie después de su muerte— sentí que ya lo conocía y entendí por qué lo amó tanto. Pensé en Michael y los imaginé conversando, los dos de mundos tan diferentes pero de corazón tan blando.

Hace poco fui yo la que empezó a narrarle mis crónicas y la cara se le iluminó cuando le hablé de mi mamá, de su fortaleza, de su valentía por dejarlo todo y buscar un futuro en un país desconocido. Creo que se sintió identificada. Durante nuestras charlas me preguntó muchas cosas del que pensaba que iba a ser su nuevo hogar, pero hizo énfasis especial en los supermercados, lo cual me causó risa; sin embargo, respondí a su pregunta, le aclaré que no eran muy diferentes de los de acá y se decepcionó un poco. Ahora no sé si le interesa indagar más, lamento no haberle podido contar otras historias y me preocupa que se vuelva a deprimir.

CAPÍTULO 61

Le pedí a Mercedes que estuviera pendiente de Juanita en mi ausencia, he venido a ver a Michael y a hablar con la abogada en persona. Bajo del avión y una presión en el pecho y en el estómago me detiene, no puedo respirar bien. Después de unos días, los síntomas persisten y Michael me pide que visite a un médico antes de regresar. No me gusta ir al doctor y le digo que no es para tanto, pero él insiste y el día previo a mi viaje me pide una cita con un internista que conoce.

La abogada dice que para la visa a la cual queremos aplicar no nos queda más remedio que acatar las nuevas reglas y que no hay más opciones viables en este momento, a menos que Juanita se case con un ciudadano americano. Llamo a Juana y suena de buen humor, me cuenta que Osvaldo ha resucitado: la llamó ayer en la noche, ahora vive con su novio y ambos trabajan en un gimnasio como entrenadores personales, pero su intención es abrir un restaurante de comida típica, como el de Rosa, pero moderno, y a la primera persona a la que quieren contratar es a ella, como chef. Al escuchar la noticia, la perpetua punzada de mi pecho se agudiza y me tira sobre el sofá. «Por ahora están ahorrando y después buscarán un local —dice ella—, pero Osvaldo cree que en medio año ya tendrán el sitio». «Qué bueno», respondo, intentando sonar entusiasmada. Luego ella me pregunta si ya me reuní con la abogada y le digo que no.

Cuelgo el teléfono y al minuto llega Michael. Al ver mi palidez, se acerca al sofá, se sienta junto a mis piernas, me da un beso y acaricia mi pelo y mi mejilla. Le pregunto por su día y él me da los *higlights* sin parar de acariciarme; después me anima a que coma algo, prepara dos sándwiches y nos sentamos en la isla de la cocina, pero yo solo le doy tres mordiscos al mío. «Yo sé que no es la comida de Juanita, pero tampoco está tan malo», dice. Sonrío y le doy un beso. Apenas son las nueve pero decidimos irnos a dormir. Nos tendemos de medio lado y él me cobija con su brazo. «Yo sé que estás triste por lo de Juana, y de verdad que lo siento mucho, pero me alegra que vayas a regresar dentro de unos meses», dice. Le doy un beso en la mano que está junto a mi cara y observo la pared borrosa y la fina ranura de luz que se cuela a lo largo de la persiana. «A mí también me alegra». Le planto otros tres besos en la mano y cierro los ojos.

El médico, un hombre alto y encorvado, me hace un examen de rutina. Mide mi presión arterial, mi frecuencia cardíaca, inquiere acerca de mi alimentación, ejercicio físico, consumo de alcohol y tabaco, historia familiar, enfermedades pasadas, padecimiento actual, y pide que le describa mis síntomas y que le diga en qué fecha empezaron. Al culminar la consulta dice que por ahora no ha encontrado nada de lo que debamos preocuparnos, pero solo me dará su dictamen definitivo cuando reciba los resultados de las pruebas de laboratorio. No estaba muy preocupada, pero de cualquier forma sus palabras me tranquilizan, aunque la presión en el pecho continúa presente.

Una manta gris cubre el cielo, es sábado en la mañana y vamos de camino al aeropuerto. Michael conduce despacio, todos los carros pasan de largo por nuestro lado.

—A este paso llegaría más rápido a pie —le digo.

—Con este clima tal vez atrasen o cancelen tu vuelo. Quiero matar tiempo por si eso pasa, así no tengo que volver a recogerte. —Sonríe.

Lanzo un beso al aire y el soba mi pierna con su mano derecha.

—O llego tarde y pierdo el vuelo.

—También me sirve. —Sonreímos—. ¿Ya sabes cuándo vas a regresar definitivamente?

—No, todavía me quedan cinco meses allá.

—Pero, si ya no se le puede sacar la visa a Juana, en teoría podrías venirte antes.

—Sí, en teoría, pero le prometí que me iba a quedar un año, y después de haberla ilusionado en vano por lo menos voy a ayudarla cinco meses más.

—¿Así que no te vuelvo a ver hasta dentro de cinco meses?

—No, me vas a ver antes, cuando vayas a visitarme.

—No sé si podré, tengo dos casos importantes y voy a estar muy ocupado los próximos meses.

—¿En serio?

—Sí, lo veo difícil.

—No te preocupes, algo nos inventaremos.

—Sí, ya veremos. —dice y escucho un trueno a lo lejos.

CAPÍTULO 62

Caminamos sin rumbo fijo, decidimos aprovechar la tregua que nos ha dado el sol para ventilarnos. A veces soy yo quien lidera la expedición, otras veces es Juana, nos dejamos llevar por la muchedumbre. Sin planearlo, o tal vez gracias a los vestigios ocultos de la memoria o a la suerte, llegamos al antiguo restaurante de Rosa, al local abandonado que alguna vez fue uno de los mejores restaurantes de la ciudad. Nos asomamos por la ventana y observamos el espacio vacío, no queda ni un rastro de lo que fue.

—Se ve mucho más pequeño —dice Juanita.

Percibo nostalgia en su voz.

—Y mucho más feo —añado.

—Bueno, eso es normal, está desocupado y sucio.

—¿Por qué sigue desocupado?

—Ni idea, lo último que me dijo Osvaldo fue que se lo habían vendido a unos tipos que querían montar un negocio.

—Pero ya ha pasado más de medio año.

—Sí, es raro; la próxima vez que hable con él le pregunto.

Continuamos nuestro trayecto. Esta vez decido caminar hacia la muralla para delinearla y llegar a las afueras de la ciudad amurallada, de ahí en adelante le seguiremos la pista al mar. El sol comienza a tumbarse cuando llegamos al malecón, Juana quiere caminar por la playa, yo no quiero, pero me convence.

—¿Y cómo va lo de Osvaldo?, ¿lo del restaurante que quiere abrir?

—Ahí va, ahorrando, pero va a tardar unos meses. Mi idea es conseguir algo mientras ellos terminan de montarlo, aunque yo le dije que los podía ayudar en lo que necesiten: construcción, limpieza, lo que sea.

—Ojalá que todo les salga bien. —Observo mis pies enterrarse en la arena.

—Sí, ojalá; por ellos y por mí.

El sol se oculta por completo y decidimos regresar. En el camino, como si hubiera escuchado que hablábamos de él, Osvaldo llama a Juanita. Ella contesta y le dice que estamos de paseo, que mañana conversan, pero, antes de colgar, le pregunta por el local del antiguo restaurante. «¿De verdad?», dice Juana con el celular pegado a la oreja. Desvío mi foco del horizonte hacia ella y elevo las cejas. Ella abre la boca y aprieta los dientes, se despide y cuelga.

—¿Qué te dijo?

—Los tipos quebraron y pusieron a la venta el local.

—¿Quebraron? Pero si nunca abrieron el negocio.

—Tenían otros negocios, les fue mal, y ahora tienen que vender lo que puedan.

—Guau, entonces por eso sigue desocupado.

Llegamos al apartamento, ayudo a Juanita a preparar la comida, cenamos, nos tomamos un café en nuestras habituales sillas de madera y nos vamos a acostar. Las cuatro horas de excursión nos han dejado agotadas. A pesar del cansancio físico, no puedo dormir —me arrepiento de haberme tomado el café—, doy vueltas en la cama, me destapo, me vuelvo a tapar, pienso en Michael, lo extraño mucho, es imposible que pase cinco meses sin verlo. A las dos de la mañana me doy por vencida, me incorporo, acomodo la almohada contra el espaldar de la cama y me recuesto, cojo el celular de la mesita de noche y pierdo media hora en redes sociales.

Reviso mi *email* y encuentro un mensaje del médico, dudo por un instante en abrirlo, pero lo hago. Dice que no tengo nada, da una larga explicación que leo saltando líneas, y al final escribe que los síntomas que presento se los atribuye a «acidez estomacal o estrés emocional, o ambos». Repaso las siete palabras y las vuelvo a repasar. Apago la pantalla del celular, lo dejo en su puesto y me vuelvo a acostar, pero me es imposible conciliar el sueño, un sinnúmero de pensamientos carcomen mi cerebro. Recibo el amanecer con la certeza de lo que debo hacer para aniquilar mi «acidez estomacal o estrés emocional, o ambos».

Juanita me encuentra en la sala con el café en la mano y la vaga intención de leer el libro que reposa sobre mis piernas.

—¿Se desveló? —pregunta antes de darme los buenos días.

A diferencia de la mía, su piel luminosa revela que ella ha dormido la noche entera.

—¿Cómo lo sabes?

—Porque está despierta temprano. Ya me la conozco, Laura.

—Sí, me doy cuenta. Pero ven y te sientas.

—¿No tiene hambre?

—Todavía no.

—Está bien, yo tampoco tengo hambre todavía. —Se acerca y se sienta en el sofá de enfrente.

—Recibí un mensaje del doctor que me hizo pensar.

—¿Qué le dijo? ¿Está bien?

—Sí, estoy bien, no tengo nada grave, pero lo que dijo me puso a pensar en la razón de mi estrés y en lo que quiero hacer.

—¿Cómo así?

—¿Sabes que después de mi último viaje, el día en que regresé acá, el dolor en el pecho disminuyó?

—No lo sabía, pero me alegra.

—Sí, anoche me di cuenta, y es por eso por lo que he decidido que me quiero quedar. Quiero comprar el local de Rosa y abrir un restaurante contigo.

Juana arruga el entrecejo y me observa desconcertada.

—¿Cómo así?

—Que me quiero quedar a vivir aquí, no quiero regresar.

—Laura, usted se enloqueció. —Cruza las piernas sobre el sofá y dobla el torso en mi dirección.

—No, no estoy loca, estoy segura de que eso es lo que quiero hacer.

—Pero ¿y su casa?, ¿y Michael?

—Yo no tengo casa, y Michael… —Aprieto la mandíbula—. No sé qué va a pasar con Michael.

—¿Pero acaso usted no lo quiere?, ¿no quiere estar con él?

—Lo adoro y quiero estar con él, pero no allá, esa ya no es mi casa, hace mucho tiempo que dejó de serlo.

—Laura, usted tiene que pensar esto mejor. Además, ninguna de las dos tiene ni la menor idea de administrar un restaurante.

—Tú sí la tienes.

—No, yo tengo idea de cocinar, de nada más.

—Le podemos pedir ayuda a Osvaldo y a Mercedes.

—Osvaldo va a estar en lo suyo y Mercedes tampoco sabe administrar, ella es mesera.

—Bueno, la contratamos de mesera, ya tenemos a la chef y a una mesera. Lo demás lo aprenderemos. ¿Cuánta gente no empieza de la nada? Sé que va a ser difícil, pero estoy preparada para lo que venga.

—Laura, de verdad, piénselo bien, no tiene que tomar una decisión ya, hable primero con Michael y después decide.

—Juanita, ¿alguna vez has sentido en el fondo que sabes exactamente lo que quieres?, ¿que tienes la certeza? —Elevo las palmas a la altura del vientre para explicarme.

—Sí, yo sé. Como el día en que conocí a Miguel.

—Entonces, me entiendes.

—Sí. —Sonríe y se pone de pie, se acerca, se sienta a mi lado y me abraza—. Si usted está tan segura, yo estoy aquí para ayudarla.

CAPÍTULO 63

Negocio la compra del restaurante en menos de dos días, los dueños están desesperados, precisan saldar sus deudas y yo soy la única que les ofrece pagar el monto total en efectivo; los otros interesados proponen desembolsar una pequeña parte en efectivo y el resto en propiedades, o ganado, o automóviles, como un trueque. Juana dice que es muy usual acá porque el billete escasea hasta en los más altos estratos: los ricos prefieren la solidez del ladrillo, la expansión de la tierra y las fornidas patas de los animales.

Iniciamos el proyecto de remodelación con la ayuda de varios conocidos de Osvaldo, entre ellos una diseñadora y el dueño de una pequeña compañía de construcción. Al enterarse de nuestro emprendimiento, Osvaldo lamentó perder a Juanita, pero se alegró por nosotras y confesó que su plan de abrir un restaurante estaba más lejos de lo que pensaba. «Tal vez hasta te pido trabajo, gringuita», me dijo, y yo le aseguré que para él las puertas siempre estarían abiertas. Nos reunimos en el local con la diseñadora y el contratista y lo primero que pregunta la mujer es cuál es nuestra visión para el restaurante.

—¿Cuál es tu visión? —me dirijo a Juanita, y sus ojos se expanden hasta ocupar la mitad del rostro.

Le vuelvo a preguntar y titubea:

—No sé, Laura, lo que usted quiera —responde.

—No, es lo que las dos queramos, es nuestro restaurante y tú eres la pieza más importante, eres la chef —le digo.

Ella sonríe tímidamente, suspira profundo y se enfoca en el enorme collar de piedras color turquesa que cuelga del cuello de la diseñadora. El contratista revolotea a nuestro alrededor, midiendo paredes con el flexómetro.

—Yo quiero que sea algo típico con un toque moderno —digo para romper el hielo.

La diseñadora asiente con la cabeza y escribe algo en su celular.

—Sí, como una selva tropical —agrega Juanita, y por alguna razón, a veo más alta.

—¡Sí, exacto, como una selva tropical! —decreto, y veo los dedos pulgares de la mujer golpear la pantalla.

Juana y yo recorremos la estancia con la vista, cada una visualiza su propia selva y, cuando nuestras miradas se encuentran, sonreímos con ilusión.

Entre decisión y decisión respecto a la remodelación del restaurante —que si nos gusta más el verde oliva, albahaca o esmeralda, o si preferimos papel de colgadura con animales salvajes o solo con palmeras—, Juanita se ha dedicado en cuerpo y alma a la elaboración del menú. El otro día me dijo que ahora solo sueña con comida o tiene pesadillas con platos vacíos y clientes coléricos. Comenzó por extender todas sus recetas sobre la mesa del comedor, las revisó una por una, descartó más de la mitad, corrigió el resto, agregó otras, las combinó y se inventó alternativas.

Al cabo de varias semanas me presenta tres opciones preliminares de menú, las repaso y todas me parecen excelentes, se me hace agua la boca al leerlas y me dirijo a la nevera para buscar algo de comer; son las tres de la tarde y aún no hemos almorzado.

Juanita se ve descontenta porque esperaba alguna crítica o sugerencia de mi parte. Al notar su decepción, regreso a la mesa con un plato de sobras de comida del día anterior, dos tenedores y dos servilletas, y discutimos sus propuestas mientras extendemos una y otra vez nuestros brazos hacia el plato y recobramos el buen ánimo. Eliminamos un menú por completo y decidimos poner a prueba los otros dos.

Las siguientes semanas, la cocina se transforma en un laboratorio gastronómico. Juanita prepara cada plato decenas de veces e invitamos a Mercedes para que haga parte del panel de jurados. Ella se lo toma muy en serio y opina como una profesional del gremio, como jurado de concurso en una serie televisiva. Juanita perfecciona cada receta e invita a Dulce para que dé el veredicto definitivo, pero le cuesta convencer a la vieja, quien había tomado la decisión de no volver a salir de su guarida porque le basta y le sobra con la algarabía y los conflictos de su extensa familia. Sin embargo, la anciana acepta, después de prometerle un chofer que la recoja y la vuelva a dejar en su casa, y comida para alimentar a toda su tropa por dos días.

Está más arrugada y encorvada de lo que había descrito Juana, pero es directa, dulce, como su nombre indica, y posee un paladar sublime: reconoce al instante cada ingrediente y sugiere con exactitud qué se debe cambiar y en qué porcentaje. Durante la degustación, ni Juana ni Mercedes ni yo opinamos, nos limitamos a observarla con deferencia, a la expectativa de sus dictámenes. Juana toma nota de sus recomendaciones y completa dos páginas enteras, las relee y se ve desconsolada. Dulce lo percibe, amarra su arrugada mano al brazo de Juanita, «No te desanimes, muchacha, solo tienes que mejorar unas cositas, pero el menú es de lo mejor que he visto y que he probado en mi vida, y mira que ya compito en años con Matusalén», se señala a sí misma con los dedos.

Michael aún no sabe que no regresaré. Cada vez que hablamos el corazón se me desinfla y dudo de la decisión que he tomado. No concibo mi vida sin él y Juanita lo sabe, pero ya no me pregunta qué ha pasado entre los dos porque muy en el fondo se siente culpable, y ahora su ilusión es tan grande que por fin ha dejado que una pizca de egoísmo vele su juicio. Él quiere que vaya a visitarlo, pero la remodelación del local y la planeación del negocio —la búsqueda de empleados, de proveedores, de muebles…— no me dan tregua y, además, verlo significa tener que sincerarme y que lo nuestro se termine, y sé que no podré concentrarme en mi trabajo con el dolor de haberlo perdido.

CAPÍTULO 64

El verde, el rosa y el dorado me recuerdan a la catedral de Santa María del Fiore, en Florencia. Según la diseñadora, son los colores de moda.

—Su restaurante es el más chic de la ciudad —dice complacida.

Juanita se pierde en las grandes hojas verdes y las flores rosadas del papel de colgadura que cubre las paredes.

—Esto es demasiado bonito y elegante —dice intimidada.

—Es espectacular —añado yo.

—La gente no va a saber que es un restaurante típico. —Juana da la vuelta y me observa, preocupada.

—Sí van a saberlo porque el menú y la descripción van a aparecer en todas partes.

—Pero se van a confundir, esto se ve muy elegante.

—Nuestra comida es típica pero elevada, el concepto está muy de moda ahora —digo, y la diseñadora afirma con una inclinación de la frente.

—Está bien —contesta Juana, y se concentra de nuevo en la pared.

Mercedes llega y por primera vez se queda sin palabras, pero solo por un instante, después grita, dice que ahora sí va a trabajar en un lugar a su altura y corre al bar a servir cuatro vasos de ron para celebrar.

—Ron puro porque la ocasión lo amerita —aclara. El pelo, las caderas y los hombros se le mueven más que de costumbre.

Después de brindar, la diseñadora parte y las tres nos sentamos en una mesa con la botella de ron en el centro. La magnitud del momento nos roba las palabras. No recuerdo la última vez que sentí la emoción y el pánico que ahora me asaltan, tal vez aquella noche junto a Michael en la biblioteca, antes de que llegara Paul. Respiro profundo para evitar un ataque de «acidez estomacal o de estrés emocional, o de ambos». Observo a Juanita y presiento que se ha contagiado de mi malestar.

—Se ve más grande. —Abre la boca y rompe el silencio.

—Sí, lo mismo pensé yo, ¿lo agrandaron? —pregunta Mercedes con la copa entre los dedos.

—No, no hay para dónde agrandar. —Sonrío.

—¿Qué día abrimos? —añade Mercedes.

Juana y yo nos miramos.

—¿En un mes? —me pregunta mi socia.

—Me gustaría abrir antes, pero necesitamos unas semanas para terminar de comprar lo que hace falta y contratar otra mesera; contigo, van a ser tres en total. —Me enfoco en Mercedes—. Además, queremos hacer una fiesta de inauguración unos días antes de abrir. No va a ser muy grande, pero invitaremos a la gente clave de la ciudad. Osvaldo y la diseñadora nos van a ayudar con la lista.

—Solo vips, como a mí me gusta. —Mercedes guiña el ojo, eleva su copa y se toma de un solo sorbo lo que queda de su ron.

Escucho su voz y sé que sonríe. La garganta se me cierra. Hoy, al comprobar que el restaurante no es un sueño ni un invento ni una ilusión lejana, he sabido que tengo que decirle la verdad. Durante meses, le he dicho que estoy ayudando a Osvaldo con su negocio, me pareció la forma más fácil de contarle en qué se me iban los días sin revelarle que el restaurante en realidad es mío. Quería decírselo en persona, ese fue mi pretexto para no contárselo, pero nunca he ido a visitarlo.

—¿Estás bien? Suenas cansada —dice Michael después de saludarme.

—Sí y no —contesto. Cruzo las piernas sobre la cama, doblo mis hombros hacia adelante y observo la colcha blanca.

—¿Qué pasó? —levanta la voz.

—Nada malo, pero tengo algo que contarte —digo en un murmullo.

—No vas a volver.

La certeza de su voz me deja sin aliento y una lágrima, que llevaba meses lista para brotar, se desliza por mi mejilla. Nos quedamos callados y en el silencio adivino la tristeza dibujada en su rostro.

—¿Cómo lo supiste? —recupero el habla.

—Siempre lo sospeché, desde que regresaste por Juana, y porque te quedabas callada cada vez que te preguntaba.

—No puedo volver, Michael, no sé por qué.

—¿Ni siquiera por mí?

—Por ti es por la única razón que regresaría, pero…

—Pero no es suficiente —me interrumpe.

—No es eso, yo te adoro, te quiero más de lo que jamás he querido a alguien, pero solo pensar en volver me genera una ansiedad que no puedo explicar. Acá me siento diferente, me siento viva. Allá me convierto en la persona que era al lado de Paul. Solo me siento bien a tu lado, pero no puedo pasar el resto de mi vida pegada a ti.

—Podríamos intentarlo.

—Podemos tener una relación a distancia, muchas parejas lo hacen.

—¿Una relación a distancia de por vida?

—Te podrías mudar para acá, yo sé que a ti también te gusta, me podrías ayudar con el restaurante.

—¿Con el restaurante de Osvaldo?

—El restaurante no es de Osvaldo, es mío. No te lo dije antes porque habría tenido que contarte que me iba a quedar y no podía, no era capaz. —Mi palma derecha acaricia el cobertor.

Escucho los ruidos de la calle.

—Entonces, ¿tomaste la decisión hace tiempo?

—Cuando supe que Juanita no podía aplicar a la visa. Perdóname, te juro que quería contártelo, pero no quería que esto se acabara.

—¿Y tu plan era convencerme de que me fuera para allá?

—Sí, todavía es mi plan.

—Si de verdad me quisieras tanto, habríamos hablado de esto antes de que decidieras comprar un restaurante y no volver.

—Lo hice sin pensarlo, no fue mi intención.

—Sí, Laura, lo hiciste sin pensar en mí.

—Michael…

—Creo que no hay nada más que decir, tomaste tu decisión, la respeto y te deseo mucha suerte.

—Michael, no dejemos las cosas así.

—Ahora no puedo hablar más. *Bye*.

—*Bye* —contesto con voz entrecortada.

Me acuesto de medio lado sobre la cama y dejo que las lágrimas empapen la tela, el agua salada se desliza sin pausa y sé que, mientras siga despierta, no va a parar, ni el sueño la podrá detener. Pero no sollozo, lloro con la calma de la persona que deja y no de la que es dejada. Sin embargo, aún cuestiono por qué me quiero quedar

y me enfado conmigo misma. Lo amo, siempre lo extra-
ñaré, pero no puedo volver. Hay algo que me ata a este
país y presiento que mi mamá tiene que ver con eso.

CAPÍTULO 65

Juana se dispone a preparar la cena de inauguración y se intimida con el brillo de las superficies, de los electrodomésticos y de las ollas bajo las frías luces de la nueva cocina. La chef estudia a sus dos ayudantes, una mujer y un hombre de mediana edad que Laura se robó de un restaurante conocido. Los tres visten una chaqueta blanca de manga corta, pantalón negro y un delantal amarrado a la cintura. Juana mira el reloj de la pared y les pide que inicien su labor. La noche transcurre en una nebulosa alimentada por el vapor de las ollas, el calor de la estancia que aumenta progresivamente y las decenas de platos que salen en fila como los vagones de un tren.

Al culminar la velada, Laura arrastra a Juana hasta el salón para que reciba una ovación por parte de los invitados. La chef no sabe qué hacer ni qué decir, se limita a sonreír y a reparar las opacas figuras de los presentes. Nunca, desde que Laura le propuso que fueran socias, se dejó convencer de que el proyecto era real, mantuvo escondida la sospecha de que era inalcanzable y que, al igual que el viaje a Estados Unidos, no se concretaría. Pero no le dijo nada a Laura y trabajó hasta el cansancio en el menú y en todo lo demás que le pidió su amiga; no quería matarle la ilusión ni parecer desagradecida después de todo lo que había hecho por ella. La tarde en la que visitaron el restaurante ya remodelado fue la primera vez que se permitió ilusionarse, pero no demasiado; todavía podía suceder cualquier cosa: que no les dieran las licencias requeridas, que Laura se arrepintiera, que el local se consumiera en llamas. Sin embargo, la inauguración es un éxito y las caras sonrientes de esos desconocidos empiezan a convencerla de que es real.

Un soleado jueves de octubre el restaurante abre sus puertas al público. Las socias se sitúan hombro a hombro de cara a la puerta que da a la calle, listas para recibir al primer cliente. Juana se ve como una chef profesional con su chaqueta blanca resplandeciente, sus manos y orejas desprovistas de joyas y el pelo recogido en una moña. Una chef diminuta, dice Mercedes al compararla con Laura, quien le lleva una cabeza y luce un hermoso vestido largo de flores, sandalias planas, grandes aretes color crema y el pelo suelto.

Una pareja joven entra y las tres se vuelcan en atenderlos; al ver la escena, las otras dos meseras, que han sido relegadas a una esquina, permanecen inmóviles. Una vez sentados a la mesa, Juana corre a la cocina y le pide a su dupla que encienda las ollas. Laura toma posesión del bar y prepara dos bebidas sin perder de vista a la pareja. Mercedes considera que es importante documentar el momento y les pregunta a los clientes si les puede tomar una foto. A Laura le causa gracia la ocurrencia, pero admite que es una excelente idea. Los muchachos aceptan halagados y sonríen grande para la cámara. La mesera toma varias fotos y los hace reír para que se relajen y así poder captar gestos naturales y espontáneos. Las otras dos meseras cuchichean desde la esquina.

La sesión culmina y minutos más tarde llega un grupo de cinco personas. Mercedes vuela a atenderlos, no les da tiempo a las otras de reaccionar y, resignadas, ambas descansan el peso del cuerpo en la pierna contraria. Mercedes toma la orden y se encamina apresurada hacia la cocina meneando su prominente culo. Laura la supervisa desde el bar mientras reordena por quinta vez las copas y los vasos. Juana lee el pedido en voz baja: «Un pulpo a la plancha, chicharrones en salsa de la casa acompañados de arepas blancas y un ceviche de camarón», platos que podría preparar con los ojos cerrados; sin embargo, las manos le sudan frío y la garganta le palpita. No reconoce el sentimiento, por lo menos no en el perímetro de una cocina, y le cuesta organizar las ideas.

La mesera jefe —así se autoproclama Mercedes—, el *sous* chef y la asistenta la observan expectantes hasta que por fin Juana reacciona, delega funciones y todos arrancan, pero al instante la cocinera cambia de parecer y se detienen. Vuelve a delegar, se arrepiente otra vez y delega una vez más. Los subalternos se miran entre sí pero no dicen nada. La chef da una última orden, pero, como no saben que es la última, esperan varios segundos para no perder más energía en el impulso. Al confirmar que la jefa no va a cambiar de opinión, Mercedes regresa al comedor a dirigir su dominio, satisfecha con la puesta en marcha de la operación.

El restaurante no se llena a capacidad, pero no les importa; cada individuo que atraviesa el umbral corrobora que en verdad son dueñas de un restaurante.

CAPÍTULO 66

Osvaldo llegó hace tres semanas con su novio, Pablo, quien podría pasar por su gemelo: es calvo, fornido y gigante, igual que él; de espaldas es difícil discernir quién es quién. Sin embargo, Pablo, a diferencia de Osvaldo, es callado e introvertido. Al verlo me cuesta creer que le haya sido infiel. La pareja decidió quedarse por un tiempo y en las noches, después de dar clases privadas de entrenamiento personal, vienen al restaurante a comer o a tomarse unas copas, aunque muchas veces Osvaldo se desliza hasta la barra y desaloja al barman —tras un par de semanas en esta posición me di por vencida y contratamos a un joven para reemplazarme—, que le cede el puesto a regañadientes, y el hombre se dedica a promocionar cócteles que su ensimismado pero risueño novio distribuye entre las mesas.

Desde que abrimos, hace cinco meses, la clientela ha aumentado poco a poco. Hemos recibido excelentes *reviews*, el restaurante ha sido mencionado en dos publicaciones de la ciudad como uno de los mejores recién inaugurados, y los viernes y sábados a la hora de la cena se llena a capacidad. Juanita incorpora platos nuevos al menú cada dos o tres semanas, y ahora no le tiembla la voz para darles órdenes a los cocineros ni a las meseras. Todos le tienen miedo, excepto Mercedes, por supuesto, quien la cuestiona a menudo.

Hace dos meses, en una noche lluviosa y lenta, la chef se aventuró a salir de la cocina para saludar a los presentes y jamás la vi tan altiva. Desde entonces, lo hace con frecuencia, se ríe con los clientes, responde con elocuencia a todas sus preguntas y hasta incorpora una pequeña venia al despedirse.

En las madrugadas, ambas vamos a la plaza de mercado. Juanita acerca los alimentos a mi nariz y a mis dedos y me enseña a identificar los buenos productos con el olfato y el tacto. Luego, regatea con los vendedores para conseguir el precio que quiere y, una vez que llegan a un acuerdo, todos sonreímos como viejos amigos y nos despedimos con las manos en el aire. Esta rutina se ha convertido en una meditación: recibir el día entre los corredores estrechos, entre la multitud de colores, de olores, y de las apasionadas voces de los comerciantes despierta en mi alma la curiosidad de vivir.

Al recorrer el mercado pienso en Michael, la verdad es que siempre pienso en él. En un par de ocasiones Juanita lo ha mencionado, y el otro día Osvaldo preguntó por el gringo, pero no supe qué decirle porque desde esa nefasta llamada no hemos vuelto a hablar. A veces me pregunto si ya me olvidó, pero de inmediato sacudo el pensamiento y me concentro en mis funciones administrativas, que son bastantes. Nunca había estado tan ocupada, pero me encanta, y esto me reconcilia con la decisión que tomé. La tristeza y la felicidad conviven apaciblemente dentro de mí.

CAPÍTULO 67

Es martes, diez y media de la noche, solo queda una mesa por pagar. Osvaldo prepara cócteles para todos, hace una hora despachó al barman. «Se ve contento», me dice Juana al oído, mirando a Osvaldo de reojo. La chef ha dejado a sus ayudantes en la cocina y se ha venido a charlar con nosotros. Ella también se ve contenta, esta mañana me ha dicho que Miguel la había visitado en sueños, pero que al despertarse no se ha afligido, como de costumbre. Lo único que ha sentido ha sido el inmenso amor que siempre le va a tener, nada más.

—¿Y tu restaurante? —le pregunto a Osvaldo al recibirle la copa.

—Pfff, todavía nada; es caro, esto de la restauración —dice, y le entrega otra copa a Juanita—. ¿Y dónde está la loca? —Recorre el salón con la mirada.

—Fue a dejar unos platos sucios a la cocina, pero ya viene —contesta Juana sonriendo.

Osvaldo le extiende el cóctel a su novio, quien descansa sobre la banqueta a mi izquierda; Juanita a mi derecha.

—Entonces, ¿se van a quedar? —le pregunta Juana a Osvaldo.

—Por ahora sí, vamos a cogerlo suave, ya veremos cómo se dan las cosas —contesta, y le echa un vistazo a Pablo, quien aprueba con un movimiento casi imperceptible de la frente.

Mercedes reaparece con la cuenta en la mano y se dirige hacia los comensales. Al verla, Osvaldo se dispone a preparar otro cóctel. Pablo, Juana y yo seguimos atentos cada paso de la elaboración de la bebida, el experto nos entretiene con maniobras, gira una cuchara alargada entre sus dedos como si fuera un bastón de mando, les da vuelta a las dos cocteleras con estilo, vierte el líquido en una de ellas y luego lo lanza al aire con precisión para que caiga en la otra coctelera. En medio del espectáculo, la puerta de entrada se abre y todos nos giramos en esa dirección.

Lo veo y creo que estoy soñando.

Miro a Juana, sonríe de oreja a oreja. Osvaldo también. Hasta Pablo, que no tiene ni idea de qué está sucediendo.

—Hola. —Michael sonríe y camina hacia nosotros.

—¡Gringo! Ya era hora de que te aparecieras por acá, hacías falta, mi hermano —dice Osvaldo.

Juanita se pone de pie y lo saluda con un beso en la mejilla y un abrazo. Yo no puedo moverme, estoy pegada a la butaca. Él la saluda, pero su mirada permanece en la mía. Juanita se desprende, Mercedes llega y se le cuelga del cuello.

—¡Michael! ¿Qué haces acá? —le pregunta Mercedes.

Antes de que él pueda responder, Juanita la toma del brazo y la tira hacia ella.

—Deja que salude a Laura —le dice Juana.

Él se acerca y se para frente a mí.

—*Hello* —dice.

—*Hi.* —Sin pensarlo, llevo mi mano a su antebrazo.

Se agacha y nos damos un beso en la mejilla, lo huelo y mi estómago se comprime.

—¿Qué haces acá? —le pregunto.

—He venido a darle el visto bueno al restaurante.

—¿Solo a eso?

—Bueno…

— ¿Qué te tomas, hermano? —interrumpe Osvaldo.

—Lo mismo que ustedes. —Desliza el antebrazo aferrado a mi mano y busca mis dedos con los suyos.

Nos miramos, no puedo parar de sonreír.

—¿Qué le preparo, Michael? Mejor dicho, déjeme; traigo la carta para que escoja lo que quiere —dice Juana.

—No, yo la traigo, chica —agrega Mercedes.

Michael niega con la cabeza e intenta decir algo, pero Juanita ya se encuentra a varios pasos de distancia. Ni siquiera Mercedes la puede atajar, y se ve decepcionada.

—Gringo, déjame, te presento a Pablo —dice Osvaldo sin desatender su labor detrás del bar.

—Mucho gusto. —Pablo extiende el brazo en dirección a Michael, el titán se ha puesto de pie al escuchar su nombre.

Michael le da la mano y lleva la vista de él a Osvaldo y de Osvaldo a él, luego busca mi mirada. Juana llega con el menú y, junto con Mercedes, lo ayudan a escoger el plato. Aunque él insiste en que no es necesario que le

preparen nada, ambas hacen caso omiso y parten apresuradas en dirección a la cocina. Osvaldo le acerca el
trago y brindamos.

—¡Por los amigos que regresan! —dice.

Entrechocamos las copas en el aire y bebemos un
sorbo, el trago me sabe mejor que antes.

—Pablo y yo *vamo* a tomar el fresco —dice Osvaldo,
y rodea la barra, pero, antes de partir, nos contempla,
estira los labios hacia el frente y eleva la quijada.

Michael se sienta a mi lado.

—Ahora sí, dime, ¿por qué decidiste venir? —pregunto.

—Porque ya no aguantaba más, te extrañaba demasiado. ¿Te molesta que haya venido?

—¿Qué?, ¿cómo me va a molestar?

—¿Te molesta que no te haya avisado de que venía?

—¿Cómo me puedes preguntar eso? —Él sonríe—.
Pero ¿qué quiere decir esto?

Me observa en silencio, se acerca y me besa, sus labios saben a tajín y maracuyá.

—Que quiero estar contigo —dice al desprenderse
de mi boca.

La euforia agita mi cuerpo.

—¿En serio?

—En serio —repite, y me da otro beso.

—Pero tu trabajo está allá y yo estoy acá.

—Ya veremos, por ahora mi intención es acumular muchas millas.

Lo vuelvo a besar.

—Prepárate para comer el mejor plato de tu vida. —Escucho la voz de Mercedes.

Me separo de Michael, los dos cocineros salen detrás de ella y de Juana, se despiden y, al abrir la puerta, se cruzan con Osvaldo y Pablo. Los seis nos sentamos en la mesa. Osvaldo y Mercedes hablan y los demás reímos. En medio de la conversación estudio a Michael y, por primera vez, solo lo veo a él.

ESTO NO TERMINA ACÁ.

ESCANEÁ EL QR Y ÚNETE A MI
NEWSLETTER PARA RECIBIR CONTENIDO
EXCLUSIVO.

AGRADECIMIENTOS

A Juan Camilo, por su apoyo incondicional, su amor y su ayuda con la publicación de esta obra.

A mi familia, que siempre ha sido mi refugio en los momentos de incertidumbre.

A los lectores y amigos que han creído en mí desde el comienzo.